L'ALUMNAT

ALEKSY CONSTANT

L'ALUMNAT

La chambrée Colombus, Livre Premier

roman

Remerciements

*À mon épouse, Delphine, qui jamais ne manqua de
mots rassurants pour chasser les jours de doute.*

*À Frédérique et Fanny qui, depuis les premières
pages, soufflèrent avec générosité dans les voiles de mon navire.*

*À mes compagnons de travail, merci. La chambrée
Colombus fut imaginée, construite et écrite au rythme de nos
mille et une aventures extraordinaires.*

Citadelle Arctique
Citadelle Impériale
Côte Sauvage
Citadelle Marine
Piste
Péninsule Noire
Citadelle de Fer

piste du nord
Les sommets
Citadelle rocheuse
grandes plaines
piste des aurochs
piste des cimes
Citadelle du levant
piste des sables
désert rouge
Citadelle rouge
échelle (lieues)
100
200

I

C'EST AINSI QUE J'ARRIVAI

Après neuf semaines de ce qui m'avait semblé être un interminable voyage, notre destination était au bout du jour. Chevauchant lentement afin de ménager notre monture, mon père semblait ralentir pour ne plus avancer qu'à contrecœur. Du haut de mes sept ans, installé en amazone sur notre bonne vieille Tarja, je me serrais contre Père, moins par nécessité que par peur de ne plus jamais le revoir.

Autour de nous, les étendues de sable s'étaient transformées en lacs de pierre rouge parsemés de langues sablonneuses. La redoutable épreuve du soleil avait pour alliée l'absence d'ombrages ; la cuisante chaleur réfléchie par le sol brûlant exacerbait sans relâche les longues heures de l'après-midi. Malgré cet enfer, je tentais de ralentir le temps, empoignant de mes petites mains les coutures usées de la veste de Père. Mon visage teinté de poussière ocre cherchait l'amour dans la force de son torse. Père savait que nous approchions de notre destination et le soulagement de la fin de l'épreuve physique avait immédiatement été remplacé par une asphyxiante déprime morale. Au pas, les sabots de Tarja claquaient sur un rythme bien trop rapide et bien trop lent à la fois. Mélancolique mélodie, elle m'emportait vers une destinée que je refusais. Mes pensées nourrissaient mes angoisses et l'absurdité de la vie devenait aussi limpide que l'infinie étendue de rocailles qui nous engloutissait depuis plusieurs jours. Avec une grande lucidité, je comptais les détails que je pouvais encore emmagasiner pour les conserver dans un coin de mon esprit. Avais-je bien retenu l'odeur de Père ? Ce parfum de cuir et de poussière ? Son amour transpirant lorsqu'il rayonnait de fierté devant ses amis ? Son indicible douleur lorsqu'il évoquait les lendemains meilleurs ? Avais-je bien encore l'écho de son rire chaleureux des jours de fête ? Et s'il lui arrivait quelque chose alors que j'étais si loin ? Qui le défendrait ? Tarja se souviendrait-elle de moi ?

Bercé par la marche lancinante, je m'inventais des rêves, retrouvais la maison familiale, défendant, épée à la main, Père et Mère d'un terrible brigand. Sautant sur la table de la cuisine, je me plaçais à sa hauteur, évitais un coup fatal, développais mon épée enchantée dans un cercle foudroyant. Aussi vif que la lumière, mais tout au ralenti dans mon imaginaire, je lui tranchais la tête avant de l'envoyer rouler sur le sol. Dans un éclat de joie, Père et Mère me serraient dans leurs bras et le village tout entier me félicitait, me suppliant de ne plus partir, de rester sur les terres, de protéger ses habitants. Sous les larmes de joie de mes parents, je sautais dans leurs bras.

Vers l'horizon, le soleil descendait ; peu à peu, la lumière de ses rayons encore brûlants me fit quitter mes rêves. Tarja s'était arrêtée et j'entendis Père me dire « Nous y sommes. » Je me frottai les yeux et découvris devant moi les hautes et majestueuses murailles rouges baignant dans la lumière orange de l'astre couchant. Martiales, culminant à une cinquantaine de toises, elles effaçaient le désert rouge, y faisant régner un silence d'humilité. Composées de blocs de marbre d'un dégradé rouge sang à nacarat, striés de blanc, taillés dans la masse, les murailles dissimulaient sans effort les vies qu'elles protégeaient. De là où nous étions, nous ne pouvions qu'en voir la façade qu'elle nous présentait. Elle s'étendait tant dans son écrin de désert, que nous en devinions tout juste les extrémités gauche et droite. À intervalles réguliers, des tours de guet fortifiées signalaient la présence humaine de cette muraille irréelle. Finement dessinées sur les sommets, ces tours contrastaient par leur harmonie d'avec la rudesse du mur pourtant taillé d'un marbre lumineux de beauté ; des sculptures ciselées tapissaient les contours des édifices ; des colonnades en marbre blanc veiné de brun portaient les arcs surmontés de chapiteaux en acier blanc ; ces toitures, aux allures drapées, réfléchissaient l'éblouissante clarté du soleil ; planté en leur centre, un grand mât en bois d'ébène laisser flotter au vent la bannière vert émeraude de l'Empereur. Se succédant les unes après les autres ces tours magnifiaient puissance et respect.

D'après les légendes, les murailles avaient été élevées par les Géants aux Temps Inférieurs. Mineurs, bardeurs, tailleurs de pierre, sapeurs, forgerons avaient investi le désert rouge, installant ateliers et forges, transportant sous un soleil pénétrant la matière extraite des carrières creusées dans le sol de la plaine. Sous la volonté de l'Empereur, neuf citadelles avaient ainsi vu le jour aux neuf portes de l'Empire. La symbolique de la bannière verte de l'Empereur désignait la paix, l'absence de toute volonté expansionniste ; les citadelles marquaient les frontières, la fin des guerres, la fin des conquêtes ; elles étaient également un message ferme à l'attention de toute armée des Terres Lointaines. Moult récits de batailles passées narraient d'ailleurs avec fierté les victoires des défenseurs de ces citadelles face aux armées des Terres Lointaines.

J'ouvris grands mes petits yeux, le cœur vibrant d'un étrange mélange de crainte et d'enthousiasme. Père fouilla dans ses fontes pour en sortir sa bannière verte de l'Empire. Sectionnée en son centre par deux larges lignes pourpres, elle annoncerait aux gardiens de la Citadelle l'appartenance à l'Empire et, par son doublé pourpre, la fonction de Négociateur des Commerces de l'Empire — fonction qui revenait désormais à Père. Relevant le torse, il attacha la flamme sur le fourreau de son épée tandis qu'il invita mes mains sur le harnachement de Tarja. D'un pas écouté, relevé, la monture et son cavalier s'avançaient vers la grande porte. Je n'étais rien, je me sentais un gamin minuscule, porté par son destin, pleurant ses terres labourées. Et pourtant, ainsi grandi par la fierté de Père, je compris que mon existence tout entière serait à son image, dévouée aux besoins de l'Empire. J'en ressentis une totale exaltation, une soif intellectuelle qui me fit oublier la soif physique, une faim de vivre, un inexorable appel vers les miens. Pendant cet instant, l'Empire, je fus.

Cependant, cruellement, la peur me dévorait au rythme du claquement des sabots résonnants dans le silence du lieu.

« Père, viendrez-vous me voir ?

— Comme je te l'ai promis, au moins une fois l'an. Tu trouveras ici tout ce qu'il te faudra pour réussir ta vie. Ton éducation est un cadeau de l'Empereur.

— Mais c'est auprès de vous et de Mère que je veux être.

— Nous en avons déjà discuté. »

Le ton de sa voix n'attendait pas de suite et je n'avais guère besoin de me retourner pour ressentir le froid de sa posture. Le battement caillouteux des sabots de Tarja dressa l'unique réponse que j'étais en droit d'attendre. Je plantais mon regard vers la muraille approchante, retenant mes sanglots, laissant couler mes larmes sur mes joues, puis y rouler, pour tomber en petite pluie rougie de poussière sur la crinière brune de Tarja.

Dans une sinistre rythmique, chaque goutte tombante emportait avec elle un élément de la vie que j'enterrais. En suivant la volonté de Père, j'intégrais pour les dix prochaines années l'Alumnat de l'Oracle des Sables. Un sacerdoce qui n'offrirait aucun retour, aucune sortie avant ma dix-septième année.

Une larme pour Mère, douce et aimante, attentionnée, joyeuse jusqu'au jour de mon départ où elle n'avait, pas plus que moi, su contenir ses pleurs en me serrant dans ses bras. Le sort lui volait dix années de mon existence. Elle s'était parée avec attention, belle, paysanne, simple, mère. Je gardais en moi cette dernière image, ses longs cheveux noirs tombants, ses yeux verts perlés d'émotions qui perçaient mon regard, les mains encadrant mes joues.

Une larme pour Puck, notre chien, ami depuis toujours, partenaire de mes aventures imaginaires et extraordinaires, compagnon de cabane en bois, alter ego sur les chemins ordinaires des champs cultivés. Puck m'avait fait la fête le jour de mon départ. Il avait suivi Tarja, Père et moi en aboyant gaiement jusqu'à la sortie du village. Nous avions dû revenir à la maison pour que Mère le retienne. J'étais alors descendu pour le serrer une dernière fois dans mes bras et sentir les parfums des champs grimés dans son pelage. Je lui avais demandé d'attendre mon retour, que ce serait long et pas long à la fois.

Une larme pour mon pays de pluie et de soleil, aux arbres gigantesques et verdoyants, aux forêts infinies, aux champs multicolores, aux bêtes sauvages aperçues au loin, aux oiseaux migrants, aux saisons changeantes, aux parfums sylvestres, aux rivières chantantes et généreuses. Lui, je n'avais pas pensé à lui dire au revoir. Durant ces dernières semaines, le paysage avait progressivement changé d'aspect si bien que je n'avais pas tout de suite réalisé que le perdais également.

Au fond d'une poche, dans une petite pochette confectionnée par Mère contenant un bout d'étoffe de ses vêtements, une boucle de ses cheveux, une boucle de Puck et de Tarja.

Sortant lentement de mes rêves éveillés, ouvrant les yeux, relevant la tête, elle était là ; la prestigieuse Citadelle Rouge n'était plus qu'à courte distance. J'en apercevais désormais les archères creusées dans le marbre à quelques toises sous le chemin de ronde que l'on devinait derrière un épais parapet de merlons. Devant nous, une imposante porte, haute d'une dizaine de toises, assemblage d'essences rares, ciselée de toutes parts ; elle mariait une ferronnerie cristallisée dans les veines et les courbes naturelles. De part en part, les bannières vert émeraude de l'Empire. Un lourd pont-levis enjambant les douves sans fin protégeait l'accès au fronton. Sur le pont, une poignée de guerriers immobiles en armure lourde ; armure gravée et sculptée de méandres fleuris. Telles des statues de métal, ils semblaient fixés au sol depuis une éternité, impassibles sous le soleil, imperturbables. De leur heaume, se dégageaient tout juste leurs regards graves, brouillés qu'ils étaient par l'ombre du masque facial. La garde de l'espadon, épée à deux mains, surgissait d'au-dessus de leur épaule, laissant deviner la perfection de la lame posée sur le dos des gardiens. De leur main gauche ils maintenaient verticale une pertuisane, lance sculptée en acajou à la flèche éclatante estampée de motifs travaillés ; dessous, la hampe soutenait un brayer en cuir portant haut un bouquet de flammeroles vert émeraude. Le tout formait un ensemble équilibré, une chorégraphie des corps, de l'espace, une harmonie de chair et de métal aux alignements mathématiques absolument parfaits. La beauté soignée du tableau dégageait une puissance militaire inébranlable.

À quelques toises, Père arrêta notre course et fit dessiner un arc de cercle à Tarja de manière à présenter la bannière lacée sur le flanc de l'animal. Dans le silence, les gardes attendaient. Sous les derniers rayons du jour, il mit pied à terre, m'attrapa par les hanches et me fit voler délicatement jusqu'au sol. Il posa alors un genou sur le sol sablonneux pour me faire face puis planta son regard dans le mien. J'y trouvai de l'amour, de la peine, des doutes, de l'inflexibilité. Comme toujours, il trouva la force des mots simples.

« Realvi, je sais qu'il doit être difficile pour un garçon de ton âge de comprendre ce qu'il m'en coûte de te confier au service de l'Oracle. » Il marqua une pause. « Dis-toi que ma peine est identique à la tienne ; que je penserai chaque jour à toi ! Mais l'Alumnat est une chance unique pour toi. J'ai pu négocier auprès des plus hautes instances qui m'étaient accessibles de te faire passer les épreuves officielles d'intégration de cette école d'exception. Ton succès a fait la fierté de tes parents. » Je me gardais bien de lui répondre combien je regrettais de m'y être si bien attelé. Il poursuivit : « Le lourd sacrifice que nous allons devoir faire tous les trois sera récompensé dans dix années. Tu sortiras d'ici formé par les meilleurs professeurs de l'Empire, solidement instruit et destiné à intégrer l'élite de l'élite. »

Il trouva certainement du scepticisme dans mon regard, car il précisa : « Mon métier me contraint à parcourir l'Empire chaque jour de l'année, à vivre loin de mon foyer, à franchir mers et montagnes, à négocier port après port, matières, prix, qualités, et quantités. Ce travail lourd de sacrifices nous aura au moins permis de croiser l'opportunité de ton intégration en ce lieu d'avenir. Je ne souhaite pas que tu aies une vie de misère, mon fils. Le monde change et mon devoir est de te fournir les meilleures armes pour survivre en t'épanouissant. »

J'essayais de digérer ce discours déjà entendu. J'avais pourtant capitulé depuis déjà longtemps, il me restait maintenant à accepter peu à peu une vérité qui n'était pas mienne. J'eus trouvé tout autant d'épanouissement aux champs et un avenir bien plus évident.

« Realvi, je te rendrai visite une fois l'an comme la tradition l'autorise... » Il souffla un court instant. « Quant à Mère, tu as bien compris maintenant qu'il te faudra attendre dix années pour la retrouver. C'est ainsi que les traditions sont faites et nous n'y pourrons rien changer. Accepte-les, sois l'ombre du soleil qui caresse les sommets. Un jour, tu seras au plus haut service de l'Empereur. Ne garde que cela en tête. »

D'un lent mouvement du visage, j'acquiesçais avec une moue complaisante. Je l'enlaçais dans mes bras ; étreinte désespérée. Puis je le relâchais peu à peu. Je le fixai à son tour et, sans retenir mes larmes, je prononçais le mensonge que nous attendions tous les deux : « Père, je suis prêt. »

Comme emporté par un nuage de sable, il me souleva dans les airs jusqu'à Tarja qu'il me fit chevaucher en homme. Il s'avança devant elle, empoigna les rênes et la fit aller au pas. C'est ainsi qu'à l'âge de sept ans je fis mon entrée dans la Citadelle Rouge.

Passé la première porte, une seconde, tout aussi monumentale se trouvait à épaisseur de muraille. Celle-ci était grande ouverte, nous laissant découvrir les bruits et le tumulte de la vie protégée par les murs épais. Au-dessus de ma tête, je sentais une forme noire et lourde qui me fit lever les yeux ; relevée à hauteur de porte une imposante herse d'un poids qui me semblait inhumain venait compléter le dispositif de fortification de l'entrée de la citadelle. Je cillai une petite seconde sur l'acier noirci par le temps et il me semblait avoir vu flotter une fine aura bleutée, presque crépitante. Je contemplais l'ouvrage, me demandant s'il était en mesure d'autant résister à un assaut extérieur que l'étaient les murailles de marbre rouge. Puis mon attention se tourna à nouveau vers l'intérieur d'où grondaient bruit de foule, brouhaha, fracas de carrioles ; le tout se mit à former une spirale sonore inquiétante dans laquelle je sentais pouvoir perdre pied à tout instant. La perspective de me retrouver bientôt seul dans cet univers inconnu soulevait plus de questions que je n'aurais jamais pu avoir de réponses. Nous franchîmes la seconde porte et mon regard s'accorda enfin avec mes autres sens.

Le poste de garde intérieur introduisait une longue avenue grouillante d'une population allant et venant. Bordée de maisonnées blanches de chaux, elle baignait une agitation organisée dans laquelle se croisaient passants, marchands, chevaux, chameaux, bœufs, carrioles, bédouins. Telles deux rivières suspendues, des allées d'orangers, de palmiers, de citronniers remontaient l'avenue de part en part. Ma surprise fut d'autant plus grande que je n'avais pas un instant soupçonné telle vie depuis l'extérieur de la citadelle. Pas plus que je n'avais le souvenir d'avoir entendu le moindre écho de ce tumulte. Mes angoisses s'accélèrent, je voulais partir, me sauver. Mais une part de moi-même voulait se fondre dans la foule, ou la survoler, visiter les étals et échoppes, approcher les bêtes exotiques. Père se tourna vers moi, souriant, rassurant. La tension se transforma en rires que je ne contrôlais pas. L'espace de ces quelques secondes, j'avais le sentiment d'être en promenade avec Père, que Mère était derrière moi avec nous ; j'oubliais l'indissociable épilogue de cette inconcevable expédition. Nous continuâmes notre percée dans la citadelle, Père fendant la foule avec assurance ; du moins ne me montra-t-il rien qui aurait pu me faire penser le contraire. Du haut de ma monture, je regardais naviguer toute une variété de couvre-chefs. Chapeaux campagnards, coiffes féminines de toute élégance, cheveux crasseux longs et épais, chèches ou chapels de fer pour les soldats. En fin de journée, la fraîcheur réveillait l'activité. Sur l'avenue, les marchands ambulants succédaient aux façades des commerces implantés dans des maisonnées d'une grande beauté et d'une propreté contrastant avec le méli-mélo ambiant. De petite taille, pour la plupart sur deux niveaux, elles alternaient expressions blanchies par la chaux, roussies par l'ocre jaune, ambrée par l'ocre rouge ou endimanchées de faïences bleu cobalt. De la même manière, l'hétérogénéité des ouvertures de ces maisonnées colorées ajoutait à l'harmonie du lieu : arcs cintrés, lancéolés ou en ogive cohabitaient dans une évidence. L'apparente richesse de l'ensemble ne devait son apparence qu'à ce très humble patchwork de simplicité additionnée. L'ensemble abritait une colonie tout aussi hétéroclite ; vendeurs de fruits exotiques, de légumes d'un vert surprenant dans ce désert, de vêtements traditionnels, d'outillages et même de poissons ce qui m'étonna vivement ; mendiants en guenilles, éclopés d'un jour ; guérisseurs gesticulant derrière quelque improbable pyramide de potions et lotions ; éleveurs de bétail, vantant les mérites d'un fromage de brebis au parfum inégalé ; nains équilibristes et jongleurs, musiciens, marionnettistes et ménestrels pimentaient ce tableau vivant. Les tavernes ouvraient, les premiers badauds discutaient déjà haut et fort devant cervoises, thés verts, charcuteries, dattes et mélanges aux parfums safranés ; mes papilles fatiguées se réveillèrent, ma salive retrouva vie dans ma bouche desséchée par la poussière. Père nous trouva une table nichée sous le palmier d'une devanture. Il y attacha Tarja puis nous installa lui et moi. Le contraste irréel balayait mes angoisses, bouleversait mes inquiétudes. Nous allions boire et manger. J'en avais les yeux qui brillaient, comme un naufragé découvrant le phare. Un jeune serveur, de deux fois mon âge, s'en vint à notre service. Père lui passa commande dans une langue que je ne connaissais pas. Les yeux magnétisés par le tohubohu, je n'y prêtais pas plus attention, préférant dévisager du coin de l'œil les faciès inquiétants de quelques assoiffés tatoués installés sur la table d'à côté. Pris la main dans le sac par une espèce de montagne vivante et menaçante, je plongeais le nez dans mes genoux, le relevant l'instant d'après pour découvrir la chope de jus d'orange déposée par le serveur. Je n'avais encore jamais mangé d'oranges ni même bu de leur jus. La couleur me surprit et sous les encouragements de Père, j'y trempais les lèvres assoiffées. Sucré et doux, je penchais le verre et le jus envahit mon palais comme une folie de jour de fête. J'étais un enfant avec son père, un dernier souvenir, un instant de vie que l'on gravait tous deux avec précaution dans ma mémoire. Le temps d'avaler quelques gorgées et une assiette apparut sous mon nez. « Tajine d'agneau », me dit Père, « C'est un plat qui se cuisine à long feu, qui mijote, que l'on épice avec sagesse. Poivrons, pruneaux, riz, agneau. Le temps et la patience permettent de maîtriser les amertumes et les transformer en douceurs. » Je souriais, mangeant jusqu'à en être rassasié, mais infiniment ému, totalement désorienté. « Même les jours les plus noirs réservent leurs belles surprises, ajouta-t-il. N'oublie jamais cela, mon fils. La tempête apporte l'eau à la terre. Le froid de l'hiver augure de verts potagers. Sois confiant en ton avenir. Quel que malheur arrive, sois prêt à accueillir l'heureux événement qui lui succèdera. Gune atel râm.

— Gonatelpam ?

— Gune atel râm. » me reprit-il calmement tout en levant son verre et m'offrant un clin d'œil : « C'est ce que disent les Géants. »

Je retins alors deux choses qui ne me quittèrent plus. La première c'est que l'on pouvait toujours garder espoir. La seconde était que les Géants, eux aussi, avaient des malheurs et des peurs.

Mais toutes les bonnes choses ont une fin. Père donna quelques pièces de cuivre au garçon de taverne. Et je ressentis dès lors les représailles de l'implacable sablier. Nous quittâmes la table. Je tournai la tête pour éviter les regards de nos voisins. À pas lourds, nous rejoignîmes Tarja. Père nous mena de nouveau à travers la foule, traversant l'avenue de part en part. Cette fois-ci, repu, je ne prêtais plus attention au fleuve humain. Le sable du temps obnubilait mon esprit. Rues et ruelles défilaient sous mes yeux. Je ne pouvais en absorber plus pour aujourd'hui. À la place, j'avais rejoint Puck et Mère : « Ne vous éloignez pas trop ! », m'ordonna-t-elle depuis l'arrière-cour de notre maison. « Promis, Mère ! » criais-je sous les aboiements de Puck. « Je n'irai pas dans les bois, juste sur les terres à vaches... et je ne leur ferai pas peur ! »

Soudain, à l'issue d'une étroite ruelle, des jardins. Dans les perspectives réfléchies, nous nous engageâmes. J'étais toujours confortablement assis sur la selle, Père devant nous, rênes en main. Je réalisais peu à peu l'étendue de la cité abritée par la Citadelle. Les jardins étaient remarquables et soignés. Le système d'irrigation s'intégrait à la scène, apportant fraîcheur et mystère. Devant nous, régnant sur les jardins, un temple périptère en pierres taillées, coiffé d'un fronton d'ivoire aux sculptures représentant les Déesses et la naissance des Géants : l'Alumnat de la première année, mon école, je le savais. Nous venions certainement de pénétrer dans l'enceinte universitaire. Je ne voyais guère d'activité. Par-ci, par-là, je commençais à remarquer les moines de l'Oracle des Sables, crâne nu, toges vert émeraude. « Et bien cette fois-ci, nous y sommes... » laissais-je échapper. Père toussa : « Très juste, Realvi. Voici ta nouvelle demeure. »

Arrivant sur les marches du fronton, Père marqua une pause, leva la tête, comme perdu dans la contemplation de l'œuvre. J'en espérais une hésitation de sa part, une indécision, un simple retour en arrière ; j'étais prêt à fuir dès maintenant, franchir la foule et dévorer le désert rouge sans me reposer. Peut-être a t'il ressenti l'espoir qu'il laissait naître en moi, aussi se tourna-t-il vers moi puis me fit descendre. Je retrouvais le sol ferme, je m'éloignais de Tarja. La reverrai-je un jour ? Je revins vers elle pour la caresser sur les flancs. Puis je lui pris le museau entre mes deux mains ; je voulais lui parler, mais ma gorge s'était soudainement serrée ; les mots ne sortaient plus ; les larmes ruinaient mes efforts en roulant sur mes joues. Père me confia les rênes de Tarja, et, sans se retourner me dit : « Tu peux rester avec elle encore un peu, je vais voir s'il y a quelqu'un pour nous recevoir. »

Il s'éloigna vers l'un des nombreux bâtiments disposés autour du temple. Je restai seul à me perdre dans les yeux de Tarja qui semblait me répondre en agitant ses oreilles et en produisant de petits hennissements étouffés. Quelques minutes plus tard, j'entendis Père accompagné d'autres personnes venir vers moi. Je regardai Tarja et cette fois, je trouvai la force de prononcer quelques mots : « Au revoir ma vieille. Prends soin de Puck. » Reprenant ma respiration : « Et de toi. »

« Maître, voici mon fils, Realvi. » Père avait parlé d'un ton neutre, retenu et respectueux. Je me retournai. Devant moi, un vieil homme en toge vert émeraude, à la peau brune, au crâne lisse, presque chétif, simple, mais lumineux. Il était souriant, accueillant ; ses petits yeux marron exprimaient un regard bienveillant et serein. Il avança d'un pas devant Père et me salua en pliant légèrement la moitié supérieure de son corps, brisant sa posture au niveau de ses hanches, les bras en long et les yeux apparemment fermés. Je restai coi. Père me fit les gros yeux en agitant les mains, imitant le Maître depuis son dos, pour me dire d'en faire de même. Ce que je fis ; du moins essayais-je.

« Sois le bienvenu, Realvi.

— Merci, Maître. » J'avais d'instinct repris le terme employé par Père.

« Realvi, si tu te sens prêt, je t'invite à rejoindre maintenant l'Alumnat de l'Oracle des Sables. Si tu nous honores de ton travail, nous serons tes obligés. » Je m'étais conditionné à trouver un cadre austère et sombre, aussi restai-je un instant sous l'effet de la surprise face à cet accueil particulièrement respectueux.

« Merci, Maître », répétai-je bêtement.

Puis face au court silence qui s'en suivit, je compris qu'il attendait une confirmation de ma part. M'adressant à tous deux, je repris : « Père, Maître, je suis prêt. » Je cherchai mes mots et poursuivi « Je suis prêt à intégrer l'Alumnat de l'Oracle des Sables. »

« Fort bien. » répliqua le Maître comme s'il avait attendu cette phrase clef. « Je vais maintenant te conduire à Lantar, ton précepteur. Lantar est en charge de ta promotion. » Il marqua une pause puis poursuivit : « Durant tout ton apprentissage, depuis ce jour jusqu'à celui de ta sortie, dans dix années, Lantar vous guidera, toi et les séminaristes de ta promotion. » Puis il s'adressa à Père : « Les Sages de l'Oracle des Sables vous sont reconnaissants de leur accorder d'être l'eau de la rivière de la vie de votre fils. Puissent-ils devenir un jour, ensemble, un grand fleuve. » Père se courba selon le rituel précédent. « Merci Maître pour votre dévouement et votre sagesse. Je vais maintenant pouvoir reprendre ma route avec confiance et sérénité. » Il se tourna alors vers moi « Realvi... » Il prit sa respiration. « Je suis fier de toi mon fils. Mère et moi sommes fiers de toi. Nous t'aimons. » Puis il s'agenouilla pour me serrer dans ses bras. Sans s'éterniser, il lâcha l'étreinte et prit les rênes de Tarja. Alors le Maître se mit en marche, m'intimant implicitement de le suivre et de laisser Père. Je lui emboitai alors le pas en me retournant néanmoins pour voir Père et Tarja former déjà, sous l'ombre triangulaire du temple, une unique silhouette encadrée par les jardins.

La Citadelle Rouge
extrait de « l'Atlas de l'Empire »
par Maître Le Tarnec

Nombreux sont les écrits et les récits évoquant l'origine des Neufs Citadelles. Depuis les Temps Inférieurs, les légendes prêtent aux Géants l'édification de ces merveilles. Si les Géants ne sont plus, les citadelles sont les artefacts qui parlent en leur nom. [...]

La Citadelle Rouge a été construite au sud du continent des hommes, aux portes du désert. Par sa position, elle contrôle toute invasion provenant des lointains espaces du sud :

. Elle culmine à une demi-lieue au-dessus du niveau de la mer, au cœur du grand plateau du désert rouge ;

. Elle est située sur le méridien exact de la Citadelle d'Or placée au nord, à environ 375 lieues ;

. Pour l'axe horizontal, elle est positionnée sur le parallèle menant, 100 lieues à l'ouest, au point de formation de la Péninsule Noire et sa Citadelle de Fer. À l'est, à équidistance, débutent les Grandes Plaines et leur Citadelle du Levant.

Sa position géographique l'expose à un climat chaud et sec tout au long de l'année. Les pluies sont décennales. Malgré ces contraintes la vie animale et végétale a su s'adapter et présente d'ailleurs un réel intérêt tant par sa variété que par son ingéniosité.

La Citadelle Rouge semble avoir été érigée pour affronter des assauts directs et brutaux durant de longues périodes. Elle a été conçue afin de résister aux sièges ennemis. Elle a révélé tout son potentiel durant les Grands Conflits d'avec les armées des Terres Lointaines. L'on compta pas moins d'un million de soldats ennemis tombés devant les murailles ; avec un cumul de cent-vingt années de combats.

Les murailles de la Citadelle Rouge abritent les principaux puits d'eau de la région, dont 2 sources abondantes. Cette caractéristique en fait le point le plus stratégique du sud et le plus convoité par les armées provenant du sud lointain : la prise de contrôle de l'eau offrirait un point d'appui essentiel avant toute invasion de l'Empire.

De fait la Citadelle Rouge est avant tout un édifice martial destiné à la guerre et condamné à résister. Les dimensions des murailles parlent d'elles-mêmes : 50 toises de hauteur (hors chemin de garde) et 6 toises d'épaisseur. La Citadelle forme un carré de 1 lieue de côté. Chaque pierre est en marbre rouge sang, nacarat, strié de blanc. La Citadelle allie rudesse et beauté. Les légendes racontent que les Géants démontèrent des montagnes pour construire la forteresse et que les pierres du désert rouge en sont les résidus. Afin de supporter le poids de l'ouvrage, de profondes et larges fondations ont été pensées par les bâtisseurs. Nous n'en connaissons pas les caractéristiques exactes. Sur ces murs, de hautes tours de guet, finement travaillées et ouvrées, sont disposées tous les huitièmes de lieues. Elles culminent à 70 toises au-dessus du niveau du sol. Elles sont coiffées par une chape de métal ; fruit d'un travail particulièrement élaboré.

La muraille, bien que dessinée pour la défensive, est donc une arme de guerre dont l'efficacité n'est plus à prouver. Grâce aux très nombreuses meurtrières réparties de toutes parts, les archers peuvent viser les agresseurs selon un angle très large (allant de 45 à 120 degrés). À l'intérieur, les accès aux archères sont agencés de manière à permettre une libre circulation des combattants. La logistique martiale gagne encore en efficacité grâce aux nombreux locaux disposés en contrefort : armement, salles de repos, infirmerie, réfectoire. Des passages pour chevaux permettent l'acheminement de matériaux lourds et des systèmes ingénieux d'ascenseurs sont disposés au sein des tours de guet. Culminant ce dédale, le chemin de garde posé sur l'épine dorsale de la muraille est parfaitement protégé par de lourds merlons offrant de confortables créneaux.

Aujourd'hui, à l'extérieur de la muraille, de nombreuses

carrières et mines exploitent les ressources naturelles de minerais rares et précieux, d'épices ou de dattes. La Citadelle Rouge génère ainsi une grande valeur ajoutée au travers de ses caravanes en partance vers les 8 autres Citadelles. Il y a 3 voies de communication reliées à la Citadelle Rouge. La première et la seconde mènent respectivement à l'ouest et à l'est, vers la péninsule et les plaines. De fait, la Citadelle Rouge est le point de passage obligatoire pour toutes les caravanes allant et venant entre la Citadelle de Fer et la Citadelle du Levant. La troisième voie part vers le nord, en direction du centre et de la Citadelle d'Or. Elle permet de rejoindre toutes les voies menant à l'ensemble des autres Citadelles de l'Empire.

Les trois voies de communication sont accessibles au travers d'ouvertures majeures d'une largeur et d'une hauteur de 15 toises. En sus, quatre ouvertures mineures (5 toises de large) sont réparties sur chaque façade ; les portes de 10 toises de hauteur sont doublées à largeur de muraille et séparées par une herse forgée dans un alliage inconnu. La herse possède des propriétés offrant une résistance probablement aussi importante que celle des murailles, si ce n'est plus. Les caractéristiques de ces herses n'ont jamais été reproduites à ce jour par l'homme. Pour leur fabrication, les légendes évoquent la Magie des Géants. Les ouvertures majeures présentent les mêmes caractéristiques hormis le mécanisme d'ouverture des portes ; mues par translation le long de la muraille, elles reposent sur de larges rails forgés. Toutes les portes ont fait l'objet d'un travail esthétique et artisanal de toute beauté. La muraille sud, est pour sa part entièrement fermée et ne présente aucune ouverture.

Autour de l'édifice, des douves larges et profondes s'enfoncent dans le terrain laissant apparaître une partie des fondations de pierre. Les douves sont interrompues par des systèmes de pont-levis sophistiqués permettant l'accès aux quinze ouvertures réparties sur la muraille.

La Citadelle Rouge abrite les prestigieuses institutions

impériales tels l'Alumnat de l'Oracle des Sables, la Garde Mobile du Désert, la Chambre de Commerce du Sud, et de nombreux temples dévoués à l'Oracle des Sables ; bâtiments principalement répartis sur le complexe de l'Alumnat.

Selon les coutumes et les régions, la Citadelle Rouge est parfois connue sous le nom de Citadelle du Sud, Citadelle du Désert, Citadelle des Sables.

L'ALUMNAT

II

C'EST AINSI QUE NAQUIT

Le patio était frais, l'air y circulait en douces vagues. Je rêvais qu'il emporta mes maux les plus noirs ; malheureusement, ils s'agrippaient en moi comme d'épineux liserons des bois. De mes terres, je caressais toujours l'espoir de bientôt en arpenter les plus précieux chemins. Le soir tombait ; une dernière lumière flottait, jouait entre les colonnes. Le Maître m'avait fait patienter ici, assis sur un banc de pierre, à l'ombre d'un blanc treillage dévoré par les entremêlements d'un lierre fleuri jaune. Les mains posées sur les cuisses, dos au mur, je détaillais l'endroit, y cherchais de rassurantes présences. Je scrutais la pierre usée de mon petit banc, l'effleurais du bout des doigts, y devinais les traces du temps dans une longue succession de nouveaux arrivants. Combien de mes semblables avaient jeté leurs angoisses troublées dans ce patio ? Les pensées de mes compagnons de misère s'invitaient en une farandole cynique. Combien de mères avaient été pleurées ? Combien de chiens ? Combien de rêves d'envol ? Je n'étais que le suivant, pas plus capable que les précédents, ni oiseau ni guerrier. J'étais le suivant. Juste une petite vie à la patte liée aux barreaux de la grande Cage Rouge. Pourtant je me sentais différent. Il me suffisait de fermer les yeux et je m'envolais, seul, libre ; les murailles devenaient des brins d'herbe et j'étais moi. Mais où aller ? Je volais, certes, mais tel un rapace, je planais avec élégance sur la Citadelle Rouge, sans la quitter. Tout aussi certain que j'étais différent, je savais qu'en ce lieu quelque chose somnolait quelque part et que ce quelque chose voulait me voir. Ma rêverie avait au moins eu l'avantage d'immobiliser mon corps.

« Mais qu'il est bien calme ! », s'était exclamé celui qui devait être mon Précepteur.

Je revins doucement sur terre, me délectant encore de ces aventures éthérées. Souriant, apaisé, je découvris Lantar. À l'instar du Maître, il dégageait une force tranquille ; plus jeune, il avait le visage assuré. Il portait la toge traditionnelle à laquelle ses yeux aigue-marine apportaient un éclat minéral. Son crâne était nu. Lantar s'approcha un peu plus et me salua : « Sois le bienvenu, Realvi ! » Comme pris la main dans le sac, je bondis de mon assise pour me mettre debout et le saluer à mon tour. « Je suis Lantar, ton Précepteur. Je suis le responsable de toute la nouvelle promotion. Ma tâche consiste à veiller au quotidien les besoins de mes élèves et superviser leur éducation. En tant que nouvel arrivant je vais te prendre en charge dès maintenant, d'autant qu'il est assez tard et que nous avons de nombreuses tâches à accomplir avant d'aller nous reposer. Je suppose que tu dois être épuisé et pressé de trouver un lit. Ces voyages à travers le désert sont toujours assez éprouvants et la dernière journée chargée d'émotion. Mais comme je te le disais, nous avons beaucoup à voir. Cela dit, à cette heure-ci, nous serons tranquilles et aurons tout le temps de bavarder. » Le débit de paroles de Lantar ne laissait guère de place à la réflexion. J'en souriais intérieurement et, je pense, un peu extérieurement également. « Nous allons devoir nous occuper de toi. Il y a un certain nombre de coutumes qu'il convient de respecter avant toutes choses. » Il me fit un clin d'œil et, dans le reflet de sa pupille, je me voyais, sourire crispé, en toge vert émeraude, le crâne rasé. « D'ailleurs, je te propose que nous profitions de l'occasion pour découvrir les bâtiments de l'Alumnat ; nous ferons quelques détours. Le moment est idéal : il y fait frais et les étudiants sont occupés aux dernières tâches ou au repos dans leur chambrée. Allons-y ! » Joignant le geste à la parole, il se mit en marche et je l'accompagnai. « Au fait, lorsque tu t'adresses à moi, je t'invite à m'appeler Précepteur, tout simplement. » Je me fis dans un premier temps la remarque qu'il eût peut-être été encore plus simple de l'appeler par son prénom et que tout ce protocole encombrait plus qu'il ne simplifiait. À la réflexion faite, le dévouement de la fonction s'accordait bien avec l'absence de toute marque personnelle. L'uniformité, le sentiment d'égalité inspiré par la tenue vestimentaire me le confirmait d'instinct.

Le patio était installé à l'arrière d'un bâtiment juxtaposé au temple par lequel j'étais arrivé. Il offrait une vue dégagée vers un étroit jardinet tout en longueur, sorte de paravent de verdure masquant un plus important complexe ; j'en avais sans hésitation déduit qu'il abriterait ma nouvelle vie avec ses salles de classe et ses dortoirs. Dans l'intimité du crépuscule, Lantar s'engagea avec souplesse sur la petite allée. Le petit jardin était truffé de bosquets et de fleurs parfaitement entretenus ; il nous enveloppa tels deux rôdeurs. J'en profitais pour m'enivrer des parfums frais que dégageait la fin de journée ; ils étaient nouveaux, plaisants et me racontaient la terre. Lantar parlait à voix couverte, sans discontinuer. J'appris ainsi qu'il avait vingt-trois ans, qu'il serait le Précepteur de ma promotion pour les dix prochaines années. J'essayais de l'imaginer à l'aune de ses trente-trois années, sans succès, et en mon for intérieur j'admirais cet engagement. Pour l'heure, Lantar m'apparaissait comme un grand frère, compréhensif, attentionné et ma foi, drôle. Il serait notre enseignant en Art Runique, Kun-Maga et Histoire ; en tout cas pour la première année. Les matières étudiées les années suivantes seraient présentées et abordées... l'année suivante. Je le sentais déjà inépuisable dans ces trois domaines ; bien que le Kun-Maga semblât le passionner encore plus : « Tu aimeras, j'en suis certain. C'est un excellent sport de combat à mains nues. Il demande autant souplesse morale que physique. » avait-il précisé d'un air radieux. Nous arrivions devant une porte d'entrée : « C'est ici que nous allons te préparer. » La salle était plongée dans une semi-obscurité. Tel un spectre glissant dans la pénombre, Lantar disparut dans l'obscurité. Je le cherchais du regard puis il réapparut sous l'éclairage tremblant d'une lampe à huile. Il alluma quelques bougies et, multipliant les petites flammes frissonnantes, la pièce se colora de jaunes et orangés. Je la découvris épurée ; sur une courte table, une vasque en terre cuite remplie d'eau, des ciseaux, un rasoir, un savon, une serviette roulée. Un tabouret m'attendait.

Quelques minutes plus tard, la lame crissait sur mon crâne ; Lantar s'appliquait avec méthode, calme et régularité. Il en dégageait une assurance teintée de concentration ; on eût dit un artiste travaillant son œuvre. Je tentais des coups d'œil et croisais le bleu vert acéré de son regard soudé à la tranche de l'outil. Mes pensées s'envolaient vers Mère. J'aurais aimé qu'elle soit là, assise près de moi. Lantar l'aurait apaisée. Elle aurait pu ressentir l'équilibre du lieu, savoir que je me portais bien et que j'étais entre de bonnes mains. Je ressentais comme un sentiment de culpabilité d'être presque détendu alors que je l'avais quittée effondrée, noyée sous les larmes. Du fond de mon esprit, je tentais de lui envoyer des messages, comme si elle eût pu les attraper. Du moins, pensais-je cela désormais possible. Le

sacré de la scène mêlé à l'imaginaire de mes sept ans, conférait à Lantar quelque pouvoir télépathique ; pouvoirs dont
j'héritais d'autant plus vite que mes cheveux tapissaient le
sol.

Soudain, dans notre dos, une voix gutturale brisa la solennité de cette communion. « Alors, Lantar, on prépare un
nouveau têtard ? Une future danseuse pour les ballets
impériaux ? »

Je sursautai. Maîtrisée par son maître, la lame accompagna mon imperceptible mouvement, sans ciller. Toujours
sans que je puisse y voir, j'entendis la voix presque sou-
riante de Lantar enchaîner : « Dartmoon ? Permets-moi de
te présenter Realvi. Realvi, je te présente Dartmoon. Sache
que Dartmoon est un héros. Sa réputation dépasse largement les hautes murailles de la Citadelle des Sables. Je suis
heureux que ton chemin soit amené à croiser le sien le jour
de ton arrivée. Tout cela est sans conteste de bon augure.
Que les Déesses en soient remerciées ! D'ailleurs, nous
irons au Temple dès que...

— Ta gueule Lantar ! » l'interrompit brutalement
Dartmoon.

J'étais foudroyé sur place comme si ces mots m'étaient
destinés. Les bruits de pas se dirigèrent alors vers nous,
jusqu'à ce qu'une silhouette se dessinât sur ma gauche et arrivât à ma hauteur pour me dévisager. L'homme portait la
toge vert émeraude. Un tatouage runique occultait la moitié gauche de son visage carré et de son crâne rasé. Une
peau grisâtre, un bouc et des oreilles en chou-fleur lui
conféraient une brutalité naturelle, meurtrière, aux antipodes de la plénitude portée par Lantar. Ses grands yeux
noirs perçaient mon âme : « Pauvre petit, quelle Déesse t'en
veut au point de t'avoir fait tomber sur cette promotion de
minables ? Trois années plus tôt et je faisais de toi un

homme.

— Dartmoon dirige avec succès la promotion des sixièmes années, l'interrompit Lantar. Et cela depuis trois ans. Ses séminaristes sont très prometteurs. » Je ne décelais ni cynisme ni ironie dans le ton de sa voix ; ni naïveté ni condescendance. Non, Lantar était neutre, ses mots étaient une vérité indiscutable. « Blablabla, ricana Dartmoon. Laisse tomber les mathématiques, Lantar. Ton têtard avait compris ça tout seul. » Puis il se tourna, croisa les mains dans le dos, et s'éloigna en ajoutant comme abasourdi : « Quel malheur pour l'Empire... Cette stupide tradition des majors finira par tous nous perdre... Et puis quand on n'a pas les couilles de se battre, on ne risque pas d'avoir les couilles de refuser un tel poste, n'est-ce pas Lantar ? » Et sans attendre de réponse à cette question, il sortit et claqua la porte. Derrière lui planait un silence, une gêne qui me fit éviter le regard de Lantar. Ce dernier brisa la glace, et je profitai de l'occasion pour me réchauffer dans l'assurance de sa voix. « Certes, ce garçon n'est peut-être pas le meilleur représentant de ce que l'on est en droit d'attendre de la part d'un Précepteur de l'Alumnat. Son caractère soupe au lait a de quoi déconcerter. » Il sembla réfléchir. « Mais il fait un bon Précepteur et ses faits d'armes sont un honneur pour ses élèves. » Devant cette indiscutable déclaration, incapable de résister, je fronçai les sourcils. « La colère ne t'apportera pas grand-chose, jeune Realvi. Il fallait l'exprimer lorsque Dartmoon était encore présent. À moins qu'elle ne me soit destinée ? » Je craignais de n'avoir été trop loin. Lantar ajouta : « D'ailleurs pourquoi cette colère ? Avant de juger l'un ou l'autre, prends le temps de t'interroger sur la situation. Penses-tu avoir toutes les vérités en main ? » Me laissant à mes pensées, il finit par conclure : « Quand bien même les aurais-tu, par quelles actions concrétiserais-tu ta colère ? » Monologue auquel je n'avais rien à ajouter. Comment pouvait-il parler de ce personnage en termes aussi éloquents ? Il y avait tant à dire sur ce Dartmoon : il était hautain, odieux, agressif ; tant de points les distinguaient tous deux. J'eus imaginé tous les Précepteurs à l'image de Lantar et la réalité de Dartmoon m'avait brutalement sorti de l'écrin de douceur dans lequel je baignais depuis mon arrivée.

Nous rîmes néanmoins lorsqu'il me fit passer la main sur ma tête toute lisse. L'effet était étrange, comme si j'avais perdu une partie de moi-même. En étant cet autre, ce nouveau, j'y trouvai de la force ; comme si désormais je n'avais plus rien à perdre. Je m'étonnai de ressentir si nettement ce sentiment. Après cet épisode, Lantar me conduisit dans la pièce d'à côté, me donnant une lampe à huile : « Il y a une toge et des sandales pour toi. Mets tes vêtements sur le côté, je les ramasserai pour les ranger. Tu n'en auras plus besoin. Je vais nettoyer ici.

— Je ne peux pas garder mes vêtements ?

— Aucun intérêt, tu ne les porteras plus. » répondit-il en s'amusant.

Je m'exécutai alors. Auparavant, je pris en main la pochette que Mère avait cousue et remplie de petits souvenirs. Mon cœur se mit à flancher. Il me fallait la cacher ; j'avais comme le sentiment que cela aussi la tradition allait exiger de moi que je m'en sépare. Rapidement, j'ôtai mes vêtements, préférant me changer vite. Je ne réussis pas à les plier convenablement, aussi les laissai-je tant que bien que mal empaquetés. Attrapant la toge, je cherchai ensuite à me l'apposer sur les épaules et autour de la taille. Mais à mon plus grand désespoir, je ne trouvai pas la solution à ce casse-tête. Je regardai la pochette de Mère qui était toujours dans ma main droite. Si Lantar arrivait, il la verrait et me la confisquerait probablement. Je paniquai, cherchant autour de moi une cachette, un endroit pour la dissimuler en attendant de pouvoir revenir la chercher un peu plus tard. J'en trouvai une sous un meuble : coincée contre un rebord en haut d'un pied, ma petite pochette était désormais à l'abri des regards. Je respirai fort, et je me dirigeai à côté pour demander de l'aide à Lantar. Comme je m'en doutais, il fut très courtois et compréhensif. D'après lui, très peu d'enfants savaient comment passer une toge la première fois. Il m'expliqua et je fus très surpris par la facilité de la manœuvre. Cependant, je n'y arrivai pas lorsque ce fût mon tour. Avec patience, il m'aida à nouveau et je me retrouvai à peu près capable d'en retenir le principe. Sur ce, il ramassa mes affaires et les emporta sous son bras. Je lui emboîtai le pas et, en me retournant avec un pincement au cœur, je jetai un œil sur le coin du meuble, là où la pochette de Mère attendait.

Comme promis, malgré l'heure tardive et la fatigue, Lantar s'employa à me faire visiter au mieux l'Alumnat. Je me déplaçais avec difficulté, sans cesse gêné par la toge que j'imaginais tomber bientôt à mes pieds. Mais cela n'arriva pas et c'est avec de grands yeux émerveillés que je découvris le réfectoire, large salle sculptée et carrelée, aux motifs riches et harmonieux. Je me projetai, imaginant les tablées sous le brouhaha des élèves. Étaient-ils bruyants en ce lieu ou sages et studieux ? La nourriture me conviendrait-elle ? Mais Lantar avait encore beaucoup à me faire découvrir. Je le suivais, améliorant passablement ma maîtrise du port de toge. La salle de classe dédiée aux élèves de première année était absolument magnifique. Une fresque évoquant la naissance des Géants était peinte à même le mur. Elle était de qualité, inspirée par le fronton du Temple et ses Déesses. Nous serions une quarantaine d'élèves pour cette promotion et je compris que presque tous iraient au terme de ces dix années à l'Alumnat. Les renvois étaient rares, les défections impossibles. Selon la tradition, le major de l'Alumnat prenait, cinq ans après l'issue de sa formation, la tête d'une nouvelle promotion qu'il suivrait en tant que Précepteur durant les dix années nécessaires à la formation. Je fis le lien avec la remarque acerbe de Dartmoon, mais ne releva pas ce point. Lantar ne prêtait pas attention à mon état de fatigue et nous allâmes d'anecdote en anecdote, de pièce en pièce, jusqu'à la salle de sport et ses tapis de combat. Lantar aimait particulièrement cet endroit. Il y consacrait beaucoup d'énergie tant à son entretien qu'au développement des élèves qu'il y encadrait, car « des racines profondes font des arbres tenaces. » La salle, qui n'était autre qu'un préau, était annexée au bâtiment proprement dit et semi-ouverte à l'extérieur. Lantar prit soin d'énumérer avec application les valeurs de l'exercice physique et plus particulièrement celles du combat à mains nues. « Le plus difficile combat de l'homme est celui qui l'oppose à lui-même. Comment un combattant qui n'aurait pas vaincu son propre moi pourrait-il espérer emporter une victoire contre un autre que lui-même ? »

Nous fîmes ensuite halte dans la petite salle d'armes de l'Alumnat. Son haut plafond magnifié de vitraux peints était comme percé par les rayons de la lune ambrée. Dans ce clair-obscur, soigneusement fixés sur les pierres du mur, blasons, lances et épées ; toutes de runes gravées. L'épigraphe chantait le nom de l'arme, sa devise, son lignage. Au milieu d'entre-elles, baignant dans une lumière subtilement irréelle, l'Espadon des Sables, longue épée à deux mains. Malgré la fatigue, mes yeux se posèrent grands sur cette lame, m'abandonnant, m'absorbant dans sa contemplation. Légendaire, forgée par les Géants, offerte aux hommes de la Citadelle ; elle était là, devant moi. Sa garde épaisse était taillée dans un rubis entier. Sous les reflets dansants de la petite lampe à huile, brillaient rouges mystérieux. La lame interminable, noir carbone, gravée de runes anciennes, était, disait-on, inaltérable. D'une tape sur le haut ma tête, Lantar interrompit mon extase. Alors, longeant de longs murs de pierre, nous empruntâmes la direction des chambres dans le calme et la pénombre. Étrangement, je me souviens que chaque ombre me rappelait Dartmoon. Je ressentais son angoissante présence et m'attendais à le voir surgir d'un instant à l'autre. Précepteur ou pas, il résonnait en moi, écho d'un profond sentiment de danger. Il était très tard. Nous arrivâmes devant une porte en bois sombre. Lantar m'indiqua que nous y étions tout en ouvrant avec délicatesse. Mes trois camarades de chambrée, sous leurs draps, dormaient déjà profondément. Lantar me tendit une chemise de nuit que j'attrapai comme une récompense salvatrice. Il ferma la porte et je me changeai aussitôt. Totalement épuisé, je tombai dans mon lit sans prêter attention ni à ma chambre ni aux autres dormeurs. Mes pensées furent pour Père. Se reposait-il en ville ? Était-il sur le chemin du retour ? Gune atel râm. Puis, avant le temps d'une autre question, je m'endormis...

Au réveil, en ouvrant les yeux, trois visages étaient penchés sur moi. Les trois séminaristes de ma chambrée, encore vêtus de leur tenue de nuit, scrutaient, tout sourire, le nouvel arrivant que j'étais. Visiblement, leur curiosité était partagée et ma présence aller susciter excitation et questionnements. Dans un crescendo musical, telles trois notes, leurs prénoms résonnèrent : « Moi c'est Domingo !

— Chêne !

— Et moi, Brave ! »

Domingo, s'exprimait avec un petit accent. Il avait le teint mat, couleur sable brun ; son regard avenant en faisait le meneur naturel du petit groupe. Chêne, le plus frêle, longiligne, avait une peau blanche comme le lait et, d'après ses sourcils, devait être roux comme l'automne. Brave me sembla être le plus robuste des trois : un visage affirmé et, malgré son sourire, des traits graves et marqués. Je souriai instinctivement, mais avec une certaine réserve : « Je m'appelle Realvi, des Terres du Centre. Vous êtes ici depuis longtemps ?

— Ici à te dévisager ? » me demanda Domingo, moqueur. Je levai les yeux au ciel en souriant. Brave répondit pour le groupe : « Je pense que tu es le dernier arrivé. De la chambrée, ça c'est sûr et de la promotion aussi.

— Moi ça fait déjà deux semaines que je suis arrivé, lança Chêne.

— Pareil pour moi, conclut Domingo. Tu viens te préparer ? »

J'acquiesçai, soulagé de ce comité d'accueil qui me guidait pour mes premiers pas et surtout soulagé d'avoir rencontré cette petite troupe. J'appris ainsi les premiers gestes de la journée : porter la toge, faire son lit et prendre la direction du réfectoire pour le petit-déjeuner. Dans le couloir, je découvris les autres chambrées de ma promotion, colonnes d'élèves tout juste réveillés, agités, mais parlant à voix basse. Nous n'échappions pas au protocole et mes camarades semblaient intarissables en matière de questions à mon sujet. J'acceptai leur curiosité avec intérêt, mais ne m'étalais guère sur mes réponses. De nature réservée, j'avais développé un certain sens de l'économie verbale. Ce qui n'était visiblement pas le cas d'eux tous. Arrivé dans le réfectoire, je ne fus pas désorienté, préparé que j'étais grâce à la visite de la nuit précédente en compagnie de Lantar. Seuls protocole et alimentation restaient à découvrir. En attendant ce moment, j'écoutais mes camarades. Brave provenait des Terres les plus au Nord de l'Empire, du pays des glaces et des neiges éternelles. Il vivait au cœur même de la Citadelle Arctique. Dans cette région, peu d'habitants étaient installés à l'extérieur des grands murs. La vie y était rude et la communauté représentait un facilitateur dont personne ne pouvait se passer. Seuls les chasseurs, les mineurs et les pêcheurs s'éloignaient de la Citadelle pour de longues périodes. J'essayais de me représenter cette région et Brave nous la dessinait comme l'exact opposé du désert Rouge. Il en était passionné et aussi amoureux que je l'étais de mes champs de blé. Pour lui, la chaleur de la Citadelle Rouge était un enfer dont il masquait habilement les méfaits sous une bravoure propre aux hommes issus des milieux les plus rudes. Alors que Domingo allait prendre la parole, des élèves s'approchaient de notre table pour le service. La tradition voulait que nous soyons tous, à tour de rôle, au service du repas matinal. Bol de lait chaud et miche de pain frais. J'en salivais, mon dernier repas remontant à la veille au soir avec Père ; tout cela me semblait déjà tellement loin. Domingo n'en pouvait plus d'attendre son tour de parole. Il venait des Terres de l'Est, dans les plaines de la Citadelle du Levant. Ses parents comme ses grands-parents et toute sa lignée étaient de grands éleveurs, très réputés. Les plaines abritaient principalement ce type de population, mais la fierté de Domingo donnait un caractère d'exception à sa famille. Domingo s'exprimait avec assurance et enthousiasme. À l'entendre conter son pays, nous sentîmes le vent des Plaines fouetter notre visage et le soleil de l'été brûler notre peau au beau milieu des vastes étendues d'herbes hautes. Nous frémîmes à l'évocation des grands taureaux couleur nuit courant à travers les landes, pointant en avant leurs cornes sanguinaires. Nous gloussâmes devant la beauté des filles de ses Terres dont le tempérament n'avait d'égal que le charme. Cette avalanche de superlatifs n'avait laissé que peu de temps à Chêne pour nous raconter son chez lui. Il fut donc bien plus concis, mais le peu que j'entendis me fit rêver. Le domicile de Chêne était tout aussi éloigné que celui de Brave. Il venait des immenses forêts du Nord-Ouest, près de l'Océan. Là-bas, les arbres atteignaient des sommets nulle part ailleurs égalés. En son sein, comme chacune des neuf Terres de l'Empire, une Citadelle ; la Citadelle Sylvestre. Chêne tenta de nous expliquer avec ses mots qu'elle était végétale et que la légende la disait vivante. Mais le temps nous manqua et la fin de ces échanges marqua le début de ma première journée en tant qu'étudiant à l'Alumnat.

Lantar venait en effet de faire son apparition. Calmement et très naturellement, la cohorte vert émeraude des quarante-quatre élèves de la promotion se mit à le suivre. J'en profitai pour dévisager rapidement ces nouveaux visages puis nous arrivâmes en salle de classe. L'alignement des tablées fut assez rapidement investi par les élèves disciplinés qui, de manière assez naturelle et logique, se répartirent par chambrée. Ainsi pris-je place à côté de Chêne tandis que Brave et Domingo s'installèrent devant nous. Surélevée, nous faisant face à tous, une estrade accueillait notre Précepteur, un bureau en acajou, un tableau noir, des craies blanches et une éponge. Avec sourire, Lantar accueillit officiellement la première promotion, désormais au complet avec mon arrivée. Nous souhaitant la bienvenue à tous, il se lança dans une longue présentation de l'Alumnat. Ce fut pour tous l'occasion de mieux comprendre ce pour quoi nous étions là et dans quel schéma impérial s'était inscrit notre destinée. Comme hypnotisés par le discours de Lantar, qui faisait un excellent conteur, quarante-quatre paires de petits yeux s'imbibèrent des rouages impériaux forgés au temps des Géants.

« Alumnat » désignait le campus de la Citadelle. Chaque Citadelle possédait un campus destiné à former les hauts serviteurs de l'Empire. Ainsi, au Sud, la Citadelle Rouge abritait-elle l'Alumnat de l'Oracle des Sables, prestigieuse école impériale qui, de par sa situation géographique aux portes des Terres Lointaines, avait acquis la réputation d'y former les meilleurs officiers militaires de l'Empire. Au-delà de ce cette note d'excellence, l'Alumnat avait avant tout pour mission de révéler des vocations parmi les séminaristes. Ainsi dès la troisième année du cycle, les élèves étaient-ils orientés vers des études plus spécifiques : littérature, sciences, ingénierie, médecine, architecture, administration, stratégie militaire et agronomie. Les sciences regroupaient les mathématiques, l'alchimie, la magie et l'astronomie. Cette vaste organisation reposait sur de larges infrastructures, appelées campus, protégées par les Citadelles. Les campus hébergeaient les dix promotions d'une quarantaine d'élèves chacune. Au total, un demi-millier d'individus y était hébergé, personnel inclus.

La sélection des étudiants s'effectuait très tôt. Les épreuves étaient organisées dans les Terres. L'examen exigeait un minimum de connaissances, limitant, par sélection sociale, le nombre de candidats à ceux ayant pu bénéficier d'un minimum d'éducation. Plus qu'un simple test de connaissance, il s'agissait surtout, au travers d'épreuves logiques, de repérer les aptitudes à apprendre. Les élèves retenus étaient ensuite dirigés vers un Alumnat autre que celui de ses terres d'appartenance. Ce brassage culturel était une volonté de l'Empereur qui y voyait là un bon moyen d'éviter, à long terme, les déséquilibres politiques et les guerres fratricides. Dix années durant, les séminaristes étaient soustraits de leur famille et confiés aux soins d'un Précepteur unique. Cette longue immersion, elle aussi exigée par l'Empereur, répondait à une stratégie de renforcement les liens et de modelage d'un sérail impérial soudé et empreint de valeurs communes.

Tout au long de ces dix années, aucun examen n'était imposé aux étudiants. La promotion était solidaire et finissait son cycle avec son effectif initial. À l'issue du cycle, le Précepteur et le Maître choisissaient un major. Cette décision était lourde de conséquences pour l'élu, car il serait chargé, cinq ans après sa sortie, de retourner à l'Alumnat. Il aurait alors pour mission de prendre les rênes d'une nouvelle promotion et d'en devenir à son tour le Précepteur pour dix nouvelles longues années. Il s'agissait d'un sacerdoce et rares étaient les Précepteurs capables d'avoir une vie familiale durant cet engagement de tous les instants.

La promotion pouvait néanmoins s'effriter avec le temps. Les élèves ne présentant pas les qualités requises étaient reconduits chez eux à la demande du Précepteur. Les élèves à l'origine de graves problèmes de disciplines étaient non seulement bannis de l'Alumnat, mais étaient en outre interdits à vie de toute fonction officielle au service de l'Empire. Leur exclusion s'effectuait lors d'une cérémonie regroupant tout l'Alumnat. L'élève était déchu de se toge vert émeraude, agenouillé et marqué au fer rouge dans la nuque, d'une rune symbolique indiquant aux yeux de tous sa disgrâce impériale.

En dehors de ces situations tout à fait exceptionnelles, la vie à l'Alumnat était plutôt confortable pour les étudiants. Ils jouissaient d'un environnement calme, propice à leur formation. Les activités sportives étaient quotidiennes et chacun était, à tour de rôle, affecté aux tâches permettant le bon fonctionnement du campus. Les vacances n'existaient pas sauf une journée libre par semaine. Socialement, les élèves bénéficiaient d'un esprit d'équipe très développé. Les chambrées portaient des noms distincts décernés par les occupants de la promotion, scellant ainsi encore un peu plus la notion d'esprit d'équipe.

Ce fut donc là notre première tâche en ce premier jour. Baptiser notre propre chambrée se révéla être un exercice bien plus pédagogique que distrayant. Regroupés autour d'une même table, Domingo, Brave, Chêne et moi-même y consacrions toute notre passion et toute notre imagination, comme s'il eut s'agit de baptiser un nouveau-né. « Je verrais bien quelque chose de fort, expliqua Domingo. Il faut montrer notre force et se démarquer des autres. Je propose "Les Fauves".

— Ça me plait bien, mais c'est trop animal à mon goût, releva Brave. Pour ma part, j'avais pensé aux "Redoutables".

— Alors, les Fauves Redoutables ! tenta Domingo.

— Je ne sais pas si vous avez écouté autour de nous, commença Chêne, mais toutes les chambrées se battent pour la dénomination la plus élogieuse.

— Et bien alors ? demanda Domingo.

— Et bien alors, reprit Chêne que l'assurance de Domingo ne semblait pas impressionner, les Redoutables seront vite noyés par les Extraordinaires, les Uniques, les Quatre, les Meilleurs et les Lumineux. » Et il affichait un grand sourire en nous dévisageant tous. « Et qu'est ce que tu proposes ? demanda Brave

— Ça, je ne sais pas encore, soupira Chêne.

— Et si nous parlions de la paix ? avançais-je. »

Domingo sourit vers Chêne, Brave se tint le menton et le visage de Chêne s'éclaira. Pendant les minutes qui suivirent, les silences succédèrent aux propositions les plus folles puis Domingo claqua des doigts : « J'ai trouvé ! Nous serons la chambrée Columbus ! »

III

C'EST AINSI QUE JE FÊTAI

Dans ce bain de tranquillité, les journées s'étaient installées en semaines, les semaines en mois et les mois en années. Les enfants de la chambrée Columbus étaient devenus de jeunes adolescents, mais tout adolescent que nous étions nous n'étions encore que des enfants. Durant ces six années, l'alumnat avait forgé en nous le plaisir de l'apprentissage. Sous le soleil écrasant, nous apprenions l'endurance nécessaire aux épreuves de la vie. Les cours succédaient aux travaux. Les obligations alternaient aux corvées. Les passe-temps étaient rares, mais ne manquaient pas. Notre Précepteur veillait à notre enseignement moral. Nous développions un sens commun du juste et l'habillions d'une vertueuse déontologie. Ces valeurs gravées dès notre plus jeune âge devaient ne jamais plus nous quitter.

Leçon après leçon j'étendais le champs de mes compétences en art runique, apprenant plumes et papiers, chasses, enluminures, pigments et autres hampes calligraphiques. Je développais un goût pour le manuscrit, un plaisir à la dissertation et même à la copie. Les encouragements de Lantar à mon égard étaient un feu de joie. Objectif, je souffrais de la piètre qualité picturale et scripturaire de mes parchemins, mais aimais entendre Lantar souligner l'harmonie du fond l'emporter sur la forme. En toute sérénité, je goûtais le voyage des lettres qui emporte l'enfant du plus profond de lui-même aux inextinguibles limites de son imagination. Rêveur endémique, c'est avec excitation que j'attendais le jour du vélin vierge. Dessinant d'enchanteresses runes, je contais avec ardeur, réclamant à notre Précepteur encore plus de caractères pour exprimer plus de mots. Éreinté par tant de passion, le soir venu, bercé par les mystères lexicaux, mon esprit se perdait en volutes graphiques et les songes ruiniformes m'emportaient. C'est à l'aune de cet engouement que je pris la décision de consacrer mes quatre dernières années de l'Alumnat à la littérature. Il me fallait voyager sur les terres de proses et les grands espaces philosophiques. Je voulais conquérir de cendrés sommets alexandrins. Je me projetais à franchir le gué de rivières de stances aux Déesses dédiées. Je vibrais aux sonnets chantants et aux strophes calligraphiées.

Mais l'Alumnat était l'esprit et le corps. Lantar excellait en Kun-Maga. Rituel quasiment religieux, il enseignait chaque matin après le petit-déjeuner et chaque soir après notre journée. Ses cours étaient magnétiques, passionnants, à l'image de l'écriture. Il n'enseignait pas, il diffusait un art qu'il avait lui-même reçu, humble transmetteur, enfonçant cours après cours les préceptes du combat à mains nues. Conducteur de notre énergie, le Kun-Maga jugulait notre vitalité intérieure pour la catalyser en de puissantes vagues extérieures. Notre jeune âge rendait inné l'apprentissage de ces mantras corporels. Aux antipodes d'une chorégraphie dansante, année après année, la synchronisation des quarante-quatre jeunes élèves exaltait en nous la symbiose martiale et philosophique. Reproduisant les katas du maître, les disciples forgeaient leur feu interne, effaçant mimétisme pour un implacable autocinétisme guerrier. Sous les voûtes extérieures du temple, baignant dans les rayons de l'astre tantôt levant tantôt couchant, réunis en lignes vert émeraude, dans une inébranlable rythmique, nous saisissions d'invisibles ennemis, agrippions de menaçantes ombres, évitions de mortels dangers. Vifs comme le serpent, agiles comme le singe, légers comme le guépard, habiles comme le tigre, inattendus comme l'aigle, nous devenions l'élite combattante et combative de l'Empereur.

À l'image de cette symbiose, une indéfectible amitié s'était scellée entre Brave, Domingo, Chêne et moi-même. De tempéraments complémentaires, nous trouvions tous en l'autre, un ami, un frère de sang. L'âpreté du déracinement par obédience impériale rendait salvatrice cette simple amitié. Notre chambrée deviendrait notre famille et en quittant l'Alumnat, nous aurions gravé plus de souvenirs de chambrée que nous n'en aurions conservé de Père et Mère.

Malgré un caractère parfois presque aussi introverti que celui de Chêne, l'enfant des Terres Glacées, Brave, était un homme de guerre. À son physique puissant et hors du commun pour notre âge s'alliaient un mental létal, une énergie ramassée, une eau dormante dont nous savions qu'elle cachait en son sein un tumulte martial. C'est sans aucune surprise, sans même que la question ne se posât, que Brave choisît de poursuivre l'Alumnat sur la voie militaire afin de servir l'Empire et de le défendre, le jour venu, par la chair et par le sang. Son indiscutable engagement était une foi pure et cristalline, une libre et noble obligation, la digne servitude d'un esprit sain aux valeurs rationnelles et traditionnelles.

Notre Domingo était l'homme de toutes les situations. À l'aise dans tous les domaines il ne brillait pas spécialement plus dans une matière que dans une autre. Si rien ne l'émerveillait outre mesure, rien ne le rebutait non plus. Il était notre force tranquille, absorbant ses leçons comme d'autres avalaient un repas. Il avançait sans autre passion que celle de ses terres natales qu'il ne cessait de nous narrer ou de nous conter. Il nous les avait tant et tant décrites que nous le soupçonnions depuis déjà fort longtemps d'en inventer de nouvelles facettes. D'ailleurs sur ce propos jamais personne n'osa froisser notre ami. Aborder cette éventualité eût été un crime de lèse-majesté. Sous le sceau de cet accord tacite, Domingo, en narrateur intarissable, voguait pour notre plus grand plaisir de frêles anecdotes en passionnelles perspectives. Pour la seconde partie de ses études à l'Alumnat, Domingo, dubitatif quant à la voie qui l'attendait, s'en remit aux bons offices de Lantar. Notre Précepteur vit en lui l'espoir d'une belle carrière d'homme public ou politique. Domingo se préparait donc, pour les quatre prochaines années, à intégrer les sombres et tortueux cheminements de l'administration impériale. Il apprendrait, de codex en recueils, à en décoder les moindres rouages et à en assimiler les plus mineures définitions.

Chêne, le plus fragile de nous quatre, était une énigme pour la chambrée. Il était un camarade aimé et aimant, calme, attentionné, plein d'esprit et rigoureux. Chêne écoutait beaucoup, mais parlait peu, mais il parlait bien, tout simplement. Non pas que Chêne ait été un de ces camarades ennuyeux ou prétentieux. Au contraire, Chêne savait placer des traits d'humour qui nous emportait dans de grandes vagues de fous rires. Et Chêne posait souvent la question qu'il fallait, le pas de côté qui éclairait nos points de vue respectifs. Sa fragilité physique faisait de lui l'objet de railleries récurrentes de la part de certains élèves de notre promotion et surtout des promotions supérieures, notamment celle du Précepteur Dartmoon dont les élèves ne manquaient pas d'imagination en matière d'outrages verbaux, voire physiques. Ces sévices ne manquaient pas de réveiller la fraternité de la chambrée Columbus. Brave le premier, suivi de Domingo et moi-même nous jetions tête baissée dans des joutes rarement violentes, mais toujours agressives. Pour le résumer, qu'il se comportât de manière active ou passive, Chêne déchainait les passions. Au carrefour de cette sixième année, Chêne emprunta sans surprise le cursus de formation de quatre années en agronomie. La botanique avec l'étude du monde végétal l'excitait particulièrement. La sylviculture et l'horticulture parfaisaient avec magnificence ses très studieuses ambitions.

Nous nous engagions donc tous les quatre vers le dernier grand cycle de l'Alumnat. À l'issue de celui-ci, nous aurions tous à effectuer une mise en application de trois années en tant que Compagnon d'un Maître. Ce passage dans la vie active se déroulerait sur le terrain, en dehors de l'Alumnat. Pour certains, cette période de probation s'effectuerait hors des hautes murailles de la Citadelle, voire dans d'autres régions de l'Empire. À l'issue de ce dernier cycle, lors de notre vingt-et-unième anniversaire, nous serions adoubés, nommés Chevaliers de l'Empire au service de l'Empereur. L'Empereur avait ainsi autant de preux chevaliers maitrisant armes et chevaux que de chevaliers en sciences, en lettres ou en économie. L'Empire se régulait autour des fonctions vitales de la société et l'Empereur avait la sagesse de savoir apporter la reconnaissance égale à tous ces corps de métiers.

Ces six années avaient forgé nos corps et nos âmes. Une fois l'an, Père me rendait visite. Ces visites uniques me procuraient une incoercible joie. Lorsque Lantar venait me chercher pour m'annoncer la venue de Père, je filais dans les couloirs tel l'éclair, devançant mon posé Précepteur. Lorsque je retrouvais Père, sans un mot, sans autre action que trois pas d'élan, dans un bond vert émeraude, je me jetais dans ses bras. Alors supplantant tout autre préambule, un rituel systématique du réveil de mes sens m'envahissait. Père exhalait les parfums du monde extérieur, les vents du désert rouge, les épices de la ville, les foins de nos campagnes, la crinière de Tarja et, je me l'inventais sûrement, le parfum de Mère. Mais alors que je grandissais, Père vieillissait lentement. Le temps s'écoulait inéluctablement et j'en percevais déjà le flux et le reflux. Au creux de ses bras forts, je sentais couler dans mes veines, à chaque battement de cœur, l'âcreté de cette injuste saveur. Ces visites m'étaient voyages sur mes terres lointaines que j'arpentais alors de mon imaginaire. Père m'apprenait les couleurs de la terre, la chaleur des récoltes, la froideur des hivers. Il m'offrait les récits simples de la vie des Terres Fertiles dominées par la Citadelle d'Or. Mais encore plus que des mots me rappelant ces paysages d'enfance, Père me livrait des nouvelles de Mère et me portait ses mots propres, des mots d'une mère à son fils, des mots baignés de fierté, d'encouragement et d'amour. Des mots dont je savais l'effort qu'il lui en coutait de ne pouvoir me les prononcer elle-même chaque jour. L'écho des mots lointains de Mère me réchauffait l'âme autant qu'il me voilait le cœur. Les pensées de Mère formaient, dans la bouche de Père, un prisme théâtral. En l'écoutant parler je comprenais qu'il fallait la simplicité de Mère pour que Père exprimât, au travers de son épouse, ses propres sentiments. Le chagrin de cette séparation l'emportait toujours sur le plaisir et c'est une sombre et infinie mélancolie qui s'instillait dans ces retrouvailles. Pour autant, Père et moi outrepassions cet écueil. Avec fortitude, nous nous employions à ne jamais nous plaindre des moments difficiles pour nous consacrer aux seuls sujets dont nous savions la vacuité lacrymale. Seule exception, celle de l'annonce de la mort de notre chien Puck. Mon ami cher reposait en paix sous un tumulus de verdure inondé des larmes que je versai ce jour-là.

C'est au rythme épais de ces traditions que défilèrent pourtant ces six premières années d'Alumnat. Brave, Chêne, Domingo et moi-même étions dans notre quatorzième année. C'était aussi le temps des premières grandes interrogations sur le sens de la vie. Je me sentais nettement inférieur à mes camarades. Brave était costaud et dégageait d'instinct une force qui dissuadait toute hostilité à son égard. Domingo était vif, plein d'humour, de traits d'esprit et charismatique. Chêne était un puits de connaissance, semblait doué d'une grande mémoire, d'une indiscutable intelligence et d'un esprit cartésien aiguisé. Je ne trouvais pas en moi de qualités comparables.

C'est ainsi qu'un soir, à l'heure de l'endormissement, au jour de mon quatorzième anniversaire, je fus pris d'une grande nostalgie, et d'une infinie tristesse. Je me jugeais médiocre, ni bon, ni mauvais, ni beau, ni laid, juste dans cette moyenne qui engloutit les masses, un arbre ni majestueux ni remarquable par sa finesse, un arbre de la forêt submergé par l'ombre des autres. Vêtu de vert, je me voyais tel un sapin au garde à vous dans l'immensité renversante des serviteurs impériaux. Et pourtant, quelque chose en moi hurlait le contraire ; une voix au plus profond de moi qui me criait un message, une voix qui aurait aimé me réveiller, me sentir vaillant, cette voix de l'inconscient que j'étouffais sans scrupule, convaincu que j'étais de mon peu de valeur. J'avais besoin d'entendre Mère parler avec fierté et amour de son fils. J'avais besoin d'être grand homme dans le regard de Père. La compassion de Lantar et la fraternité de mes amis ne suffisaient plus. Ce soir-là, je tournais dans mon lit, repoussant les idées noires et cherchant le sommeil. Les couvertures étaient noyées sous la lumière de la lune orangée transperçant la petite ouverture de la chambre. Les chaudes nuances me remémorèrent mon soir d'admission, les adieux à Père précédant Lantar et la ballade à travers le jardin. Je songeai à ma première tonte, à la toge. Puis je me rappelai soudain la pochette confectionnée par Mère, dissimulée dans la précipitation de mon arrivée sous un meuble. L'émotion me submergea en visualisant les pierres précieuses qu'étaient ces parcelles de mon passé. La honte s'empara ensuite de moi ; d'avoir ainsi abandonné ces grands petits fragments de mon passé n'avait rien de glorieux. Et une fois de plus, j'y trouvais de quoi me dénigrer davantage. Dans un délicieux paradoxe, je m'infligeai ensuite les plus vifs reproches pour tant de sensiblerie. Mais où était le mal à vouloir conserver près de moi les vestiges de mon enfance, ces quelques boucles de cheveux de mère et les précieuses reliques du pelage de mon Puck aujourd'hui disparu ? Ces pensées me perturbaient au plus haut point. Peut-être pouvais-je profiter de la nuit pour retourner en ces lieux et y chercher l'étui camouflé ? La peur de me soustraire au règlement forgeait en moi les barreaux de mon déshonneur. Je trouvai la réponse dans l'enseignement de Lantar : « Le plus difficile combat de l'homme est celui qui l'oppose à lui-même. » Sans trouver de réponses convaincantes à mes tourments, je sentais cette pensée appropriée à mon déchirement. Je devais me relever pour m'affronter.

Sans faire de bruit, presque tremblant, je glissai hors de ma couche. La fraîcheur du sol me traversa la plante des pieds jusqu'à me glacer l'échine. Retenant ma respiration, je serais le hibou qui coupe la nuit dans un silence absolu. Glissant dans le sommeil de mes trois amis, je posai mes doigts sur la clenche que j'actionnai avec ménagement. La porte s'ouvrit et je cédai à l'appel du courage. Devant moi, le long et sombre couloir de pierre. Je laissai mon regard s'adapter à l'obscurité : m'inventant d'occultes et magiques mantras de Kun-Maga, je devins grand-duc, nyctalope et serviteur de la nuit. Alors, d'un pas assuré, je flottai entre les chambrées, frôlai les portes pour m'extraire avec hâte du bâtiment. Dehors l'air encore chaud brassait quelques senteurs épicées et le silence enveloppait le campus de son fol amour. Furtivement, j'empruntai pieds nus le chemin qui menait à destination. De colonnades en chapiteaux, de temple en édifice, je volai, rapace nocturne. À l'encoignure d'un mur, les mains posées sur une cascade d'arabesques, je découvris l'entrée du lieu qui abritait l'objet de mon expédition. Je savourai le goût de la victoire sur moi-même, de ce petit courage de petit homme. Sans un grincement, la porte fit de moi son ombre, m'avala et je me retrouvai à l'intérieur des murs. Dans la pénombre, je discernai la petite table et la vasque. Continuant sur mon envol, je planai jusqu'à la pièce suivante, celle dans laquelle j'avais découvert, six années plus tôt, ma première toge. Plus longue que la précédente, plus profonde, la pièce s'enfonçait dans le bâtiment ; je m'approchai du meuble avec prudence, moins confiant, plus farouche.

À tâtons, je trouvai le meuble du fond de la pièce. Le cœur battant, je m'agenouillai et glissai ma main sur le compartiment, caressant la patine avec précaution, la dirigeant jusqu'au bandeau dont je me remémorai les fines cannelures. La glissant ensuite au dos de la traverse, je palpai jusqu'au pied du meuble. Alors, sous mes doigts triomphateurs, le toucher de l'étoffe, la pochette de Mère ! Je la fis s'extraire hors de sa niche et la porta contre mon torse comme pour soulager mon rythme cardiaque devenu insidieusement véloce.

Tout à coup, dans mon dos, un infime bruit de pas, un

discret, mais perceptible déplacement d'air me glaça les sangs. D'instinct, je cherchai un recoin dans lequel me terrer. Avant d'avoir réfléchi, je m'y dirigerai déjà, me lovant entre un siège et une armoire. Faisant désormais face à la sortie, je découvris l'objet de mon frisson. Quelqu'un allait et venait entre les pièces attenantes et la buanderie dans laquelle je me trouvais. J'attendais, tremblant comme une feuille. J'étais apparemment bien caché et mes vêtements de nuit apportaient un bien plus confortable camouflage que la toge vert émeraude. Le deuxième coup de semonce fut porté par l'apparition d'autres personnages. En effet, plusieurs ombres chinoises allaient et venaient maintenant. À travers le mur, j'entendais même des discussions de velours provenant d'une troisième pièce. Inquiet, je cherchais une stratégie payante. La patience pouvait être une clef. Mais je risquais d'être découvert à tout moment. Pis, je pourrais avoir à attendre toute la nuit et devoir retraverser le campus de jour en tenue de nuit ; rien de glorieux. Mes tergiversations eurent au moins l'effet de faire passer le temps. Les allers et venues s'étaient arrêtés. Comme posté en faction, un homme restait immobile en face de l'issue de sortie. J'étais pris au piège. Je me contorsionnai afin de mieux l'entrevoir. Drapé de la toge, il semblait plus grand que moi, mais n'avait ni la carrure ni l'allure d'un adulte. Dans la pénombre, la toge avait une sinistre allure, comme si, de là où j'étais, un détail m'échappait. Il me tournait le dos, regardant en direction de la portée d'entrée du bâtiment, les bras croisés. Par contre, il n'était pas clairement posté au centre de l'allée. Il s'était inscrit sur le mur, se cachant ainsi presque à la vue de quiconque entrerait. J'en étais maintenant certain, il faisait discrètement le guet. Les minutes passèrent, paresseuses et sadiques. Soudain, de la porte d'entrée, un bruit de grattement ; le bruit de la clenche que l'on ouvre avec mesure, demi-pouce par demi-pouce. Mon homme sursauta, glissant un peu plus dans l'angle de son point d'observation. Pris au dépourvu, je sentais mon angoisse se muer en prise de conscience du danger et mon corps se raidir. De longues secondes semblèrent s'écouler. Puis, un vaporeux rayon de clarté sélénienne se dessina peu à peu sur le sol, s'étira mollement vers les tréfonds de la buanderie jusqu'à s'arrêter ; stoïques, suspendus aux secondes, l'homme de faction et moi-même semblions retenir notre souffle à l'unisson. Dans la lumière, l'ombre suintante d'un visage se diluait de brasse en brasse. Puis une voix prononça « Realvi ? » Je me redressai d'un bond : « Chêne ? »

À cet instant, surpris, le séminariste en faction se retourna vers moi en proférant un juron. En quelques enjambées, il me tomba sur le dos et m'immobilisa en me laçant. Je me débattais, lançant coups de coude après coups de coude pour essayer de brise l'étreinte. « Qui êtes-vous, me demanda-t-il ? » Puis devant nous, Chêne qui s'était avancé jusqu'à la buanderie, lui aussi en tenue de nuit : « Realvi ? Tu es là ? »

Le gaillard me projeta alors violemment contre le mur, se jetant sans sommation sur Chêne. Sous le choc, je m'évanouis à moitié. Crachant du sang, je posai ma main instinctivement sur mon visage brûlant. La vue brouillée je trouvai Chêne allongé au sol. Trois autres acolytes rejoignaient notre agresseur. L'un d'eux tenait une lampe à huile. Leurs toges m'apparurent rouges, mais je découvrais alors le sang dégoulinant sur mon visage et mes yeux ; mon esprit s'affola, refusant la réalité et m'imaginant dans un mauvais cauchemar. Tourné vers moi, l'un d'eux demanda : « Qui c'est celui-là ?

— Ils sont deux, répondit mon assaillant.

— Pas plus, en es-tu certain ?

— Apparemment. Qu'est ce qu'on va faire d'eux ? »

En réponse, l'autre se dirigea vers moi. Je le regardai sans être capable de prononcer la moindre parole, de sortir le moindre son. Paralysé, je le dévisageai. C'était un « grand » d'une autre promotion. Sa toge était bien rouge et je n'en avais jamais encore vu de similaire sur le campus. Il avait le visage taillé et anguleux, la peau creusée de stries noirâtres, comme une écorce d'arbre séchée grise et piquée de vers. Il s'arrêta tout net devant moi, croisant les bras sur les hanches ; il affichait un air perplexe, une moue capricieuse et répondit enfin : « Qu'est ce que j'en sais ? » Puis aussi vif qu'une flèche, il me décrocha une gifle d'une brutalité inouïe. Je tombai à nouveau sur le sol, sonné et agité de tremblements. « On ne peut pas les laisser repartir comme ça, dit l'un des autres restés un peu plus loin.

— Ça, je le sais bien, répondit la brute qui venait de me gifler.

— À moins que Gulsare ne nous concocte un petit sort d'oubli ? répondit l'autre avec désinvolture et cynisme.

— J'allais le proposer, répondit une autre voix. Des cobayes bien frais, c'est tentant. Au fait, le terme précis est Incantation vivace d'amnésie sélective. » Et il avait appuyé ses derniers mots en les prononçant d'un air légèrement dégagé et hautain.

J'avais l'impression de n'être qu'un jouet, qu'une marionnette abandonnée par un grand enfant. Plaqué au sol, vidé de mon énergie, j'étais à la merci de sa prochaine folie. Un peu plus loin, allongé lui aussi, Chêne qui m'avait évidemment suivi depuis notre chambrée. Il hoquetait en gémissant et semblait bien plus mal en point que je ne l'étais. Une pluie de coups de pieds dans l'estomac sembla vouloir l'achever ; entre chacun d'eux, je voyais son petit corps bondir puis retomber au sol. Je serrai les dents, pleurant, étouffant mes hurlements, nourrissant vengeance. Un invraisemblable calme s'en suivit, inondant au goutte-à-goutte mes pensées de son inquiétante enveloppe. Dans un écho distant, le son vibrant de quelques derniers grognements animaux, des pas allants et venants. Lointaine, une lancinante et étourdissante logorrhée s'insinua dans mon esprit, l'étouffa avec sang-froid. Puis un éclair embrasa Chêne. Je suppose qu'il en fut ensuite de même pour moi. C'est ainsi que je fêtai mon quatorzième anniversaire.

« Il revient à lui. » C'était Lantar, penché devant moi. Je me réveillai lentement, endolori, piqué de douleurs sur le visage. « Lantar ? » voulus-je demander, mais ma voix semblait comme enrouée, malade. « C'est bien moi, Realvi. Comment vas-tu ? » Cette question m'étonna, je n'avais pas le souvenir d'avoir été souffrant. La présence de mon Précepteur dans la chambrée, les maux de tête, les douleurs dans le dos et la toux portaient pourtant le goût de l'inhabituel. « J'ai très chaud, Précepteur. » Ma voix s'éteignit dans ma gorge brûlante, me dissuadant d'ajouter le moindre commentaire. Je le dévisageai, décodant ses traits graves. Son inquiétude m'était contagieuse et je craignais une vilaine infection. La chambre baignait de lumière et je réalisai alors que nous n'étions pas au petit matin, mais en journée. « Ça va, Realvi ? » C'était la voix de Domingo, apparaissant sur l'épaule de Lantar. J'acquiesçai d'un sourire. Leur présence à tous en ce qui me semblait être la pleine journée m'étonna. D'autant plus que je n'avais pas souvenir que nous fussions un jour de repos. Laborieusement, je posai la question : « Il n'y a pas classe aujourd'hui ?

— Non, mon brave Realvi, répondit posément Lantar. Repose-toi. »

Je fermai les yeux, emporté par un épuisement. Autour de moi s'agitaient mes amis.

Je me réveillai. La chambrée était plongée dans l'obscurité. Dehors il faisait nuit. Dans leurs lits, je discernais à peine Brave, Domingo et Chêne. J'avais encore du mal à avaler ma salive, mon corps m'était douloureux et terriblement chaud. Je bougeai les couvertures pour en sortir les pieds et faire circuler l'air frais de bas en haut. Je ressentais un léger mieux par rapport à mon précédent réveil : mes pensées étaient plus claires. Les yeux grands ouverts, je vivais cet état désagréable des souffrants qui ont trop dormi et se réveillent la nuit sans pouvoir retrouver le sommeil. Tel le reflux de la marée, ma léthargie se dissipait lentement, laissant derrière elle un tapis de douleurs naissantes. Malgré elles, l'impatience l'emportait. J'aurais voulu être le matin pour reprendre le chemin de la classe. Mon regard courait sur le plafond de notre chambrée. Je pensais à Père, Mère et Puck, parti rejoindre les étoiles et les Déesses. Je l'aurais voulu allongé contre mon lit, à me veiller. Je faufilai ma main hors de la couverture, cherchant sa présence tranquillisante, l'effleurant de mes doigts. Je l'imaginai remuant la queue et agitant son museau contre ma main. Puis je m'endormis à nouveau.

Au réveil, il faisait déjà jour. J'ouvris les yeux et la chambre était vide. Seul Chêne semblait encore endormi, allongé dans son lit. Je l'appelai : « Chêne ? » Aucune réponse. En prononçant ces quelques mots, j'eus encore mal à la gorge. Je passais alors mes mains sur mon visage. Je le sentais enflammé. Je m'étirai dans le lit, impatient d'en sortir ; bien que toujours brûlant de ce qui devait être de la fièvre. J'ouvris les couvertures et entrepris d'en sortir. Je me levai, non sans difficulté. Tel un ancien, je me tenais à tout ce qui m'entourait et pouvait m'offrir un appui : mur, cadre de lit, chevet ou tabouret. J'approchai de Chêne. Il était sur le dos, plongé dans son sommeil. Je sursautai. Il avait le visage tuméfié, couvert d'ecchymoses. « Chêne ? » Il dormait. Je ne comprenais pas. Puis la porte s'ouvrit et ce fût Brave qui apparu le premier, suivi de Domingo qui s'exclama aussitôt : « Realvi ! Tu es debout !

— Oui, enfin, répondis-je rassurant. Tout va bien sauf que je dois avoir de la fièvre. »

Brave s'en alla dans le couloir en criant : « Je vais chercher Lantar ! » Ce qui ne manqua pas de m'interpeler, tant par la familiarité employée que par l'idée d'aller déranger notre Précepteur en pleine classe. « Qu'est-ce qui est arrivé à Chêne ? » demandai-je à Domingo. Il me regarda, bouche bée, les yeux écarquillés. « Mais dis-moi ? Qu'est ce qu'il y a ? insistai-je.

— Et bien... C'est que tout le monde ici comptait sur toi pour nous l'expliquer ! »

IV

C'EST AINSI QUE JE DÉCIDAI

Lantar arriva, accompagné de Brave. Tous deux avaient encore l'air particulièrement inquiets. Je prenais peu à peu conscience de la gravité de mon état. Lantar posa sa main sur mon front : « Bonjour Realvi. Tu es encore très fiévreux, mon garçon. » Je ne me souvenais pas avoir déjà entendu Lantar m'appeler ainsi. Son regard aigue-marine me détailla de bas en haut. « Bonjour Précepteur, répondis-je. Je me sens beaucoup mieux. Mais que m'est-il arrivé ? Qu'est-il arrivé à Chêne ?

— Tes camarades vous ont retrouvés un matin, Chêne et toi, inconscients et couverts d'hématomes, effondrés devant la porte de votre chambrée. Nous ne savons pas ce qui vous est arrivé et, sincèrement, nous comptions sur toi pour en apprendre davantage. »

Je dévisageais Brave : « Est-ce vrai ?

— Vous étiez encore tous les deux en tenue de nuit. C'est Domingo qui s'est réveillé dans la nuit et a remarqué votre absence.

— Je me suis dit, ajouta Domingo, qu'il fallait aller à votre recherche. Et en ouvrant la porte, nous vous avons trouvés sur le sol. Comment vas-tu ? »

Je n'eus pas le temps de répondre à cette question. Déjà, Lantar avait enchaîné : « Je vais aller chercher le Guérisseur afin qu'il pratique une saignée. Il est grand temps de faire baisser cette mauvaise fièvre. Tu étais tellement faible qu'il avait jugé préférable de te ménager et d'éviter que tu ne t'affaiblisses encore plus. » L'idée de la vue de mon propre sang me rendit livide. Les airs soustraits de Brave et Domingo ajoutaient à mon malaise. Lantar dut ressentir mon effroi, car il m'entoura de son bras et me conduisit jusqu'à mon lit : « Détends-moi, Realvi. Toute situation inquiétante, aussi inextricable puisse-elle sembler, trouve sa solution dans le calme et l'ordre des choses. Nous allons tout d'abord guérir ces vilains symptômes qui t'affaiblissent. Ensuite, il sera toujours temps de reconstruire le puzzle de ton histoire. Te remettre sur pieds doit être notre seule priorité à tous. Ton énergie t'est précieuse, sois en maître. »

Alors Lantar se leva et s'effaça lentement comme il en avait le secret. Brave et Domingo restaient devant moi, sourire embarrassé. Mais à cet âge, le naturel de la vie a tôt fait d'emporter les malheurs ; les enfants que nous étions partirent alors en conversations simples. Brave nous raconta la dernière leçon de Kun-Maga, le pas lourd des élèves de la chambrée des Loups Noirs et le fou rire qui avait emporté l'assistance devant leurs pitreries. Domingo avait tout un tas d'histoires à me raconter. Lui qui d'ordinaire était de nature plutôt silencieuse ne se ménageait pas et redoublait d'efforts afin de me faire changer les idées. J'étais bien moins accaparé par le contenu de ses histoires que par sa chaleureuse initiative. Même Domingo, si loquace, avait bien du mal à ajouter le moindre petit mot. Après le récit des péripéties éducatives de la journée, Brave profita de son enthousiasme pour me questionner à nouveau sur les événements passés : « Ne te souviens-tu vraiment de rien ?

— Pas même d'avoir été retrouvé sur le sol...

— Et pour Chêne, n'as-tu pas une seule idée ? »

Je tentai de me concentrer, roulant des yeux, fermant les paupières, posant mes mains sur la tête, mais absolument rien ne venait.

Apparu alors dans l'encadrement de la porte, un vieil homme aux cheveux blancs, le Guérisseur. Il s'affichait dans une longue tunique ; c'était un bliaud en soie foncée vert-de-gris, raffiné, décoré au col et aux manches de motifs dorés. La paire de braies beige associée lui donnait, malgré son grand âge, une allure d'homme de terrain. Il avait apporté une sacoche de cuir noir, fermée par une élégante poignée en métal forgé. Il vint se poser sur le bord de mon lit, assez amicalement, mais totalement absorbé par mon cas, avec un air presque étourdi. Fronçant les sourcils, ne me quittant plus du regard, il fit voyager sa main ridée, en vieille habituée, sur le haut du sac de cuir ; ses doigts en dénouèrent à l'aveugle les larges lanières du mécanisme de fermeture. Tout en relevant les manches de sa blanche chemise, il demanda qu'on aille lui chercher de l'eau et je vis Brave s'exécuter sur-le-champ. Il se gratta la gorge : « Et bien, le voilà bien plus en forme que je ne l'imaginais ! Lui avez-vous bien renouvelé ses médications humectantes plusieurs fois par jour ?

— Oui, Guérisseur, répondit Domingo à ma grande surprise. Jusqu'à dix fois par jour et parfois même la nuit !

— Oh, c'est bien plus que nécessaire, mais c'est très bien ainsi. Les bons soins et l'attention valent tout autant, si ce n'est plus, que les meilleures potions. » Et il partit dans un petit rire qui n'amusait que lui. « Bien. Voyez-vous jeune homme, les contusions sévères qui couvrent votre visage seront vite guéries avec cet onguent. » Et il me désigna un petit récipient qu'il avait habilement extrait de sa sacoche. « Il s'agit d'un très ancien remède qui s'est toujours révélé d'une grande efficacité que ce soit pour les simples maux ou les plus sévères coups reçus sur les champs de bataille. Souhaitez-vous en connaître les secrets ? » Sa question n'en était pas une ; aussi, charmé, j'opinai du chef. « Sa préparation est rudimentaire, poursuivit-il alors. Mélangez poudre de corne de sabot de cheval ou de chameau, à une quelconque matière grasse. De la graisse animale, mais du simple beurre fera très bien l'affaire. À part les cuisinières, cela ne dérangera personne et vous aurez un onguent de première qualité ! » Tandis que ses mains glissaient sur mon visage pour y appliquer la crème bienfaitrice, je fermais les yeux, sentant néanmoins un sourire éclairer son visage. Il ajouta : « En fonction de leurs vertus thérapeutiques, d'autres substances curatives peuvent également y être associées. De la menthe, du cumin, de la sarriette, de la lavande, du thym et j'en passe. Les herbes ont certaines propriétés que les apothicaires aiment encore découvrir. Vous intéressez-vous à la médecine ? » C'était une question sans arrière-pensées, et ma soif de connaissance m'incita à répondre oui. En fait, tous les sujets m'intéressaient plus au moins. J'aurais aimé apprendre et comprendre toutes les sciences et être en mesure d'embrasser toutes les professions. La médecine en était une aussi simple que l'était la cuisine. Le goût pour une certaine alchimie associé au plaisir de l'expérience des mélanges réveillait en moi une excitation qui ne trouvait maître qu'aux limites de mon imagination. « Si vous vous intéressez à la médecine, venez donc un jour prochain me voir durant vos journées libres. Les préparateurs vifs d'esprit font de bons compagnons. » Me projetant in extenso sur le devant de la scène, je souris tant pour le compliment qu'à l'idée de bientôt manipuler fioles étranges, pierres mystiques et herbes de pays lointains. Ses mains cessèrent de travailler mes hématomes et il reprit : « Je vais maintenant pratiquer une saignée. » J'avais ouvert les yeux et je le regardais avec effroi. À l'arrière-plan, Lantar, revint avec une vasque en terre cuite remplie d'eau. Quant à Brave et Domingo, ils semblaient totalement absorbés par le spectacle. À leur décharge, le conteur était envoûtant et l'on ne se lassait pas de l'entendre chanter les louanges de la cure administrée ; tant et si bien que je me languissais presque du numéro de saignée à venir. Tout en fouillant dans son sac il enchaîna : « Je ne suis guère partisan de la saignée à outrance. Bon nombre de mes confrères ne jurent que par elle, et je crains que bon nombre de blessés n'eurent préféré être définitivement occis sur le champ d'honneur, plutôt que de finir lentement vidés de leur sang sous les frasques vampiriques d'un quelconque apprenti guérisseur. Mais il est un fait incontestable que la pratique possède de véritables propriétés fébrifuges qui vous seront bien utiles si j'en juge votre grande fièvre. » Absorbé par son discours aussi effrayant que rassurant, j'avais assisté inconscient, comme hypnotisé par ses mots, à l'incision, au creux de mon coude, d'une petite entaille effectuée de main experte à l'aide d'un scalpel. Dessous était installée une vasque en terre cuite, en forme de haricot. Mon sang y coulait déjà. « Je sais la chose particulièrement éprouvante, mais il ne s'agit que de quelques onces. Par ailleurs, je n'ai plus les ingrédients permettant la préparation de potions palliatives. Ici, dans le désert, certaines choses sont rares. Et l'acheminement de Citadelle en Citadelle laisse parfois à désirer. Mais j'accuse ces pauvres gens alors qu'entre nous je sais aussi que mes collègues sont parfois suffisamment étourdis pour oublier mes précieuses commandes. Sans compter que parfois, je passe moi-même commande un peu trop tard. » Et il me fit un grand clin d'œil. « Avez-vous déjà beaucoup voyagé à travers l'Empire, jeune homme ? » Je marquai un temps d'hésitation puis répondit poliment : « Pas tellement. En fait, je viens des Terres du Centre et mon seul voyage a été celui qui m'a mené avec Père jusqu'à ici. Mais je rêve de découvrir les régions de l'Empire.

— Hé ! Hé ! m'interrompit-il, vous avez une tête de voyageur mon jeune ami. Et je suis certain que le monde est fait pour vous et vos camarades. Il y a dans cette chambrée une dynamique qui n'est pas sans me rappeler mes jeunes années passées à l'Alumnat de la Citadelle Marine. Par les Géants, qu'elle est loin cette époque où je plaisais aux dames, soupira-t-il. Bien, vous voilà vidé de tout votre sang. » Je sursautai et jetai un regard d'angoisse sur mon coude pour y découvrir un bandage blanc comme neige. La saignée était terminée et je n'avais rien vu ni venir ni partir. Relevant la tête, je vis Lantar sourire avec amusement de ma naïveté. Le Guérisseur se tourna vers Domingo « Il faudra tout de même poursuivre le cycle éponges et veiller à son repos. Je ne veux pas le voir hors de sa chambre sans mon autorisation. » Et il se tourna vers moi : « Est-ce bien compris, jeune homme ? Un pas au-delà du seuil de cette porte et c'est à moi que vous aurez personnellement affaire ! » Acculé sur l'oreiller, je répondis d'un timide : « Oui, Guérisseur. » Auquel il répondit : « Fort bien, mon jeune ami. »

Puis son regard se porta au loin, sur Chêne : « Nous allons maintenant aller voir notre autre petit ami. Il est plus que temps de faire tomber sa fièvre et de l'aider à reprendre connaissance. À ce rythme-là, il n'y survivra pas. » Pour la première fois depuis mon réveil, la possibilité de perdre Chêne était clairement évoquée. Le vieux guérisseur se leva de mon bord de lit, fit une moue perplexe et se dirigea à pas tranquille vers Chêne : « Il est en bien mauvais état ce petit bonhomme. » Et il marqua un silence de réflexion avant de reprendre, sans se retourner « Mais j'y pense, Realvi, maintenant que tu es réveillé, peut-être pourrais-tu nous raconter ce qui s'est produit l'autre soir ? J'ai hâte de comprendre l'origine de cette sordide situation. » Sa demande indirecte n'avait rien de facultatif. Je marquai une pause d'hésitation. Puis, comme si de n'avoir rien à dire pouvait me rendre suspect, germa alors en moi l'idée que ce silence prolongé m'accusait. Et je balbutiai : « Je n'en sais rien. Je... Je ne me souviens de rien. D'absolument rien... » Un vide flotta dans la pièce. Le guérisseur fouilla dans sa valise et en ressortit la vasque de terre cuite qu'il posa sur une petite table à côté de Chêne. Il se leva lentement, empoigna la couverture et l'enroula aux pieds de Chêne. Il abaissa ensuite le drap jusqu'à l'aine. Chêne était torse nu, sans vêtement de nuit. Ce que j'entrapercevais de son corps était couvert d'ecchymoses. Domingo détourna la tête avec pudeur ; Lantar fronça les sourcils dans un sentiment que je ne sus saisir ; Brave fixa la scène en serrant la mâchoire de ses saillants maxillaires. Quant à moi, je restai sans voix. Le Guérisseur poursuivit la discussion : « C'est peut-être une perte de mémoire temporaire. Sous l'effet d'un choc évident. Gageons que votre ami aura au moins la même chance que vous. » Il fit glisser ses mains sur l'abdomen de Chêne. Puis, comme s'il lisait un livre sous ses doigts, partit dans l'énumération du diagnostic : « Les contusions sont nombreuses. Les organes internes semblent s'être dilatés. Les battements du cœur sont fortement ralentis. La respiration est irrégulière et difficile. La perte de son état de conscience est totale depuis l'accident. La fièvre est excessive. »

De son étui, il sortit un morceau de tissu imbibé de cendre de bois puis s'essuya les mains. Il se leva et alla se tremper les mains dans la vasque d'eau apportée par Brave.

Il toussota, visiblement gêné. Nous avions tous les quatre nos regards rivés sur lui, attendant la suite, espérant une issue heureuse. J'avais le cœur qui battait, incapable de ne pas penser au pire. Il se tourna vers nous tous et s'adressa à Lantar : « Le pronostic vital est engagé et ses jours sont en danger... » Un ange passa, puis Lantar demanda posément : « N'y a-t-il rien qui puisse être fait pour l'aider à guérir ?

— Sa fièvre ardente provoque une forte accélération de la circulation du sang qui peut provoquer des engorgements. J'aimerais pouvoir faire chuter sa fièvre à l'aide d'une saignée, mais ce garçon est dans un tel état d'affaiblissement général que cela risquerait de l'emporter définitivement. » Il hésita avant de reprendre : « Il nous faudrait de la Magie, mais je ne suis que Guérisseur, pas Magicien. » Il en ricana doucement.

Lantar inspira, manifestement touché par cette annonce. Curieux, j'osai une question, me tournant tour à tour vers Lantar et le Guérisseur : « La Magie pourrait-elle le guérir ? » Le vieil homme répondit avec tact et sérieux : « Ce n'est pas si simple mon jeune ami. » Il posa ses deux mains sur les hanches, à la manière d'un bûcheron. Ne s'adressant à personne en particulier, fixant Chêne, il poursuivit : « J'aurais bien une petite idée pour toi, mon garçon. J'ai plus d'un tour dans mon sac et je n'ai pas dit mon dernier mot. Reste cependant que de connaître l'origine du mal m'aiderait bien à préparer la potion adéquate. » Il tourna sur lui même « Non... Une petite erreur de jugement et ce serait radical. Je ne peux pas prendre cette décision seul, jeune Chêne. Si seulement tu pouvais parler et nous dire ce qui t'est arrivé. » Concrétisant son embarras, il se gratta les cheveux blancs en secouant la tête.

Après un long silence, Lantar se tourna vers nous : « Et bien ? Qu'avez vous à répondre à cette question ? » Son interrogation ne trouva aucun écho en nous. Dans un silence teinté d'étonnement, nous nous dévisagions, nous interrogeant mutuellement du regard afin de déterminer si nous avions tous compris la même chose. « De quelle question parlez-vous ? demandai-je à Lantar.

— Voulez-vous laisser le Guérisseur tenter d'intervenir au risque de perdre Chêne ou préférez-vous que nous patientions encore ? »

Cette fois, il n'y avait aucun doute. Brave, Domingo et moi-même échangions de nouveaux regards interrogateurs. Je regardai Chêne, espérant un sursaut de sa part. Mais il ne bougeait pas, blême, anémique, inconscient de la vie qui le fuyait. Depuis l'arrivée à l'Alumnat, des liens profonds s'étaient noués entre nous tous. Avec l'étrange épisode nocturne, un rapprochement privilégié s'était effectué entre Chêne et moi. Nous étions les mystérieux compagnons d'une nuit énigmatique. Son visage tuméfié bleu-noir contrastait avec le roux joyeux de ses cheveux naissants. Une inexplicable vague de culpabilité m'emporta. Même mal en point, j'étais le rescapé et il était l'indiscutable victime. Qu'était-il arrivé ? Y étais-je pour quelque chose ? Brave et Domingo semblaient partager ma perplexité. C'est Domingo, teinté de son accent, qui prit la parole le premier : « Laissons le Guérisseur faire comme bon lui semble. Nous ne pouvons rien y faire. Si Chêne doit survivre, c'est que les Déesses lui réservent encore un rôle. Qu'en pensez-vous ?

— Je suis certain qu'il survivra, déclara Brave d'un ton imposant. Aidons-le à remporter ce combat au plus vite en le soignant au mieux. Si j'étais à sa place, je n'aimerais pas qu'on me laisse ainsi. » Cette discussion m'était difficile : « N'est-ce pas à ses parents de prendre cette décision, demandai-je à Lantar ?

— Realvi, quand bien même le souhaiterions-nous, il faudrait des semaines avant d'atteindre ses parents et encore autant avant d'avoir leur réponse. Habiteraient-ils dans cette présente Citadelle que leur avis ne devrait compter ni à mes yeux ni aux vôtres. La tradition de l'Alumnat veut que chaque chambrée soit maîtresse de son propre destin. Aussi jeunes soyez-vous, cette décision vous appartient. » Le Guérisseur se tourna alors vers nous, nous scrutant tour à tour. Plongeant son regard comme un défi, perçant nos pensées, il devenait soudainement notre conscience, notre juge. L'espace d'un court instant, j'aurais presque juré voir un fin sourire se dessiner sur ses lèvres. Domingo et Brave se tournèrent vers moi, comme si, d'un consensus unanime ils faisaient de moi l'interprète de leurs pensées, la voix de leur embarras, le déterminant d'une insoluble équation. J'en balbutiais : « Combien de temps pouvons-nous encore attendre avant de prendre cette décision ? » Cette fois, je vis clairement le guérisseur sourire et je l'interprétai comme le signe d'une certaine pertinence à cette question. « Plus vous attendrez, moins les effets de mon entreprise seront efficaces et plus le risque de le voir trop affaibli pour supporter le moindre traitement sera grand. »

La décision était simple et évidente. Ce jour-là, nous n'eûmes pas classe, occupés que nous étions à panser nos plaies, mais nous apprîmes par Lantar que non seulement nous avions le pouvoir de décider, mais surtout que nous en avions le devoir. Joignant mon regard à ceux de mes deux amis, je prononçai la seule phrase qu'il fallait prononcer : « Agissons dès à présent. » En écho, je trouvai les visages solidaires de mes amis. Quelles que fussent les conséquences de ma décision, ce choix fut mien et je retiens de ce jour l'image de quatre amis qui avaient gravé leurs quatre initiales dans un petit coin de leur tête. Je ne saurais mieux le conter que le fit alors Brave en lançant haut et fort : « La chambrée Columbus ne peut qu'être quatre ! » Et il y avait dans chacun de ses mots l'empreinte indélébile d'un guerrier inébranlable.

V

TOURMENTS ET TOURNANTS

Je devins rapidement le centre d'intérêt de toute notre promotion. Les autres élèves ne semblaient parler que de cela. En tout cas, en ma présence, nul autre sujet ne semblait pouvoir avoir le moindre intérêt. Le Guérisseur m'avait autorisé la reprise des cours depuis seulement quelques jours et déjà, je regrettais cette décision. Du matin au soir, les questions les plus étonnantes fusaient tout autour de moi : La chambrée Columbus était-elle au centre d'un complot ? Des spectres seraient-ils à l'origine de cette tragédie ? Chêne allait-il survivre ? N'y avait-il vraiment rien dont je pouvais me souvenir ? Des gens juraient avoir vu glisser des ombres dans le couloir de cette nuit noire. D'autres auraient entendu le pas battu d'un animal haletant, un loup-garou, un esprit des sables, et même celui d'un élève revenant d'outre-tombe. Cette chambre avait-elle été le lointain théâtre de meurtres d'élèves ? J'aurais vite rebroussé chemin si Brave et Domingo n'avaient pas été à mes côtés pour me soutenir. Alors que Brave se contentait de gronder en montrant les dents afin de calmer les ardeurs créatives de nos écoliers, Domingo ne pouvait s'empêcher d'enjoliver les rumeurs en contant mille balivernes imaginées au pied levé ; mimant tour à tour hydres marines et harpies volantes, il m'horrifiait lorsqu'il ne me faisait pas rire aux larmes. Le cœur des quatrièmes années ne battait plus qu'au rythme effréné d'une enquête qui avançait au pas inspiré. Ainsi, chaque soir, la tombée de la nuit devenait-elle le lever de rideaux du spectacle en trois actes auquel tous les élèves aspiraient tout en le craignant. Quelle chambrée se ferait dévorer dans les heures à venir ? Serait-ce cette fois-ci à Domingo et Brave de subir le courroux des démons ? À qui le prochain tour ? Si ces angoissantes visions pouvaient me faire rire, elles éveillaient en moi, au moment de l'endormissement, des peurs nouvelles. Je n'étais, apparemment, pas le seul. Les latrines perdirent de leur attrait sitôt la nuit tombée. Si un besoin urgent se faisait ressentir, il fallait pas moins d'une chambrée au complet pour accompagner le malheureux au salvateur lieu d'aisance. Ainsi se déroulèrent les premiers jours de mon retour.

Quant à Chêne, il était toujours alité. Le traitement du Guérisseur était un succès. Chêne avait repris connaissance au plus grand soulagement de nous tous. Le Guérisseur passait plusieurs fois par jour à l'Alumnat, limitant ses consultations en ville et ne s'absentant du chevet de Chêne que pour d'autres urgences. Il avait engagé Chêne dans un traitement qui nécessitait une grande réactivité de la part du prescripteur nous avait-il expliqué. Les composantes médicinales devaient être revues matin et soir en fonction de l'état et des réactions de son petit patient. « Les plantes ont le pouvoir de donner et de reprendre. », avait-il expliqué. Aussi était-il extrêmement vigilant et d'un optimiste bien moins prononcé que le nôtre. Pour Domingo, Brave et moi-même, Chêne avait ouvert les yeux, Chêne avait mangé, Chêne était sauvé ! L'image de son corps sans vie n'était qu'un souvenir hideux que la force de notre jeunesse avait balayé au loin. Résonnaient déjà en nous les rires à venir de notre ami et le fol accueil que lui réservait sa promotion. La réalité se confrontait néanmoins à cette impatience. Le Guérisseur avait installé une officine de fortune dans un coin de notre chambre. S'entassaient ainsi fioles étroites, flacons aux étiquettes gravées de runes, burettes aux robinets cuivrés, ballons aux liqueurs colorées, cornues sous distillation et matras aux cols envolés. Suspendus sur un socle de bois, différents petits récipients contenaient herbes craquantes, plantes veinées et séchées, dermes et phellodermes de racines, pétales de fleurs broyés ; je restais des minutes durant, fasciné par ce tapis de verdures pâles et sombres, printanières, estivales, automnales ou hivernales. Je guettais faits et gestes de notre Guérisseur, espérant ne rien rater de la prochaine transmutation ; l'alchimiste manipulait alors de ses mains fripées les précieux ingrédients dont il tirait les essences rares de dessous l'alambic ; infusions et mixtions embaumaient alors la pièce de leurs effluves plaisantes, piquantes et remarquables. Muni d'une pipette, le Guérisseur dosait ensuite, à la goutte près, l'élixir du jour ainsi obtenu. À l'image de ce lent processus, Chêne reprenait progressivement force et esprit. Tantôt ouvrant les yeux, tantôt prononçant quelques paroles qui ne manquaient jamais de déclencher un vague d'espoir et de bonne humeur dans toute la chambrée. Ainsi, toute biologique et cartésienne que fût l'alchimie, elle provoquait chez nous l'illusion d'une magie capable d'un miracle inversement proportionnel en taille à l'infime quantité de liquide ingéré par notre malade : en cette science, j'aimais tant le spectacle de son univers imperméable aux profanes que les grands bouleversements provoqués par son infinie petitesse.

Malheureusement, les semaines succédèrent aux semaines et les progrès de Chêne ne furent ni à la hauteur de nos espoirs ni à la hauteur des attentes du Guérisseur qui semblait de plus en plus préoccupé. Il restait des journées et des nuits entières au chevet de son patient, parlant seul, marmonnant, hermétique à nos questions et remarques. Chêne s'éveillait par épisode, n'ouvrant les yeux que quelques minutes et parlant finalement très peu, incapable de tenir une conversation ou d'exprimer ses sentiments. Aussi ne savions-nous toujours pas si Chêne avait souvenir de la funeste nuit qui l'avait si misérablement cloué sur sa couche. Au cours de cette période, l'agitation installée dans notre promotion fit tache d'encre sur les élèves des cycles supérieurs et je devins malgré moi l'objet de nombreuses attentions, parmi lesquelles nobles égards et viles moqueries. J'avais depuis longtemps franchi le cap de l'intérêt pour la célébrité et j'espérais maintenant une plus grande distance entre la curiosité de la foule et ma propre personne. Facilement repérable par mon visage encore bleui et mon nez cassé aux stries violacées, je n'étais pas au bout de mes peines. Durant tout ce temps, Domingo et Brave ne me quittèrent plus. Ce fut d'autant plus agréable que l'attraction était finalement passée de Realvi à la chambrée Columbus. Les plus grands citaient notre chambrée et mes deux amis n'étaient pas moins sollicités que je l'étais. Les questions étaient finalement toutes les mêmes : avions-nous de nouveaux indices, de nouveaux souvenirs ? Plus discret, mais tout aussi présent, Lantar ne nous quittait pas vraiment. Notre chambrée était devenue son second bureau. À tel point que les autres pensionnaires venaient directement frapper à notre porte s'ils avaient besoin de le trouver. Sa présence ne se justifiait pas réellement. Le Guérisseur était maître de la situation et Lantar n'avait, en fin de compte, aucun pouvoir particulier. Mais il était notre Précepteur et, étant donné les circonstances, escomptait bien faire preuve d'une vigilance toute particulière à notre égard. Ainsi l'affaire était-elle prise au sérieux par tous. Je ne fus donc guère surpris lorsque Lantar m'annonça que le Maître souhaitait me rencontrer. J'eus bien entendu une brève vague d'angoisse à l'idée d'être ainsi convoqué par la plus haute autorité de l'Alumnat. Mais, restées gravées en moi, la sérénité et la bienveillance du personnage m'apportèrent l'apaisement face à cette convocation.

En fin de journée, après la leçon de Kun-Maga, Lantar me fit patienter sous le préau. Un à un les élèves avaient quitté la cour d'entraînement, m'y laissant seul. Comme à peu près tous les soirs dans ce désert, le coucher de soleil dispensait généreusement sa lumière tamisée ; projetée sur le granit des murailles, la chaleur des couleurs portait les pierres à l'apogée de leur camaïeu de rouges. Assis en tailleur sur le sol, mains posées sur les genoux, apaisé après l'effort physique et la concentration mentale, je ressentais la communion de mon corps et de mon esprit, l'union tranquille de la force et de la vaillance. « Realvi ?

— Précepteur ?

— Le Maître nous attend au Temple. » La solennité de l'instant suffisant à elle-même, je me levai sans autre mot, marchant sur les traces de Lantar. Son pas souple et léger me rappelait le félin, pareillement au premier jour où nous arpentâmes tous deux les allées et les couloirs de l'Alumnat. De pas en pas, je me découvrais un audacieux mimétisme envers son allure et j'en éprouvais un plaisir grandissant. Telle une vague invisible, le silence nous emportait sur le sentier bordé de palmiers dattiers dont les fruits gorgés de l'eau de la noria planaient irréellement au-dessus de nos têtes. De virements en obliques, le courant de la marche nous porta à travers le grand jardin jusqu'aux colonnades de l'imposant péristyle bordant le Temple des Déesses. Incontournable chef d'œuvre de l'édifice, le fronton tout en ivoire sculpté, dessinait Déesses enfantant les Géants. Par un fin jeu de contrastes entre bas et hauts-reliefs, l'artiste y avait gravé l'empreinte équilibrée de la force et de la douceur. Bien que l'Alumnat ne dispensât aucun précepte religieux, d'être reçu en ce lieu saint par le Maître était un symbole qui apportait solennité à l'audience accordée. Le déisme était reconnu, pratiqué, voire encouragé. Le culte des Déesses constituait la religion la plus répandue à travers tout l'Empire : les légendes attribuaient aux divinités la naissance des Géants et donc la volonté de protéger les hommes. Moi-même je m'étais à plusieurs reprises rendu dans un petit Temple disposé près des dortoirs. J'y avais présenté quelques offrandes en priant afin de sauver Chêne. Les offrandes n'étaient ni numéraires ni matérielles. Il s'agissait toujours d'offrir aux Déesses un geste d'entraide envers nos semblables. Il fallait aussi que ce geste, à l'instar de l'objet de la prière, soit totalement dénué d'intérêt personnel. Ainsi les paysans ne priaient-ils pas pour le beau temps... mais rien ne pouvait les empêcher de prier les Déesses afin que le soleil chauffe les blés des champs mitoyens.

Jouant entre ombre et lumière, nous glissâmes, sinueux, entre les exactitudes mathématiques du portique et ses hautes rangées de colonnes flanquées de chapiteaux en pierre taillée de feuilles d'acanthe. Sitôt parvenus en haut du perron, tels d'ardents fidèles nous entrâmes. Assis en lotus, le Maître méditait face à une haute statue d'albâtre posée sur un large socle de bronze. Caractérisée par son pétrifiant réalisme, la sculpture saisissait quiconque pénétrait sous les voûtes du Temple. Un Géant, à l'expression grave particulièrement travaillée, tenait en ses mains une immense masse d'arme à deux mains. Le traitement apporté par l'artiste sur le corps ne souffrait d'aucun défaut.

Par sa densité martiale remarquablement matérialisée, le gardien du Temple dégageait intégrité et abnégation. Au sollicitant, il imposait sans discours aucun, humilité et pénitence. Dès lors, fixant tour à tour le guerrier et le Maître, ne les quittant ni l'un ni l'autre du regard, j'avançai avec déférence.

Imitant Lantar, je m'arrêtai à quelque distance pour saluer le Maître. Puis, limitant la résonance du froissement de la toge, m'assis au sol. Quelques longues secondes s'envolèrent avant que le Maître ne parlât : « Nous avons trouvé ceci. » Joignant le geste à la parole, il me présenta une chose, un objet, la pochette cousue par mère. Entre le Maître et moi, de dessous les commissures de ce petit étui, surgirent alors les formes de mon passé et l'émoi de la stupéfaction. Des souvenirs déjà trop lointains reprenaient vie. Éclosirent en cet instant, la tendresse, la bonté et l'amour de Mère. Réapparurent grands espaces, champs cousus de fils d'or, prés verts de mousse et braies distendues par la rosée matinale. Éclatèrent pluie d'aboiements, bonds d'au-delà des rivières et frémissements de joie de mon ami Puck. Galopèrent en moi les images de Père et Tarja, de nos balades sous les grands chênes sauvages aux feuillages minutieusement verts, ombres et rais de lumière. Et mon cœur se gonfla, et le Temple tout autour de moi tourbillonna. « Realvi ? Saurais-tu nous dire de quoi il s'agit ? » reprit le Maître tandis que mes pensées tentaient de revenir à lui. Saisi, soufflé, je sentais m'écraser de tout le poids de son simple regard, le Géant d'albâtre. Les mots commencèrent à se rejoindre, à former une explication. Des sons formèrent des bégaiements, le sang m'empourpra le visage : « Maître... Il s'agit de souvenirs personnels que Mère m'avait offerts pour mon séjour à l'Alumnat. Je... J'avais dissimulé la poche croyant qu'elle me serait confisquée. » L'expression du Maître était vide de toute émotion et sa réponse fut à cette image : « C'est tout à fait exact. Les objets personnels provenant de l'extérieur de l'Alumnat sont interdits. Comprends-tu cela ? Ressens-tu les secousses en toi, le bouillonnement d'émotions qui te submerge ?

— Oui, Maître. Je vous prie de garder cette enveloppe. » En mon for intérieur, je pleurai déjà cette résiliation, cette lâcheté à si vite abandonner ce bien qui m'était si précieux. Le Maître reprit : « Chêne était-il au courant de l'existence de cette pochette ?

— Pas du tout !, fis-je, interloqué.

— As-tu fait l'objet d'un chantage de sa part ? » C'était un coup d'estoc : « Non ! Ô grand jamais ! Maître, Chêne et moi sommes de bons et loyaux amis. Cet étui était mon péché caché. » Et j'avais à cet instant, le regard du Géant, sa probité et son intégrité.

Dans une subtilité du corps égale à celle de l'esprit, le Maître se leva avec précision pour se retrouver à mes côtés, m'entourant de son bras gauche : « L'entendre de ta bouche et avec tes propres mots était tout ce que je souhaitais. Les séminaristes, vois-tu, reçoivent tous le même enseignement. Mais à l'image du soleil et de la pluie, toutes les plantes ne possèdent pas les mêmes propriétés. J'aime à veiller à ce que les graines de l'Alumnat soient les meilleures. Même si parfois... » Et je sus sa voix tourmentée sur la fin de sa phrase. Il continua : « Chêne est dans un état de santé particulièrement grave. Il se pourrait que de grands bouleversements traversent sa vie et, par voie de conséquence, la tienne. » Il sembla hésiter puis il ajouta : « Maintenant que tu es libéré de certains de tes tourments, va ! » Lantar et moi saluâmes le Maître. Je quittai le Temple sans me retourner avec, sur les épaules, le poids de questions naissantes.

Comment le Maître avait-il découvert le petit étui et surtout comment avait-il pu établir le lien avec moi-même ? La poche avait été rangée sous un meuble dans la buanderie du bâtiment d'accueil le jour de mon arrivée et je n'y avais jamais remis les pieds. Alors que nous marchions, devinant mon trouble, Lantar me demanda si tout allait bien. Je lui répondis par l'affirmative sans me permettre de partager ces interrogations. Que n'eus-je osé, à l'époque, m'exprimer plus clairement ? Mes questions eurent alors trouvé réponse auprès de Lantar, car il était à l'origine de la découverte de l'étui dans mes vêtements de nuit lors de la nuit tragique. Nous tenions tous deux les extrémités du fil qui nous aurait emmenés vers la vérité. Mais Lantar et le maitre imaginaient cet étui en ma possession depuis toujours alors que j'imaginais qu'ils l'avaient fraîchement découvert par eux-mêmes dans l'alcôve secrète. Sur ce malentendu, le retour s'effectua plus rapidement que l'aller. Un pressentiment me rongeait les sens. L'avertissement du Maître à propos de Chêne me troublait d'autant plus que je ne sus le décoder avec clarté. Alors qu'à l'aller nos pas étaient félins, au retour je surpris mon pas lourd, marqué et bruyant ; je me retenais de courir, respectueux du règlement de l'Alumnat et de la bienséance. Mais tout en moi brûlait d'impatience. Sous le silence de Lantar nous atteignîmes les dortoirs plongés dans l'obscurité du soir. Les ombres de quelques toges vert émeraude trahissaient les dernières chambrées pressées d'achever les dernières activités du jour entre souper, leçons et toilette. Filant entre les lourdes pierres du couloir, nous entr'aperçûmes, dans l'encadrement des ultimes portes ouvertes, les coups d'œil dérobés des quelques élèves appréhendant possible réprimande. Mais Lantar n'en avait cure ; je sentais son pas accélérer. À l'angle du mur, enfin la dernière ligne droite. Au bout, la chambrée dont nous devinions clairement la porte ouverte, par l'éclairage aux chandelles projeté sur le sol. Lantar me prit la main, j'en sursautai, et nous partîmes à courir. Dans le silence, le claquement des sandales sonnait lugubrement. Puis nous arrivâmes.

Debout autour du lit de Chêne, têtes baissées, Brave, Domingo et le Guérisseur semblaient en prière. Alertés par notre arrivée bruyante, les regards tombèrent sur nos deux silhouettes. Je me précipitai sur le lit de Chêne. Invariablement sur le dos, yeux fermés, visage paisible, il dormait. Je me tournai vers mes amis et les regards étaient abattus. « Il ne survivra pas. » m'annonça Domingo. « Mais que se passe-t-il ? » ordonna Lantar. Le Guérisseur s'empressa de reprendre la parole : « Je savais le pari risqué en tentant de faire revenir votre ami. Les potions revigorantes nous ont offert des signes d'espoir. Mais elles ont également puisé dans son organisme. C'était là un passage délicat. Depuis quelques jours, j'ai remarqué que son corps ne réagissait pas à l'épuisement comme il aurait dû le faire. Les herbes administrées ont un pouvoir puissant. Mais un mal profond s'est emparé de notre ami et l'empêche de résister.

— Que va-t-il se passer, hurlai-je presque ?

— Si je cesse le traitement, il perdra vie dans quelques jours. Si je poursuis, nous le maintiendrons en vie encore quelques semaines tout au plus. Mais ne comptez pas à ce qu'il guérisse. Il se meurt.

— Il y a peut-être une solution, souffla Brave.

— Une solution, demanda Lantar ?

— Oui et non, rétorqua le Guérisseur. Je leur ai parlé d'un dernier espoir. Mais il est, de toute évidence, déjà trop tard. J'aurais dû y penser dès le départ. C'est à devenir fou quant à savoir ce qui est arrivé au petit.

— Dites-nous ce dernier espoir, Guérisseur. » suppliai-je laissant les larmes couler sur mes joues. Le Guérisseur se retourna vers sa table de travail couverte de ses quelques trésors et il expliqua : « La guérison est une science bien moins armée que le mal. J'ai réuni les meilleures matières et ma plus belle alchimie. Cela n'a pourtant permis que de ralentir le processus qui conduit Chêne vers l'au-delà. Je crains que nous ayons mésestimé l'auteur de cette perfidie. » Il fit une pause et se tourna vers Lantar : « Je crains qu'il n'y ait eu usage de la Magie voire de la Sorcellerie.

— Impossible ! » gronda Lantar. Et je vis, pour la première fois, le Précepteur trembler de colère : « Il est inconcevable que des séminaristes de l'Alumnat s'en soient pris à leurs propres frères. » Le Guérisseur le coupa : « Il n'y a qu'un moyen de le savoir : solliciter un Magicien.

— Cela peut être fait dans l'instant !

— Non ! » ordonna le Guérisseur à Lantar. Et nous fûmes, Brave, Domingo et moi-même très surpris par le ton employé. « Nous ne sommes pas en mesure de déterminer avec précision l'origine du mal qui ronge le petit. S'il s'agit de Magie, et s'il elle provient de l'Alumnat, nul doute que les auteurs seront informés de notre avancée. S'ils ont cherché à tuer Chêne, ils ne s'arrêteront pas là. Realvi est en danger et toute cette chambrée le deviendra probablement.

— Devrions-nous nous sauver ? demanda Domingo.

— Pas exactement, sourit Lantar. Vous devriez tous quitter l'Alumnat pour aller chercher remède ailleurs. N'est-ce pas Fidol de Louvre ? » Je compris qu'il s'adressait au Guérisseur et ce fut la première fois que j'entendais son nom. Ce dernier reprit alors la parole : « Tout à fait, mon cher Lantar. S'il y a un infime espoir de sauver Chêne, et si nous voulons tenter de le sauver in extremis, ce ne sera pas entre ces murs. De plus, si nous souhaitons faire toute la lumière sur cette nuit tragique, à savoir s'il y a eu usage de Sorcellerie dans cet Alumnat à l'encontre des élèves, alors nous devons résoudre ce mystère loin des yeux et des oreilles de la source.

— Ce voyage sera-t-il long ? questionna Lantar.

— Il s'agit d'un très long voyage, mon jeune ami. Un voyage qui nous mènera à plusieurs Citadelles d'ici.

— Nous ? demanda Domingo.

— Oui, reprit Figol. Une chambrée ne peut être séparée sous aucun prétexte. Telles sont les traditions de l'Alumnat.

— Pour ma part, je ne serai pas du voyage. » reprit Lantar avec grande peine. « Je suis Précepteur et garant de l'éducation de tous les élèves. Trouverais je un substitut que je me devrais encore de rester près d'eux afin de garantir leur protection. Tant que les circonstances de cet événement ne seront pas connues et clairement comprises, tout ceci restera une énigme au risque entier. Qui plus est, je pourrais découvrir de nouveaux indices en restant ici.

— Alors nous partons réellement ? demanda Brave.

— Et le plus tôt sera le mieux. » fit le Guérisseur. La chambrée s'embrasa de cris de joie étouffés afin de ne pas éveiller le dortoir. Mais nous dansions, embrassant Chêne, le serrant dans nos bras. Même Lantar et le Guérisseur eurent droit à leur lot d'étreintes.

La journée se termina dans ce petit chahut nocturne. Nous nous couchâmes rêveurs, gorgés d'un espoir fort et revigorant. Les pas de Lantar et du Guérisseur s'éloignèrent discrètement dans les couloirs jusqu'à la porte principale. Agité à l'idée du départ, je pensais à Brave et Domingo qui se trouvaient, à leur tour, embarqués dans cette inquiétante aventure. Le Guérisseur avait fait état de dangers à l'encontre de nous tous. Étais-je à l'origine de ces malheurs ? Chêne survivrait-il ? Sachant Chêne condamné, le Guérisseur cherchait-il à tous nous éloigner afin de nous protéger de maux à venir ? Je découvrais, avec cette expérience, l'intensité des liens de chaque chambrée. La chambrée Columbus était une et une seule. Chaque action d'un de ses membres entraînait les autres compagnons dans ses propres conséquences. Sans pouvoir me l'expliquer, je ressentais au fond de moi le poids de toute la responsabilité de ce tourbillon d'événements. Je tremblais en imaginant les plus noirs scénarios. Mais dans un doux paradoxe, je vibrais d'une conviction à toute épreuve : celle d'être sur un droit chemin et d'emmener mes frères dans une quête lumineuse. Bercé par la fatigue, porté par mes rêves éveillés, je flottais dans un demi-sommeil, couvé par le silence absolu du dortoir.

L'ALUMNAT

VI

SABLES

Inépuisable, fourbe, le vent masquait notre espace, soulevant d'épais et hauts nuages de particules de poussière ocre, chaude, lourde et étouffante. Enveloppés sous nos chèches, nous fermions les yeux et n'ouvrions les paupières qu'au minimum nécessaire. Nous n'étions pas encore partis que déjà nos paquetages se gorgeaient de fins et perturbants grains de sable. J'en ressentais le goût désagréable et crispant dans chacun de mes sens : la langue, le fond de la gorge, le conduit de mes oreilles, les yeux, les muqueuses nasales, et sur le bout des doigts. Un attelage avait été apprêté par les écuries de l'Alumnat. Deux chevaux, garnis de colliers de cuir, tractaient une carriole branlante, aux planches instables, vieillies par le temps infini, couvertes de gris, de noirs, de verts ravageurs. À quatre roues, de courte taille, elle accueillait deux personnes à l'avant, dont le conducteur et, sur sa partie couverte à l'arrière, un brancard fait de pièces de bois et de toile de jute dans lequel Chêne était alité. Brave et moi, avions trouvé place sur les sièges durs et inconfortables de la voiture, respectivement à l'avant aux côtés du conducteur, et à l'arrière près de Chêne. Le cocher, un homme rustre et insociable, jurait et injuriait ses bêtes. Vêtu de vêtements gris comme la pluie desquels se démarquait un foulard rouge, maigre comme le vent, il avait le visage taillé à la serpe, l'œil noir de l'homme en colère et le cheveu sombre et gras. Il se dégageait de lui une odeur âcre et sure ; pis qu'une bête. Quant au Guérisseur et Domingo, en cavaliers confirmés, ils montaient seuls. La jument du premier avait une l'allure fatiguée et portait une robe grise tachetée de blanc. Elle paraissait délavée, voire malade. La bête montée par Domingo ne respirait pas non plus première fraîcheur. Sans paraître aussi mal portante que la jument du Guérisseur, elle ne semblait pas plus en mesure de nous emmener à bon port.

Mis à disposition par Dartmoon, Administrateur des Écuries de l'Alumnat, mais également Précepteur de la promotion des désormais huitièmes années, notre équipement semblait à la hauteur de l'enthousiasme qu'il avait affiché à l'idée de devoir ainsi nous venir en aide : « Qu'est-ce que c'est encore cette histoire, Lantar ? » avait-il meuglé en réponse à sa demande. Et Lantar avait courtoisement exposé le besoin matériel sans détailler ni l'origine du problème ni le but de notre mission. Sans grande surprise, nous nous trouvâmes donc sous-équipés, mais, à la plus grande satisfaction de Fidol, sur le départ, laissant derrière nous la porte Est de la Citadelle Rouge, quittant le confort des grandes murailles pour nous faire dévorer par un vent minéral.

À peine avions-nous franchi la porte qu'à contre-jour, perçant depuis les tourments sablonneux, apparurent, du haut de leurs montures de guerre, les silhouettes de deux soldats de la Garde Mobile. Le trot de leurs ombres troubles hypnotisait nos regards. Peu à peu se dessinait un lourd harnachement à l'assiette souple. En concomitance, depuis le sifflement étourdissant du vent, s'élevait un bruit parasite, un menaçant maelstrom grêlé : le claquement du sable sur la cuirasse des combattants. Le léger, mais puissant cortège s'arrêta à quelques pieds de nous. Depuis le sol, nous fîmes presque nez à nez avec les naseaux des chevaux. Les chanfreins étaient drapés d'une cotte de mailles annulaires, sorte de camail adapté au museau équin. Sous les mailles, une riche étoffe d'un noir intense aux ourlets vert émeraude bordait impérieusement le regard des imposants coursiers à la robe bai-brun extrêmement sombre. Sur l'avant-main, depuis la tête aux membres antérieurs, en passant par l'encolure et la poitrine, une armure de plaques rivetées sur un cuir sanglé au travers d'œillets. Portés par ces augustes montures, jaillissaient dans le clair-obscur du déchainement des éléments les contours resplendissants des cavaliers de la Garde Mobile. « Fidol de Louvre ? demanda l'un d'eux.

— C'est bien moi, répondit le Guérisseur.

— Nous sommes votre escorte. À votre service Messire. » Alors le second cavalier s'avança à l'avant du cortège. Derrière sa monture, liés, deux chameaux installés en tandems, en file, portant fontes de cuir et fourreaux d'armement. « La tempête est encore supportable. Nous devrions prendre la route sans tarder, suggéra l'autre soldat. Êtes-vous prêts à partir ?

— Nous n'attendions plus que vous, confirma Fidol.

— Très bien Messire. Je fermerai le cortège. Si vous avez besoin de quoi que ce soit, venez me voir. Je me nomme Dhobi-rânlo, votre chef d'escorte. » Puis, nous pointant de la tête, il ajouta : « Êtes-vous tout à fait certain qu'il est nécessaire de faire prendre ce risque à ces enfants ? La tempête ira de mal en pis. Nous pourrions attendre encore une à deux semaines avant de partir.

— Je ne suis certain de rien, admit Fidol. Mais je sais que nous avons déjà trop attendu. Le temps nous est compté, Dhobi-rânlo. Nous devons avancer quoiqu'il advienne. » Le soldat haussa les épaules et talonna sa monture en tirant sur les rênes pour disparaître à l'arrière du cortège. Fidol s'adressa à nous tous : « Je crois que nous sommes prêts pour le départ. Tout va bien pour tout le monde ?

— La tempête durera-t-elle longtemps ? demanda Domingo.

— Le temps qu'elle devra durer mon jeu ami. Accepte la nature telle qu'elle est et elle t'acceptera tel que tu es. »

Et le convoi s'ébranla dans une épouvantable lenteur, une insupportable misère. Assis dans la carriole, le visage couvert, je regardai Chêne enveloppé de couvertures, emporté par l'infatigable torpeur. À ma droite, sur la banquette de bois, Brave ballotait aux côtés de notre conducteur. « Mon pauvre Chêne, murmurai-je, te voilà embarqué dans bien une impossible expédition. Puis-je me fourvoyer en imaginant le pire. »

Fidol de Louvre n'avait rien dévoilé de notre itinéraire. Tout juste savions-nous que nous empruntions la piste de l'Est, dite Piste des Sables. Nous n'avions connaissance ni de la destination ni de la durée du voyage. Le vieux Guérisseur avait tant et si bien géré sa petite affaire que nous étions convaincus que même Lantar n'avait pu obtenir une parcelle d'information à ce sujet. Quoiqu'il en fût, nous étions maintenant sur le chemin de l'aventure. Malgré le harcèlement des éléments, submergé par l'excitation, je ne pouvais m'empêcher de fouiller mon environnement du regard. L'impitoyable furie cyclonique soulevait tant de poussière qu'elle me masquait jusqu'aux chevaux de l'attelage. Je devinais néanmoins les ombres. A notre droite, les silhouettes de deux cavaliers encapuchonnés, l'adroit Domingo au déhanchement assuré et le Guérisseur, voûté, à peine plus grand sur sa monture que son jeune voisin. À quelques pieds de nous, à l'arrière, l'imposante silhouette du soldat de la Garde Mobile porté par sa haute monture de guerre, dont la cuirasse crépitait sous le feu du sablage de la tempête. Devant nous, au-delà de la carriole, se dessinait à peine la caravane de tête : deux chameaux couverts de paquetages m'indiquaient, au loin, le second soldat de la Garde Mobile. La présence de ces hommes autour de notre groupe me transporta soudain vers des sommets d'optimisme. Je sentais le bouillonnement de la victoire grandir en moi. Malgré toutes les difficultés, nous allions vaincre. Je voulais me battre pour Chêne, rejoindre l'entêtement de Fidol, vaincre les éléments, pousser de mes propres bras, s'il le fallait, cette antique carriole. J'en serrai mes petits poings et en retrouva le sourire. Alors, me penchant à nouveau sur Chêne : « Je te promets que nous trouverons à te guérir. Sois confiant en ton avenir. » Je repris ma respiration. « Quel que malheur arrive, sois prêt à accueillir l'heureux événement qui lui succèdera. Gune atel râm. » L'émotion me submergea en repensant à cette leçon enseignée par Père à mon entrée de l'Alumnat. En prononçant ces mots, je retrouvai les premiers instants dans la Citadelle Rouge, le repas partagé avec Père, son regard aimant, le goût sucré du jus d'orange. J'ajoutai, la gorge serrée : « C'est ce que disent les Géants. »

Les deux soldats de la Garde Mobile avaient été mobilisés à la demande de Lantar. Bien que l'Alumnat n'ait aucun droit en ce domaine, je soupçonnais Lantar d'avoir usé d'une influence très personnelle afin d'obtenir ce privilège. D'après lui, le trajet allait, de toutes évidences, être long et compliqué. Dès lors, nous aurions fait une proie facile pour les brigands, pillards et éventuels Lointains. La protection de la Garde Mobile ne semblait pas une option discutable à ses yeux. Peut-être craignait-il un danger plus grand. Peut-être avait-il pénétré la menace plus profonde croupie à l'aube des proches épreuves. La Garde Mobile était la division d'élite du corps de la Garde Impériale. Y étaient formés les éléments les plus adaptés aux très lourdes contraintes exigées par les missions particulières affectées à ce corps. Fleuron des forces militaires de l'Empire, les hommes la Garde Mobile étaient affectés tout au long de leur carrière à l'extérieur des Citadelles. De formation multidisciplinaire, rompus à toutes les techniques, ils devaient être en mesure de faire face, seuls ou en petits groupes, à toutes les situations. Adeptes du combat à mains nues, de l'archerie, du tir à l'arbalète longue distance, du combat à l'épée, à la hache ; nageurs, alpinistes, marcheurs, techniciens du camouflage et brillants cavaliers, ils étaient également soigneurs et lettrés. La tradition de l'unité liait les hommes aux bêtes et aux armes. Ainsi chaque animal avait son propre et unique maître-soigneur. Ainsi chaque arme était baptisée et appartenait à son unique propriétaire. La bannière de la Garde Mobile était noir de nuit, bordée de vert émeraude, flanquée d'un œil stylisé, brodé blanc, symbolisant l'aptitude de l'unité à repérer tout ennemi. Contrairement aux stratégies de batailles rangées propres aux guerres longues et massives, ces soldats opéraient sur des missions de très courte durée en petite équipe de deux à douze hommes : éradication coup-de-poing de repaires de brigands, opération d'infiltration et de renseignement dans les Terres Lointaines, protection individuelle, patrouilles en milieux hostiles. La présence de deux ces hommes à nos côtés était un honneur considérable.

Pour notre première journée de voyage, Fidol avait prévu une halte au premier Relais des Postes Impériales de la piste de l'Est. Situé à cinq lieues de la Citadelle, il était, en temps normal, facilement atteignable pour un cavalier en une petite journée. Étant donné les conditions météorologiques et techniques, je doutais que nous puissions être en mesure de le rejoindre assez tôt. Au pire, nous avions bien entendu la possibilité d'installer des campements, mais la tempête ne nous offrirait aucun répit.

Dans tout l'Empire, des pistes reliaient les Citadelles. Ces pistes d'importance vitale s'étiraient en moyenne sur deux cents lieues. Sillonnant à travers terres, elle parcourait les villes, les bourgs et bourgades de tout l'Empire. Flirtant le long du littoral, elles s'enfonçaient dans le pays par le cap au sud et les glaces du nord, jusqu'aux montagnes de l'est dans lesquelles elles s'immisçaient audacieusement. Lieux d'échanges commerciaux et culturels, vecteurs de prospérité, les pistes attiraient les marchands, les caravanes, les voyageurs et les aventuriers. Des relais, présents tous les cinq lieues environ, offraient à l'Empire une solide ossature économique et un réseau de communication d'une redoutable efficacité. Qu'ils soient au cœur des plus grandes villes, riches édifices perdus au milieu des campagnes ou encore simples écuries pour hommes et chevaux, ces relais étaient inlassablement présents le long des pistes en arborant l'oriflamme impériale au sommet d'un mât, d'un arbre ou d'un toit. La distribution de ces relais répondait à l'exigence d'une distance parcourue par un homme à cheval en une journée, soit environ cinq lieues ; bien qu'en certaines régions il eût fallu au voyageur en compter le double voire le triple. Les relais proposaient le gite, le couvert, le stockage de marchandises, le relais postal et la rotation des chevaux. Selon la taille du relais, de nombreux autres services et commerces pouvaient avoir fleuri. Ces points stratégiques formaient les Relais des Postes Impériales, incontournables vecteurs de prospérité, de sécurité et de pouvoir.

En attendant cette oasis, notre convoi roulait lentement,

luttant contre le vent tournoyant. Tantôt ennemi de front, tantôt ennemi de flanc, il affaiblissait physique et moral. Nous marquions de nombreuses pauses afin de faire se reposer les bêtes et les hommes, et de tous nous rafraîchir. La poussière avait, plus que le soleil, une infaillible et désespérante aptitude pour le développement d'un sentiment d'assèchement. Sous l'assaut permanent du sable, abreuver les chevaux demandait dextérité et patience. Cette tâche m'incombait, mais la satisfaction des bêtes était un plaisir dont il ne fallait pas se priver ; les plaisirs étant, comme beaucoup d'autres choses, plutôt rares dans cette région aride et inhospitalière. Ces pauses étaient également l'occasion de nettoyer nos vêtements remplis de poussière et bien entendu de s'inquiéter de l'état de santé de Chêne. Le Guérisseur y veillait, dégageant son visage encombré de sable, renouvelant ses médications humectantes. Nous partageâmes notre première ration de viande séchée, plus ou moins mariée au sablon abrasif sournoisement infiltré.

Quelque part au fond de moi, cette lente avancée avait un inexplicable goût de pénitence, comme s'il m'avait fallu faire se chemin pour me pardonner de quelque chose. La culpabilité me rongeait les sangs. Le sort s'était abattu sur Chêne et moi ; il s'acharnait maintenant dans notre lutte contre l'inéluctable. Telle une sourde litanie, la tempête exerçait sa persécution, repoussant un peu plus loin les limites de ma résistance. Sans autre logique que la sienne, le destin me conduisait depuis quelques mois au plus profond de moi-même, me forçant à puiser en moi les ressources nécessaires à l'acceptation des événements de la vie. En m'enseignant la notion de fatalité, la vie développait mes capacités à résister, à m'adapter, et à lutter.

La première partie de mon existence avait été simple et paisible, celle d'un enfant heureux et aimé vivant dans sa campagne avec nul autre projet que de gambader encore et encore dans les chemins. Puis vint le temps de l'Alumnat et de l'élévation par les études et l'apprentissage. Mais le temps de l'insouciance avait fait place au temps des angoisses et des responsabilités. Nul n'est égal quant au moment de cette inexorable transition. Une vision populaire est d'espérer que le chemin initiatique de l'enfant vers la vie d'adulte se déclenchera le plus tardivement possible ; ce postulat rend angoissante cette rupture d'avec la vie d'enfant. L'Alumnat, par ses traditions, nous faisait rompre de facto avec cet axiome philosophique. L'enseignement de l'Alumnat nous offrait d'aborder la vie dans sa réalité, sans nous en masquer les contraintes et les peines. Pour l'Alumnat, la réalité de la vie était en chacun de nous. L'enseignement ne consistait pas à en énoncer la théorie lors de cours magistraux. Il était simple et subtil à la fois, nous plaçant chacun sur la voie qui nous ouvrait à notre propre vision. Ainsi, en nous versant pleinement dans ces épreuves, Lantar appliquait-il la tradition de l'Alumnat. Nous étions, tous les quatre, face à nous-mêmes, au-devant d'une situation identique. Nous y trouverions chacun un sens propre, un cheminement propre. Mais nous en sortirions tous aptes à faire face aux événements et capables d'argumentation et de déduction. Sans employer de mots, l'Alumnat nous obligeait à procéder par évaluations et hypothèses successives. Les certitudes n'avaient pas cours et l'esprit, comme le corps, devait s'assouplir pour éviter les coups, se stimuler pour faire face aux périls, s'endurcir et s'attendrir pour accepter avec sagesse. C'était l'art du Kun-Maga.

Domingo, Brave, Chêne et moi-même étions tout simplement en train de découvrir le plaisir du voyage ; d'en apprécier non pas la simple finalité, mais d'en savourer les bénéfices instruits sur le chemin. Fussent-ils ensablés. Emportée par le convoi, isolée par la furie du vent violent, cette première journée fut un bouillonnement émotionnel, une douce introspection au pays de mes quatorze ans. Ainsi défilèrent les minutes et s'écoulèrent les heures. Nous voyageâmes tout le jour sans encombre et, au soleil couchant, Domingo s'approcha de la carriole pour nous annoncer : « Hé les gars ! J'ai aperçu des ombres de bâtiment au loin. Fidol me dit que nous sommes arrivés. » Je me penchai hors de la carriole pour deviner les contours de notre relais. La tempête me semblait moins agressive à cet endroit, mais je m'étais en cette journée, peu à peu, si ce n'est accommodé, tout au moins adapté à cette pluie de sable. J'aperçus à mon tour les images de la masse sombre de notre première étape et en fus submergé de soulagement. Je sus alors le plaisir du voyageur à l'évocation d'un bol de soupe et d'une nuit sans vent. Je sus alors la joie de me passer le visage sous l'eau, de récurer nez et oreilles, joie que je n'aurais jamais crue, jusqu'à cet instant, possible de ressentir pour si petit plaisir. Notre convoi sembla frémir dans son entièreté devant cette perspective ; nous avancions un peu plus vite, comme si les chevaux eurent humé le parfum de l'avoine et des écuries. Brave s'était retourné vers moi : « Penses-tu que nous y trouverons du ragoût ?

— Avec de bons morceaux de mouton ! », tonitruai-je à travers les bourrasques. « Et de la sauce au vin ? » Et c'était là Chêne qui venait de prononcer ces mots. « Chêne ! » hurla Brave. Je me tournai vers lui, ôtant les tissus bleus qui protégeaient son visage du sable. « Guérisseur ! Fidol !, continua Brave, Chêne s'est réveillé !

— Chêne ? demandai-je à mon tour.

— Où sommes-nous ? réclama-t-il.

— À l'extérieur de la Citadelle, sur la route de l'Est. Le Guérisseur nous emmène voir un de ses confrères. Cela fait plusieurs jours que tu es sans connaissance.

— J'ai la gorge sèche d'avoir avalé tant de sable et le dos en miettes d'être ainsi malmené sur votre chariot. En me réveillant, je me croyais déjà dans mon cercueil. C'est au ci-metière que vous me conduisez donc ? » Et il souriait. « L'humour est un excellent remède, mon garçon. » Dans mon dos, perché sur sa grande monture, Fidol était contenu, mais tout sourire. « Nous arrivons au relais, jeunes fragiles. Vous allez pouvoir souffler l'espace d'une nuit. Pro-fitez bien de ce luxe. Nous sommes loin d'être arrivés, et toutes les nuits ne seront pas aussi confortables. Comment vous sentez-vous jeune Chêne ?

— J'ai très soif et très faim, Guérisseur.

— Très bien ! » Et la carriole s'arrêta devant l'auberge.

Brève histoire des origines de l'Empire
extrait de « l'Atlas de l'Empire »
par Maître Le Tarnec

L'Empire regroupe neuf régions tout aussi anciennes que le temps. Depuis toujours, les hommes ont possédé et chéri les terres de l'Empire. Du nord au sud et de l'est à l'ouest, l'Empire a grandi au fil des siècles, exploitant ses ressources, bâtissant villes et riches réseaux d'échanges commerciaux. Il faut plus de 75 jours à un homme à cheval pour parcourir les 375 lieues de pistes qui relient la Citadelle Rouge, au sud, à la Citadelle Arctique, au nord. Transversalement, d'est en ouest, il lui faudrait près de 100 jours afin d'en parcourir les 500 lieues et relier la Citadelle du Levant à la Citadelle Impériale [1]. Ces grandes distances se trouvent quelque peu facilitées par le système de Relais des Postes Impériales qui, grâce aux nombreux services offerts, permettent de gagner jusqu'à un tiers de temps pour les voyageurs et jusqu'à deux tiers pour le courrier et les marchandises.

[...]

D'après la légende, au cours de cette expansion, les hommes de l'Empire rencontrèrent d'autres hommes. Installés très au sud et très à l'est de l'Empire, ils furent baptisés les Lointains, hommes des Terres Lointaines. Dès les premiers contacts, des accrochages éclatèrent : les Lointains refusaient de reconnaître l'Empire. Naquirent alors les Grands Conflits : deux siècles de guerres sanglantes qui ravagèrent hommes, femmes et villes de tout l'Empire.

[...]

Au bord de l'effondrement et de l'anéantissement, les peuples se tournèrent désespérément vers les Oracles. Ils en appelèrent aux

---

I.   ndla : 1 lieue commune équivaut à 4,445 kilomètres.
      375 lieues = 1670 kilomètres et 500 lieues = 2220 kilomètres

Déesses, implorant une fin à ce cycle hégémonique. Par leurs prières, les hommes exprimaient leur incompréhension face à ces guerres. Comment les Déesses, qui avaient à la fois créé l'Empire et les Lointains, pouvaient-elles accepter qu'ils s'entretuent désormais ? D'après les hommes, quel que fût le sens voulu à cette création, une extinction totale de toutes les races lui succéderait sous peu. Afin de solliciter cette divine intervention, les hommes de l'Empire s'adressèrent aux prêtres des Oracles des neuf régions. Les prêtres prièrent durant de longs mois. Agenouillés au cœur de leurs temples, ils parlaient au nom des hommes, confessant leurs péchés, réclamant l'absolution. Comme la véritable piété consiste dans le renoncement, ils firent vœu de rester ainsi prosternés jusqu'au réveil des Déesses. Jour et nuit, hommes, femmes, enfants et vieillards se succédèrent pour soutenir les prieurs. Les semaines devinrent des mois, les mois des saisons. Alors, enfin, neuf cavaliers ailés, créatures au torse et au visage humain monté sur un corps équin doté de grandes ailes, apparurent dans le ciel des neuf régions. Les créatures mi-centaures, mi-pégases volèrent haut et bas, attirant les populations qui se regroupèrent autour des temples. Lorsque la foule fut massive, ils pénétrèrent dans les sanctuaires afin de s'adresser simultanément à chacun des neuf prêtres : « Vos prières sont parvenues jusqu'aux Déesses. Les Déesses ont entendu, les Déesses ont compris, les Déesses ont envoyé leurs messagers. » Les centaures marquèrent une longue pause, déployèrent leurs longues ailes blanches, et fouillèrent le regard des prêtres. Dans chacun des neufs temples, les sabots raclèrent le sol et, simultanément, ils annoncèrent : « Les Déesses ont créé les hommes afin que les hommes créent à leur tour. Que les hommes aient choisi de créer la destruction ne relève plus du divin. Les Déesses ont créé la liberté afin que les hommes puissent créer à foison. Que les hommes aient choisi d'être esclaves de leur orgueil ne relève plus du divin. Les Déesses ne peuvent rien pour tout cela. » Un lourd silence de déception teintée de résignation accueillit le discours des messagers blancs. Bruissant les ailes, ils reprirent :

« *Prêtres, les Déesses ont entendu votre sagesse. En souffrant pour vos semblables, vous offrez aux Déesses la quintessence de la vie en vous insufflée. Aussi les Déesses souhaitent-elles vous honorer. Acceptez d'elles le titre de Sage et parcourez l'Empire.* » *Les Sages s'inclinèrent pour saluer les centaures qui saluèrent, à leur tour, les neuf Sages. Puis ils poursuivirent :* « *Que les Sages tracent les chemins de la paix entre les neuf régions. Qu'ils rencontrent les hommes afin que chaque homme rencontre leurs cœurs. Que les Sages apportent aux hommes la sagesse. Qu'ils les aident à accepter les Lointains. Ainsi le désirent les Déesses.* » *Les créatures mi-centaure, mi-pégase prirent alors les Sages dans leurs bras en les baptisant chacun du nom que les Déesses leur avaient attribué. Alors ils quittèrent les temples et, sous les regards des foules prosternées, prirent leur envol. Tels des anges, ils disparurent dans les cieux. Les Sages entreprirent cet inhumain voyage confié par les Déesses. Ils s'engagèrent tous sur les routes de l'Empire afin de rejoindre chacun, les neuf capitales des régions. Lors de ce périple qui dura trois longues années, les Sages visitèrent les neuf Oracles et rencontrèrent les hommes de tout l'Empire. L'Odyssée des Neuf Sages, telle qu'on la surnomma, illumina et illumine encore le cœur des hommes. En donnant naissance aux pistes mythiques qui sillonnent aujourd'hui encore régions, montagnes, plaines, déserts, campagnes, bourgs et hameaux, les Sages offrirent à l'Empire une âme nouvelle. Et cette âme réclamait un nouvel Empereur.*

VII

KHÂ

Notre arrivée au relais généra grand fourmillement. Luttant contre le vent inépuisable, les hommes s'affairaient à leurs tâches, menant Chêne à l'intérieur, manipulant le brancard avec d'ostentatoires attentions. Le relais était bâti en briques de terre cuite. Couvert de chaux vive, il était blanc, saupoudré ocre et tapissé de lierres bordés de roses trémières. Il eût fait un paisible lieu de villégiature s'il n'eut été ce relais mouvementé, bruyant et vivant au rythme incessant des allers et venues. De taille moyenne, il abritait une petite auberge, des cuisines et un dortoir. Tandis que Chêne faisait l'objet de toutes les attentions, je découvrais les Gardes Mobiles. Le premier, le chef d'escorte prénommé Dhobi-rânlo, était un soldat de bonne taille, solidement taillé. Il me semblait beau garçon ; ses cheveux noirs tombaient mi-longs sur ses épaules, son regard rieur dégageait sérénité et vivacité ; son allure révélait confiance en soi et force tranquille ; il ne manquait pas non plus de charme. Vêtu d'un plastron de cuir noir, il portait sur la poitrine l'insigne cousu de la Garde Mobile, l'œil stylisé de l'unité. Il héla son second : « Paluche ! » De devant notre convoi apparu alors, pied à terre, le dénommé Paluche. Dominant l'assemblée d'au moins deux têtes de plus que son alter ego, il venait vers nous, tirant derrière lui ses bêtes comme s'il eût été lui-même animal de bât. Paluche était une masse, un homme aux proportions imposantes. Son armure de cuir semblait décorative tant l'apparence de l'homme évoquait à elle-même roc et invincibilité. De son dos se dégageait la tête d'une arme imposante maintenue dans son fourreau ; les fers symétriques d'une hache à deux têtes, croissants de lune doubles forgés d'une seule pièce. La carrure de Paluche masquait presque le cheval de combat halé par son cavalier. Je vis les regards ébahis et les bouches bées de mes semblables lorsque sortit de l'ombre la stature immanquablement martiale de ce guerrier. Les deux Gardes Mobiles échangèrent quelques mots et disparurent avec montures et chameaux aux écuries.

Nous pénétrâmes alors dans le confort intérieur de la petite auberge, laissant derrière nous les hommes du relais assister le cocher pour le dégarnissage des chevaux. Rustique et chaleureuse, l'hostellerie possédait les traits accueillants et rafraîchissants d'une halte longuement attendue par des voyageurs brûlés d'une journée passée sous le soleil rougissant de la Piste des Sables. Nous fûmes immédiatement envahis par les parfums flottants du safran et de la bonne cuisine, achevant de nous ouvrir un appétit que nous sentions déjà bien aiguisé. Les murs, tapissés de faïence peinte et sculptée, formaient, en ce lieu inattendu, une agréable et étonnante surprise aux regards des visiteurs. « Ça fait du bien de voir autre chose que l'Alumnat, non ? » demanda Domingo en me tapant dans le dos. Il avait le chèche tombé sur les épaules et le visage lumineux. À cet instant, le Guérisseur nous héla et nous vînmes à son appel. Il s'agissait de ne pas rester inactif, de participer activement aux tâches de fin de journée ; nous n'avions, dans une certaine mesure, pas tout à fait quitté l'Alumnat. Nous nous installâmes dans une grande chambrée aux couches ni agréables ni désagréables. Depuis son réveil, Chêne était intarissable.

Son profond sommeil semblait avoir développé en lui une certaine causticité. Fidol de Louvre ne le lâchait pas, l'obligeant à tenir la position assise, l'aidant à se relever et faire quelques pas dans la pièce : « Mais bougez donc mon jeune ami ! N'avez-vous donc point encore assez dormi ?

— Que nenni, mestre Guérisseur. Le confort de cette épouvantable carriole m'a été insupportable. D'ailleurs pour la journée de demain, je vous prierais de bien vouloir penser à soigner l'aisance de ma paillasse.

— Chêne ! protesta le Guérisseur. Si vous avez tant d'énergie, gardez votre langue en sommeil et activez plutôt vos jambes ! » Cet échange eut tôt fait de déclencher une vague de rires. Notre complicité s'exprimait et la malice, comme une soupape de sécurité, évacuait la pression accumulée depuis notre départ précipité. Dans une bêtise mêlée de respect, bien propre à notre jeune âge, nous nous gaussions des pics de Chêne et des râles de Fidol. Chêne marchait et parlait. Il ne semblait plus particulièrement fiévreux. « Est-il guéri ? m'enquis-je auprès du Guérisseur ?

— Mon bon enfant, votre ami n'est pas plus guéri que nous ne sommes arrivés au bout ni de notre voyage ni de nos peines. Tout au plus est-il sur pieds. » La réponse de Fidol bouscula Chêne qui me réprimanda du regard. Pourquoi avait-il fallu que je pose cette question ? Et pourquoi avait-il fallu que Fidol soit si probe dans sa réponse ? « Je vais m'occuper des chevaux, lança Domingo.

— Je t'accompagne, ajouta Brave. » Et ils s'envolèrent par l'encadrement de la porte. En cette première journée de voyage, nos âmes étaient légères et exubérantes. Oubliés les tracas, oubliés les maux de Chêne, oubliée la tempête de sable, oublié l'Alumnat. Nous étions à nouveau enfants. La rudesse des conditions extérieures avait au moins eu l'avantage de nous conduire au relais pour une nuit au calme et un repas servi à table. « Vous commencez ce voyage comme des princes, mes petits seigneurs ! » avait ironisé Fidol. Mais il s'était gardé d'y accoler une désagréable leçon de morale. Au contraire, son ton restait complice et protecteur. Un peu plus tard, le cocher entra dans la chambrée. Il portait une ample redingote grise, usée par la poussière du jour, usée depuis toujours. Il trainait les pieds, sûr de lui, comme s'il nous défiait tous. Sur ses traces, suivirent Domingo et Brave, tout de saleté couverts. Dans une moitié de silence, contrastant nettement avec les rires échangés quelques instants plus tôt, chacun s'activa à sa tâche, installant sa couche, pliant quelques vêtements. Dans cette ambiance délicieuse, Chêne parcourait la salle de ses yeux, scrutant les regards, croisant et soutenant les yeux noirs du cocher. Le conducteur ne laissa échapper aucun mot. Réservé, il s'affairait en silence.

Ce n'est qu'au repas, qui suivit bientôt, que nous eûmes l'occasion d'échanger les premières phrases. À table, nous étions tous les quatre en ligne, Domingo, Chêne, moi-même puis enfin Brave. Le conducteur faisait face à Chêne tandis que Fidol s'était installé en face de moi. Les Gardes Mobiles nous avaient rejoints et s'étaient assis en vis à vis légèrement à ma droite, laissant une place libre aux côtés de Fidol. En dehors de nous, installés à une autre table, trois postillons, conducteurs des Postes Impériales, échangeaient autour d'un bon repas, alimentant leurs esprits de conversations légères et leurs ventres de nourriture opulente. Fidol de Louvre avait ouvert la conversation afin de faire se desserrer les dents de notre cocher : « J'espère que cette carriole ne nous causera pas d'ennui en route. Elle semble en plus mauvais état que je ne l'avais constaté à notre départ.

— Elle est pourrie monseigneur ! » avait embrayé alors

notre conducteur de sa voix rêche et craquante comme sa voiture. Il continua : « Par les saintes couilles des neuf Sages, pas une foutue planche n'est en état. De mémoire de cocher, je n'ai jamais chevauché pire carrosse ! Mais il faudra faire avec. Dès que nous le pourrons, si vous le permettez, j'organiserai quelques réparations préventives. » Tout en mâchant notre pain, Chêne, Brave, Domingo et moi-même échangions des coups d'œil rieurs. L'entendre ainsi parler nous secouait les côtes ; de tout temps et en tous lieux, les pluies de jurons produisent sur les enfants d'ineffables effets. Fidol toussa sèchement sa réprimande couverte. Le conducteur poursuivit : « Voyez-vous, les écuries de l'Alumnat disposent de carrioles pour des besoins simples et limités. Je crois que c'est bien là la première carriole envoyée crapahuter sur les pistes de l'Empire. » Et il partit dans un rire gras. Fidol enchaîna : « Comme vous le disiez, nous ferons avec. » Il hésita puis glissa une petite question dont la sournoiserie de m'échappa pas : « Est-ce l'Administrateur des Écuries de l'Alumnat qui a procédé à la sélection de la voiture ?

— Le Seigneur Dartmoon ? » répondit surpris le conducteur. Je frémis à l'évocation de ce nom ; Dartmoon, ce rustre qui avait si violemment interpelé Lantar au jour de mon admission. Le cocher poursuivit : « Évidemment. Le Seigneur Dartmoon a fait de son mieux pour sélectionner le matériel et les chevaux. Il a été très vigilant. Saviez-vous combien il connait les dangers de cette piste ? » Fidol leva les épaules, en innocent. À cet instant de la conversation, je vis les regards des Gardes Mobiles se tourner vers l'homme soudainement devenu bavard. Faussement naïf, Fidol avança : « Le Seigneur Dartmoon connait cette région ?

— Bougre de canaille, et comment ! protesta notre voiturier. Le Seigneur Dartmoon est un grand guerrier. Il a mené maints combats contre les Lointains.

— Les Lointains ? lança Fidol. Mais nous sommes en paix. Pour ma part, je n'en ai jamais vu.

— Bien sûr que non ! C'est bien toujours la même chose avec vous les citadins, vous vivez à l'abri des murailles, sans penser au peuple qui vit dans les terres. » Puis il se tourna vers nous : « Et vous, les sottards. Ça vous parle les Lointains ? » Emporté par la conversation Domingo prit spontanément la parole : « Je viens des Plaines, Monseigneur et... » Le cocher l'interrompit dans un rire tordu. « Corne de bouc ! Je ne suis pas un Seigneur, garçon. Je suis un cocher du peuple. Appelle-moi Khâ. » Domingo hésita. Pendant ce temps, je vis Fidol remplir à nouveau le verre de notre ami à la langue bien pendue. Domingo reprit : « Je viens des Plaines et j'ai déjà entendu parler des Lointains. Les anciens disent qu'ils reviendront par l'est, qu'ils traverseront les Plaines de l'Empire jusqu'aux Terres Fertiles comme une lame pénètre les omoplates du taureau pour fondre en son échine.

— Chez moi, enchaîna Brave, dans les Terres Glacées, on ne parle plus des Lointains. Mais l'on raconte que notre peuple fût un peuple prospère avant les Grands Conflits. Mon peuple est un peuple fier. Il a combattu avec vigueur contre les Lointains et bien des hommes sont tombés pour l'Empire. »

Nos échanges avaient captivé toutes les attentions. Sans pouvoir me l'expliquer, je ressentais une gêne, un étonnement devant le lyrisme martial de mes deux amis. Khâ se tourna vers Chêne et moi, attendant une participation de notre part. Chêne, qui avait un bon coup de fourchette n'avait pas levé le nez de son assiette. Sous le regard de Khâ, il prit la parole, aussi coupante que le couteau qui découpait le ragoût d'agneau disposé devant lui : « J'ai été élevé dans la Citadelle Végétale, au cœur du Comté Sylvestre. Ce qui fait de moi un citadin. Je n'y ai pas plus rencontré de Lointains que de Trolls. » Puis il plongea son regard dans celui du cocher : « Ce sont des histoires pour enfants, non ? » J'en restai bouche bée. Fidol gronda : « Chêne !

— Non, répondit Khâ, laissez donc. » Semblant m'ignorer, il se tourna vers Domingo et Brave, un public visiblement conquis : « Connaissez-vous l'histoire du Seigneur Dartmoon ?

— Le chef des écuries ? » demanda Domingo. Ce qui ne manqua pas de faire rire Khâ : « Oui. Le Seigneur Dartmoon est L'Administrateur des Écuries de l'Alumnat. Mais il est également Précepteur à l'Alumnat. Et il a été, avant cela, un grand et valeureux guerrier.

— Nous sommes donc en guerre ? » l'interrompit Chêne. Le cocher grinça des dents et glissa sur cette réflexion. « Mortecouille que non ! Nous sommes en paix avec les Lointains depuis les Grands Conflits. Mais les Lointains, eux, ne le sont pas. Ils reviennent et ils veulent leur revanche. Le Seigneur Dartmoon en a fait les frais. Il a combattu les Lointains, dans les zones les plus reculées du Désert Rouge. » Gagné par la conversation, je me jetai à mon tour dans le flux : « Mais si ces combats ont eu lieu dans les zones les plus reculées, n'était-ce pas sur les Terres des Lointains ?

— Et alors ? Qu'est ce que ça pourrait bien foutre ? Mordieu, si les Lointains ne sont pas capables d'accueillir les hommes à qui ils doivent la paix, c'est qu'ils sont toujours en guerre. Le Seigneur Dartmoon a raison de vouloir les écraser. Par les Déesses, prenons ces régions et peuplons-les avant que ces mécréants ne nous tranchent tous la gorge ! » Un silence s'empara de l'assistance. Un évident embarras. Fidol plissa légèrement les yeux. Je le soupçonnais d'avoir obtenu ce qu'il cherchait, et même plus encore.

Chêne brisa le silence : « Finalement, ce n'était pas si mal cet état comateux. Je ne pense pas avoir raté grand-chose. Je ferais peut-être mieux de perdre à nouveau connaissance. » Je restai ébahi devant le nouvel aplomb de mon ami. Même Fidol de Louvre en avait perdu la parole. Le grand Paluche éclata d'un rire tonitruant, sortant pour la première fois de sa réserve. Comme un signal que nous attendions tous, Domingo, Brave et moi-même explosâmes d'un rire contagieux. Puis le temps se figea pour moi. « Alors, retournes-y, fils de cavaleuse de guinguette ! » lança Khâ à l'attention de Chêne. Puis joignant le geste à la parole, je vis la main de Khâ fendre l'air et tomber sur Chêne dans un coup de fouet qui le propulsa jusqu'au sol. La violence appelle la violence aurait déclaré Lantar qui me manquait en cet instant. Sans pouvoir alors me l'expliquer, je fus en mesure de vivre et ressentir ces secondes avec fluidité et aisance. Il me sembla être le dernier survivant d'un instant stationnaire. J'aurais pu arracher la patte d'une mouche en vol. Khâ était en face de moi, encore à moitié relevé de son siège, posé dans l'espace comme une horrible statue sculptée par un artiste dément. Sa main venait de frapper Chêne. Son bras était encore allongé ; il revint vers lui avec une infinie lenteur clouant son corps dans un improbable état d'équilibre. Paluche avait bondi de son siège et plongeait sur Khâ. L'allure fulgurante du guerrier tombant sur le cocher me sembla d'une extrême lourdeur même si je savais qu'en réalité il bondissait tel un jaguar sur sa proie. Au ralenti, je vis l'expression de stupéfaction se graver sur le visage de Fidol. Je me sentais le temps d'un arbre contemplant, sous ses branches, le défilé de générations d'hommes. Tel un lourd marteau de chair, le poing rectangulaire de Paluche se dirigeait déjà vers la mâchoire de Khâ qui se redressait de l'élan qu'il avait insufflé à son geste. J'en vis, pouce par pouce, la puissante accélération, percevant jusqu'au regard de Khâ soudain attiré par la masse compacte se dirigeant vers lui. Je le vis tourner son visage pour mieux percevoir le danger, se plaçant face au poing lancé à pleine puissance. Je me souviens m'être crispé, anticipant le terrible impact. Je me souviens le bruit ralenti du choc, lente percussion issue de la rencontre du marteau et de la mâchoire humaine. Je me souviens l'explosion de gouttelettes plasmatiques enveloppant dans un nuage carmin le faciès déformé du cocher. Je me souviens ma joie. Puis, je me jetai au secours de Chêne étendu de tout son long.

« Reprendra-t-il bientôt connaissance ? » s'enquit Brave dès le lendemain matin.

Nous étions déjà dans les préparatifs. Fuyant tels des voleurs, nous prenions de nouveau la route, poursuivant la piste sans que je fusse capable, alors, de comprendre en quoi il s'agissait pourtant bien du chemin de l'école. Mais de l'école de la vie, tout simplement. De cette école qui me forgea comme elle forgea chacun de ceux qui survécurent. Il était très tôt et le vent sembla s'être réveillé en même temps que les pitoyables voyageurs qu'il balayait de son souffle. Le soleil s'immisçait en de sournoises volutes, glissant entre les nuages, insensible aux éoliens efforts. Les soldats s'activaient, Paluche reprenant la tête du cortège comme la veille. Dhobi-rânlo, en chef d'escorte, s'était placé contre la carriole, comme s'il eût voulu en être plus près encor qu'il ne l'avait été la veille. Amarrée à l'arrière de la carriole, la jument de Fidol suivait posément. Domingo montait comme hier sa propre jument. Il portait le chèche avec habilité, nous démontrant à tous ses talents naturels de cavalier par tous temps. À le voir droit sur sa selle, serein et maître de sa monture, détaché des éléments déchaînés, il avait l'allure d'un chef, l'essence d'un prince. La porte de l'hostellerie s'ouvrit pour en laisser sortir un homme à la tête couverte de son chèche, Fidol de Louvre : « J'en ai fini ! Nous allons pouvoir y aller ! » Puis il se dirigea à l'arrière de la carriole et la contourna. Il grimpa à l'avant et s'installa sur le banc du conducteur pour prendre les rênes de l'attelage. Il se tourna vers nous puis lança : « Nous allons maintenant découvrir ce que je vaux comme cocher !

— Çà ne peut pas être pire que le précédent, s'amusa Brave assis à ses côtés.

— Avez-vous pu déposer le courrier ? demandai-je à Fidol.

— J'ai remis mon pli au postillon qui le remettra aujourd'hui même à Lantar ! Nous pouvons reprendre notre route !

— Alors en avant ! » lançai-je à mon tour, emporté par l'engouement. Et Fidol d'enchaîner : « Accrochez-vous bien les enfants, c'est un voyage d'hommes qui nous attend !

— Faites attention à vos paroles ! » répondit alors Chêne installé à côté de moi. Puis il poursuivit : « Mon garde du corps est d'une grande émotivité en ce moment. Je ne voudrais qu'il vous arrive pareille mésaventure. » Il pointa alors du menton le cocher inconscient, alité dans le brancard qu'il occupait lui-même la veille : « Notre ami Khâ, lorsqu'il reviendra à lui, vous en parlera mieux que moi. »

VIII

C'EST AINSI QUE JE DEVINS

Après cette première journée mouvementée, notre voyage prit un rythme plus convenu. Chêne avait retrouvé toute son énergie et n'avait plus aucun symptôme de la maladie qui l'avait terrassé jusqu'à présent. Fidol n'expliquait pas clairement ce prompt rétablissement, mais il ne démentait pas une probable relation entre cette guérison et notre éloignement. Nous n'en savions toujours pas plus sur notre destination, mais nous avions compris que le voyage serait long. Tout d'abord parce que Fidol escomptait déposer Khâ auprès de son confrère Guérisseur du prochain bourg, à cinq jours de voyage ; ceci afin de simplifier la logistique de notre expédition et probablement parce qu'il semblait désormais inenvisageable, voire risqué, de poursuivre l'aventure avec un cocher dévisagé et potentiellement rancunier. Ensuite parce que Fidol souhaitait nous voir, Brave, Chêne et moi-même en mesure de monter nos propres chevaux. Les déplacements étaient plus longs avec l'attelage, les arrêts plus fréquents et les difficultés plus nombreuses. Même si nous parvenions à rejoindre chaque jour les relais impériaux, et ce malgré les conditions extérieures extrêmes, nous ne touchions notre objectif quotidien qu'à l'issue d'une longue et épuisante journée. Fidol souhaitait nous savoir en mesure d'avancer plus vite et insistait afin de gérer au mieux nos temps de repos et temps de voyage. La carriole devrait rester près de son cocher, ainsi en avait décidé Fidol. Cette perspective et ces nouveaux projets occupaient nos idées tout le jour, balayant au gré de nos pensées giboulées de sable et cahots routiers. Nous avancions sans relâche malgré la désapprobation des Gardes Mobiles qui ne l'entendaient pas de cette oreille. Depuis le départ, ils avaient protesté contre l'absolue nécessité prétextée par Fidol de voyager sous les assauts de la tempête de sable. La fulgurante remise sur pieds de Chêne remettait en cause, d'après eux, le caractère impératif d'une telle urgence. À l'aube du second soir, le chef d'escorte s'en était expliqué auprès de Fidol qui avait fait preuve d'un entêtement pour lequel j'avais finalement éprouvé une forme de fierté ; voir notre Guérisseur engager tant de passion à notre sujet et nous prêter tant de capacité flattait finalement notre ego. Et puis, le visage déconfit du grand guerrier face au discours imperturbable du vieil homme avait le don d'allumer chez nous un feu de joie. Dhobi-rânlo n'en prenait nullement ombrage, revenant chaque soir au combat, prenant visiblement un plaisir complice au nôtre à venir asticoter le Guérisseur.

Depuis la scène de la première soirée, Paluche était devenu sans conteste notre héros à tous les quatre. Sans oser manifester ni un hommage appuyé ni une apologie à la violence, nous lui offrions nos discrets services lors des préparatifs matinaux ou les corvées du soir comme brosser ou nourrir les bêtes. De fait, une tacite connivence s'installa entre tous. Les échanges ne manquaient pas lorsque nous nous attelions avec cœur aux besognes du soir. Anaton, dit « Paluche », fils de mineur, était originaire de la Péninsule Noire et sa Citadelle de Fer. Il devait son surnom à la taille généreuse de ses mains dont nous eûmes, par Khâ, la fine démonstration qu'elles martelaient dignement. Dhobi-rânlo était un fils des îles de la Côte Sauvage. Marin depuis plusieurs générations, il avait épousé le grand continent impérial pour assouvir sa soif de voyages et de rencontres. Il ne restait de l'homme des mers pas une trace apparente d'embruns. Les deux soldats avaient, au cours de leur carrière, rencontré le désert sous ses nombreux aspects. Entre deux confidences, ils s'appliquaient à nous prodiguer conseils et nous enseigner leur expérience. Un soir, Dhobirânlo nous expliqua que marcher droit dans le désert était une dangereuse illusion de l'esprit confortée par l'ego de l'homme, car, en vérité, « les marcheurs tendaient à tracer de longs virages écrasés sur la gauche, naturellement poussés qu'ils étaient par leur jambe la plus forte, généralement la droite. » Un autre soir, Anaton nous raconta que plus au sud, les températures en journée étaient tellement insupportables qu'il fallait, faute d'ombrage, « creuser le sable pour s'y enterrer et bénéficier ainsi de la fraîcheur fixée sous le sol ». Nous apprîmes également que l'eau du désert se cachait à quelques pieds sous les coudes extérieurs des lits des rivières asséchées ; que les rochers cachaient parfois quelque réserve naturelle ; qu'il fallait cueillir la rosée sur les pierres froides ; que les racines des magnolias étaient juteuses et rafraîchissantes. Domingo ajouta qu'il fallait regarder le ciel, car les oiseaux indiquaient sources, puits et vie.

Au soir du sixième jour, nous atteignîmes le premier petit bourg de la piste des Sables, Morlam. La tempête était tombée depuis quelques heures et le désert avait des aspects de mer d'huile. Le soleil au couchant, projetait dans notre dos ses menaçants et brûlants rayons tel un avertissement quant aux dangers à venir des journées sans tempête.

Tandis que nous avancions dans nos propres ombres, oranges et rouges coloraient de feu les maisonnées de chaux disposées sur la ligne d'horizon. Morlam, petit bourg développé autour de multiples oasis naturelles, nous accueillait au creux du val de ses dunes. Nous y fûmes reçus avec chaleur par des domestiques bienveillants. Nous étions pour eux, en raison de notre jeune âge, une curiosité manifeste que la présence des deux gardes à nos côtés renforçait sans l'ombre d'un doute. Le Relais des Postes Impériales était installé en périphérie et de multiples services s'étaient implantés non loin de l'étape : armurier, forgeron, cordonnier, charpentier, maréchal-ferrant, potier et même un tailleur au service des dames et seigneurs. Morlam était la douceur après la tempête. Le repas du soir fut à la hauteur de l'accueil. Il débuta par quelques confiseries épicées. Brave avait une nette préférence pour celles au miel. Quant à Chêne, il fallait avec lui négocier le fait qu'il nous laisse goûter les enrobés anis et fenouil. Après cette mise en bouche, nous attaquâmes le plateau de fruits composé de pommes et oranges. Et ce fut moi qui remportai cette fois-ci le prix de la gloutonnerie, insatiable que je fus du nectar de l'agrume. Nous enchainâmes sur un plat à la fois chaud et humide, un émincé de poulet sur son lit de feuilles de pourpier. Comme s'il eut s'agit de notre de dernier repas, nous terminâmes la soirée devant un cylindre de fromage de chèvre que Fidol et les gardes accompagnèrent d'hypocras. Les parfums de vanille et de cannelle nous excitèrent tant qu'il ne fût pas question pour nous de laisser aux seuls adultes le plaisir d'en goûter la félicité. Sous nos assauts héroïques, Paluche finit par céder malgré les remontrances exagérées de Fidol. Mais l'art de la négociation de Chêne était à la hauteur de sa verve nouvelle et nous obtînmes notre précieux breuvage. Excités, nous mimâmes alors un air aviné ;

au plus grand désarroi de Fidol et pour le plus grand plaisir de Paluche. Pétillants de bonne humeur nous en oubliions les jours précédents, la violence de Khâ, l'étrangeté des maux de Chêne et l'imperturbabilité de la tempête de sable. Délice suprême, ce repas inattendu en cette oasis inespérée était un silence nacré dans la partition de notre voyage composé invariablement de notes de viande séchée et de plats de gruaux. Repus et insouciants, nous trouvâmes l'apaisement et son inséparable sommeil. Ce soir-là, pour la première fois depuis l'Alumnat, je n'imaginais pas Puck au pied du lit, je n'attendais pas le baiser de mère avant de m'endormir.

La journée du lendemain allait se dérouler en ville. Nous apprenions en effet, dès le réveil, que nous ne prendrions la route que le soir venu. Dhobi-rânlo nous expliqua que le soleil promettait une chaleur excessive et que la nuit, avec ses températures beaucoup plus fraîches, nous permettrait d'avancer plus vite et plus confortablement. Les conditions étaient d'autant plus favorables que la lune allait bientôt être pleine et que nous étions donc au début de son cycle le plus propice aux voyages de nuit. Même si la perspective de décaler notre départ de quelques heures contrariait Fidol, elle était une sage décision. Nous aurions par ailleurs fort à faire en cette journée. Notre Guérisseur devait confier Khâ aux mains d'un confrère local. Brave, Chêne et moi-même allions pouvoir nous familiariser à nos nouvelles montures puisque la carriole serait abandonnée au charron du relais.

Le confrère de Fidol consultait depuis une modeste maisonnette installée dans le cœur de la cité. Nous nous y rendîmes très tôt dans la journée. Khâ avait été réinstallé dans la carriole afin de l'y amener. Il se remettait peu à peu et les soins prodigués par le Guérisseur commençaient à montrer leurs bénéfices. Khâ avait le visage tordu, le nez écrasé.

Tout n'était que tuméfaction et il n'était pas sans rappeler Chêne au premier jour du drame nocturne. Mais en résolument bien pire, car la déformation faciale semblait profonde et bien entendu inéluctable. Khâ ne parlait pas encore. Tout au plus gémissait-il de temps à autre. Cela ne manquait à personne. Seule la compassion de Fidol lui avait tenu compagnie. Le guérisseur de Morlam accueillit Fidol avec de respectables attentions. C'était un homme moins âgé que Fidol ; sans être un jeune disciple, il était d'âge mûr. Après quelques échanges courtois, les deux hommes s'éloignèrent de nous et s'isolèrent, abandonnant notre petite troupe. « Pensez-vous, demanda Domingo, que l'on viendra le rechercher au retour ?

— J'espère bien que non, souffla Brave. J'espère même ne jamais le revoir.

— Il le faudra bien, posai-je platement. Nous le croiserons tôt ou tard dans les allées de l'Alumnat. Et nous n'aurons plus Paluche à nos côtés.

— Il faudrait qu'il crève ici, lança Chêne. » À quelques toises de notre assemblée, Anaton nous tournait le dos. Je l'imaginais avoir tout entendu, je sentais un sourire presque machiavélique s'élargir sur son visage géométrique. Nos regards se tournèrent en cœur vers la carriole et l'hésitation se lisait sur nos visages à tous. « Franchement, ajouta Chêne, vous croyez qu'il oubliera ? Si ce type a été capable de me gifler sans retenue pour quelques mots, que fera-t-il quand il verra sa tête tordue au réveil ?

— Il n'a pas tort, confirma Domingo. Dans les plaines, les bêtes blessées sont les plus dangereuses. » Je n'avais pas grand-chose à répliquer. Brave et moi échangeâmes un regard silencieux, lourd d'incertitude. Chêne grimpa sur la carriole de Khâ qui, alité, gémit pathétiquement. Chêne se posa à côté de lui. Puis il se pencha pour lui parler à l'oreille, presque tout bas. « Tu es venu pour nous suivre, n'est-ce pas, brigand ? Ceux qui m'ont fait çà voulaient s'assurer de quelque chose, hein ? » Comme s'il eût espéré une réponse, Chêne marqua un instant de silence. Nous avions tous trois le souffle coupé. « J'ai un petit message pour tes amis. Dis-leur que nous savons qui ils sont. Dis-leur que nous reviendrons. Dis-leur que nous nous vengerons alors. Quant à toi... » Chêne cessa brusquement son audacieuse mascarade et glissa le long du banc de bois pour redescendre au sol. « Tout va bien les enfants ? » demanda Fidol soudainement apparu dans notre dos. « Chêne s'en assurait à l'instant ! » répondit aussitôt Brave, scellant définitivement, par ces mots, le pacte silencieux de notre fratrie. « Par les Déesses, poursuivit Domingo, nous allons nous débarrasser de cette vieille carriole vermoulue et de son vilain cocher branlant. Grâce à cela, mes compagnons vont devenir de flamboyants cavaliers et peut-être même réussirai-je à en faire d'authentiques hommes des plaines ! Comment pourrions-nous aller moins bien ? » Fidol sourit. J'ajoutai alors : « L'avenir prend en effet tournure inattendue. » Mes amis et moi-même échangeâmes de lourds regards. Puis la seconde suivante effaça les questions.

Il est agréable d'écouter le temps. Il nous emporte d'un instant à l'autre, seconde après seconde. Rares sont les hommes qui savent écouter le temps et, parmi ceux qui l'entendent, rares sont ceux qui apprécient le sournois compte à rebours qui les mène vers l'inéluctable dernier instant. Mais il est agréable d'écouter le temps. Pas seulement le temps qui passe à ne rien se passer. Il y a aussi le temps qui vous emporte, celui auquel on ne prête généralement jamais attention, trop occupés sommes-nous à dévorer l'action. Pourtant qu'il est bon d'entendre les gouttelettes de temps tomber du plus haut rocher de la cascade de notre existence. Je me souviens les avoir entendues ce jour-là.

Nous quittâmes bientôt le dispensaire, abandonnant le cocher de la Citadelle Rouge. Paluche emporta la carriole pour la déposer au relais. Fidol exprima le souhait de nous emmener dans les rues du bourg avant de rejoindre les écuries. Nous marchâmes de venelles en ruelles, laissant derrière nous les tortueux chemins poussiéreux de ce surprenant dédale ocre gravé au sein du petit bourg de chaux blanche. Je les avais oubliées, tant elles m'étaient familières, mais je les perçus de nouveau, nos toges vert émeraude s'envolant gracieusement sous la marche. À quelque hauteur, une gouttelette de temps roulait sur son rocher humide, vert de mousse. Attendant l'impact au sol de son ainée, elle glissait avec retenue, freinant son dernier instant. Puis elle se précipita dans le vide. Et c'est ainsi que je devins Le Balafré. Realvi Le Balafré.

Tombant de dessus les toits, lancé par une ombre habile, un terrible scorpion ailé du désert. Un animal sans égal qui, une fois dressé, devient pour son maître une arme rare et redoutable. À peine plus long qu'une main, l'arthropode me faisait face. Toute notre procession s'était arrêtée dans le mouvement de l'instant, comme une peinture de maître. Le temps s'était immobilisé. Les toges de mes amis étaient suspendues dans les airs. Les expressions de chaque visage restaient fixées, sculptées dans la chair. Sous mes yeux, les paires d'ailes antérieures et postérieures s'élevaient et retombaient dans une perfection métrologique. Membraneuses et translucides, leur fragilité contrastait singulièrement avec le bouclier de l'animal constitué par de lourdes, noires et menaçantes pinces. Sur la partie avant de l'abdomen, deux yeux médians me fixaient. Je les braquais, hypnotisé. Mon corps localisa le dard avant mon esprit.

Trouvant ma chair, sous mon œil droit, à environ un pouce en dessous, le mortel aiguillon. Stabilisé par ses puissantes ailes, l'animal propulsa, depuis l'arrière de son abdomen, un violent transfert d'énergie. Tel un fouet mécanique, clique-tant presque, les cinq segments de la queue se dilatèrent, poussant l'appendice porteur de venin vers sa proie. Mû par un vigoureux réflexe, je me dégageai, pivotant visage et épaules sur la droite. Telle une comète traversant le ciel, l'aiguillon laboura la chair de mon visage. Glissant depuis le dessous de mon œil droit, il s'enfonça, dans une diagonale presque harmonieuse, jusqu'aux tréfonds de mon sourcil gauche. En moi, un afflux de chaleur. La gouttelette du temps venait de s'écouler. Le scorpion propulsa son venin à l'extérieur de ma chair, j'en sentis le feu mortel couler sur mon crâne. J'étais sauvé, mon instinct le sut sans autre dis-cussion. L'animal, surpris, vacilla, me chercha, se déstabi-lisa, prit de la hauteur, chercha un nouvel angle d'attaque, tourna, appuya d'audacieux virages dans les airs, perdit de longues secondes, de bien trop longues et précieuses se-condes. Le temps avait déjà repris son cours. Fendant l'air, les runes gravées dans l'acier de la lame de Dhobi-rânlo s'abattirent sur le scorpion qui tomba au sol, tranché en deux.

J'affichais désormais un regard qui était une marque. La balafre soulignait mon œil droit et surlignait le gauche en y traçant une ligne épaisse au travers du sourcil. Certains al-laient y trouver une once de mystère, un brin de charme ; d'autres de l'effroi, voire de la crainte. J'apprendrais avec le temps que personne n'y serait indifférent et que chaque ré-action me raconterait une personnalité. J'apprendrais aussi à aimer cette amie qui ne me quitterait plus, cette griffe qui

entourait mon regard. Dans l'agitation qui succéda à l'inci-
dent, je savais déjà cela. Spectateur de mon propre drame,
je souriais au Guérisseur, cherchant les mots justes afin de
calmer les émois. Mes camarades m'entourèrent, le guerrier
brandit son arme, défiant l'invisible ennemi. La troupe me
conduisit au relais afin de m'y mettre en sécurité. Mais finalement, personne ne l'était plus et chacun craignait qu'il ne
lui arrive malheur. J'étais l'alibi à un curieux retranchement
et, complice, j'affectais ce rôle. Tout le monde me parlait,
et je répondais avec discernement, m'efforçant de poser les
justes mots. L'on s'inquiétait de ma plaie, l'on discutait
mon incroyable réflexe, l'on citait complot et intrigue, l'on
négociait plan de départ, l'on chuchotait de nouveau à propos des mystères de la nuit du drame. Indifférent, souriant
des affairements de chacun, j'avais le regard brillant, l'œil
du guerrier, le cœur vaillant. Comme une pièce de théâtre,
mon esprit jouait à l'envi la scène de la balafre. Avec cependant une nette préférence pour le prologue dont je me dé-
lectais sans en discerner encore les subtilités : sur une
terrasse d'au-dessus des toits, surplombant les ruelles, un
noir et terrifiant scorpion ailé, l'ombre malveillante de son
maître, l'étoffe d'une toge rouge flottant dans le vent. Puis
l'attaque.

IX

DILEMMES

Durant l'après-midi, les leçons d'équitation avaient été réduites à leur minimum. Bien que je n'en éprouvasse nullement la nécessité, Fidol s'était appliqué à la préparation d'un onguent censé aseptiser l'incision de mon visage provoquée par l'aiguillon du scorpion ailé. Les deux gardes n'avaient pas tenté de retrouver l'assassin ; d'une part estimaient-ils qu'il dût s'être volatilisé depuis l'événement, d'autre part jugeaient-ils grand le danger de nous laisser sans protection. Pendant ce temps, Domingo, autour d'un carrousel improvisé, avait forgé Brave et Chêne à leurs nouvelles montures. D'après lui, Brave avait un talent naturel pour l'équitation, l'aisance d'une bonne main. Quant à Chêne, il avait une bonne assiette et une aptitude naturelle a être accepté par son cheval, à le mettre en confiance. Pour ma part, je parvins à me dépêtrer des exagérations de Fidol pour monter en selle une belle jument répondant au nom de Bigne. Perdue dans les troubles du jour, la part de mon enfance aux exquises chevauchées à califourchon dans les bras de Père s'effaçait discrètement pour écrire l'histoire d'un jeune cavalier de l'Alumnat. Domingo possédait l'intelligence de l'enseignement. Avec sobriété et générosité, au rythme de l'allongement et du relâchement de nos rênes, il s'ingénia à nous transmettre ses connaissances afin de parfaire, à ses yeux, nos acquis en la matière.

Le soir même, au soleil couchant, nous quittâmes le relais. Autour de nous, dans le confort de la fraîcheur de fin de journée, les échoppes s'éveillaient. Moins allègres qu'à l'arrivée, nous regardions autour de nous avec suspicion, cherchant l'ombre d'une trahison. D'instinct, ma monture suivait le cortège, apportant au jeune cavalier que j'étais alors un confort bien appréciable. Quittant les murs blanchis à la chaux bordés d'oyats, nous nous engageâmes, à l'est, sur la piste des Sables. Haut perché sur son puissant destrier, Anaton menait le convoi tirant dans son sillage les deux chameaux chargés de lourd équipement. Tandis que la nuit envahissait graduellement le bleu encre du ciel, notre cortège discutaillait. Fidol et Dhobi-rânlo fermaient l'escorte dans le murmure de leurs causeries. Domingo poursuivait notre enrichissement, prodiguant conseils de posture et d'attitude, nous aidant, bien souvent, à remettre notre monture sur le droit chemin, à la calmer ou, au contraire, à la relancer.

Le paysage dunaire s'emmitoufla dans sa robe du soir, abandonnant son rose minéral pour réfléchir les cieux dans une palette de bleus de minuit. La lune, pratiquement pleine, s'élevait en majesté, reine incontestable du lieu et du moment. Nous eûmes tous les quatre le nez rivé sur sa splendeur, suivant du regard sa rapide procession depuis la ligne d'horizon. La nuit catalysa alors le calme du désert. Tout y fut plus serein. La fraîcheur monta aussi vite que l'astre de nuit, réveillant nos sangs endormis. Au-dessus de nos têtes scintillèrent les Déesses, offrant à nos yeux le spectacle surnaturel d'un million d'entre elles. Elles seraient notre guide sur le chemin, traçant dans le ciel la piste des Sables. Pénitents, nous pénétrions silencieux sous le dôme étincelant du temple des ténèbres. N'eussions nous été si pressés que nous n'eûmes jamais défié l'obscurité du désert.

Les légendes citaient mille chimères dévorant l'intrépide voyageur. D'aucunes contaient spectres vengeurs errants, d'autres narraient brigands assoiffés de sang. Si mon jeune âge m'incitait à croire en l'une et l'autre de ces mystifications, la présence des gardes engageait mon courage. Par ailleurs, la récompense était sur le chemin. Partout autour de nous, tout n'était que beauté. La limpidité de l'éclat des Déesses n'en finissait pas de m'ébahir et les courbes folles des dunes endormies suscitaient en moi de romanesques songes éveillés. J'imaginais, à l'instar des océans, de lourds vaisseaux flotter sur les sables. Bien que je n'en eusse alors encore jamais rencontré, et peut-être surtout à cause de cela, je me les représentais construits de bois et de pierre, naviguant de dune en dune ; les voiles, que je comptais par dizaines, gonflaient sous le souffle des Déesses. Les voyages de nuit génèrent une étrange et magnétique addiction. Les jours qui suivirent, profitant de la pleine lune, nous dormîmes en journée soit dans de petits relais soit à l'abri de campements surélevés dressés à l'ombre des palmes d'un dattier. Nous progressions avec vigilance, découvrant la valeur d'un godet d'eau, apprenant à économiser cet or bleu, à le partager avec nos chevaux. Car nous ménagions nos montures, chevauchant quatre à six heures par jour, marquant de fréquents arrêts. Au soir, avant chaque départ, nous procédions aux soins des animaux. Nous les encouragions, les abreuvions et graissions sabots avant de les seller. À la fin de chaque trajet, respectant les consignes de Domingo, avant même de nous consacrer du temps, nous dessellions nos montures, les félicitions en leur parlant avec attention, en leur caressant l'encolure, nous les brossions et les abreuvions.

La lune disparaissait de nuit en nuit, grignotée. Avec regret, ce fut bientôt notre dernier voyage sous la fraîcheur incandescente des étoiles. La luminosité serait bien trop in-suffisante pour que nous avancions dans de bonnes condi-tions. Dhobi-rânlo craignait avec raison une chute ou une blessure pour les chevaux. La piste ensablée masquait en effet de traitres pierres susceptibles de trancher la sole de leurs sabots. Aussi entamâmes-nous avec abattement notre dernière nuit. Cet état de fait ne manqua pas d'éveiller moult commentaires de la part de nos guides qui voyaient en cette noctambule attraction un soupçon d'âme aventureuse.

Vers minuit, nous marquâmes une pause. Un vent chaud et léger venait du sud. Il portait avec lui quelques grains de sable fin. Comme à l'accoutumée, nous nous installâmes en cercle afin de discuter et avaler céréales et miettes de viande séchée. Fidol était loquace ce soir-là. S'adressant aux gardes, il sembla penser à haute voix : « Étant donné la... » Il eut un silence embarrassé avant de reprendre. « Étant donné la mésaventure survenue à notre jeune ami lors de notre visite à Morlam, il parait bien probable que nous fas-sions l'objet d'une surveillance de la part de personnes mal intentionnées.

— Et ? » La réponse spontanée et nonchalante de Pa-luche ne sembla pas du goût du chef d'escorte et j'en souris à pleines dents. Fidol toussa une seconde et reprit : « Et il me paraitrait judicieux d'éviter les relais majeurs. J'imagine que nous allons y être à nouveau attendus.

— C'est fort probable, Guérisseur, répondit Dhobi-Rânlo.

— Pensez-vous que nous puissions les contourner ?

— Les contourner est une chose, les contourner intelli-gemment en est une autre. Comprenez bien que tant que vous ne m'aurez pas communiqué la destination finale, je ne vous serai d'aucun secours dans l'élaboration d'une stratégie de voyage. » Fidol toussa un peu plus fort, visiblement bien embarrassé par la réponse de son interlocuteur. Il lui répondit en cherchant ses mots : « Je n'ai aucune idée de la menace qui pèse sur ces enfants. J'ai quelques éléments de suspicion et une belle intuition qui ne cesse de se vérifier. Mais je navigue sans boussole, capitaine. Je pense qu'ils ont vu ou entendu quelque chose. Et je pense que quelqu'un a beaucoup à perdre à laisser planer sur lui le risque de voir ce secret un jour révélé. Le choc reçu ne durera peut-être pas éternellement.

— Pour un choc, c'est un sacré choc, Guérisseur, répondit alors Anaton dubitatif. Et même un sacré double choc !

— Un choc ou..., Fidol hésita, un ensorcellement.

— Pas la peine de tant hésiter, enchaîna Chêne. Nous nous en doutions depuis longtemps. » Brave, Domingo et moi échangeâmes quelques regards. Au fond, Chêne avait raison. Nous n'en avions jamais réellement parlé, mais c'est bien ce que, moi-même, j'avais fini par craindre sans oser me l'avouer. Et pourtant, aucun souvenir ne m'était revenu. Je me tournais vers Chêne : « Tu sais quelque chose que je ne sais pas ? As-tu recouvré la mémoire ?

— Non, Realvi. Je te le jure. La dernière fois, lorsque nous étions à Morlam, j'ai menti à Khâ. J'ai menti, car j'étais certain qu'il n'était avec nous qu'à des fins de surveillance. » Fidol se mit à gesticuler, mais je ne lui laissai pas la parole, répondant aussitôt à Chêne : « Qu'est-ce qui a donc bien pu te faire croire qu'il pouvait y avoir une quelconque relation entre lui et nos agresseurs ?

— Son regard, la manière qu'il a eu de s'en prendre à moi. Et quand bien même me serais-je trompé, j'espère lui avoir flanqué une jolie trouille. » Et Chêne sourit, visiblement satisfait. Fidol ne tenait plus en place. Il s'adressa vivement à Chêne : « Mais que lui as-tu donc dit ?

— Je lui ai dit de dire à ceux qui l'avaient employé que nous reviendrions bientôt nous occuper d'eux. » Je n'avais encore jamais vu Fidol de Louvre se mettre en tel état. Le vieil homme se leva d'un bond, leva les bras au ciel, décrivit de grands cercles en marchant énergiquement et jura haut et fort : « Par mille Déesses ! Soz et ydiotes qu'ils sont ! » Une belle envie de rire s'empara de nous quatre, mais je sentis que l'heure était au sérieux. « Qu'est-ce qui lui prend ? » demanda Brave aux gardes. Paluche se lança dans une réponse : « Si votre petit copain a vu juste, ça veut dire que ceux qui vous ont rossé la première nuit vont vouloir maintenant se débarrasser de vous au plus tôt.

— Et probablement de nous tous, souligna le chef d'escorte.

— N'est-ce pas ce qu'ils tentèrent déjà avec le scorpion ? » demanda Chêne dans une ultime tentative de reprise de contrôle. Fidol de Louvre, qui n'avait rien manqué de la conversation, lança : « Le scorpion c'était après Khâ. Cela veut dire que nous étions surveillés depuis notre arrivée à Morlam. Cela veut dire que nos vies sont désormais toutes mises à prix. »

Dhobi-rânlo s'était tu jusqu'à présent. Il prit la parole posément : « Pour reprendre l'avantage, nous devons connaître notre ennemi. Pour le connaître, il nous faut tout d'abord l'identifier. Et pour cela, nous avons une piste. Pourquoi ne pas tenter de retrouver l'assassin au scorpion ?

— Comment ? lançai-je plus curieux que jamais.

— Si les scorpions ailés sont rares, alors les scorpions ailés et dressés le sont encore plus. Vous me suivez ? » Hypnotisés, nous hochâmes concomitamment nos têtes afin qu'il poursuivît : « Si les scorpions ailés et dressés sont très rares alors les dresseurs le sont indubitablement plus. Et leurs clients incroyablement rarissimes ! » Anaton souriait d'un air contenté qui nous fut contagieux. Seul Fidol semblait résister à cette perspective : « Hors de question que nous enquêtions en partant sur ce terrain ! Les dresseurs sont à la solde des tueurs et je refuse de faire prendre des risques supplémentaires à ces enfants. Et puis combien de ce temps précieux allons nous perdre encore afin de trouver ces âmes sinistres qui n'ont aucun intérêt à trahir leur client ?

— Il faut le tenter, insista Dhobi-rânlo. C'est tout ce que nous possédons. Tant que nous n'aurons pas repris l'avantage, nous serons en danger partout. Et je ne parle même pas du retour à l'Alumnat pour vos petits protégés...

— Je vous rejoins, Capitaine, acquiesça avec diplomatie le Guérisseur. Mais votre idée est dangereuse. Car celui ou ceux qui sont à nos trousses ne se sont certainement pas fourvoyés dans l'acte lui-même. Ils ont dû employer un inconnu, un assassin de pacotille qui ne nous apportera rien de plus.

— Il faut tout tenter, appuya le chef d'escorte. Croyez-en mon expérience, le moindre indice peut tout changer. »

Fidol soupira. Il était toujours debout, faisant face à notre petit cercle, les mains posées sur les hanches. Il prit sa respiration et soupira encore et encore. Puis il se lança : « Messieurs, sachez que Lantar a décelé très tôt un sortilège posé sur ces enfants. Il lui était malheureusement impossible de confirmer cette hypothèse sans leur faire prendre de danger en raison de la très probable promiscuité d'avec la source d'énergie, à savoir le jeteur de sort lui-même. Des deux victimes, Chêne était le plus atteint. Comateux, il avait une chance de reprendre conscience en quittant l'aura du lanceur de sortilège et donc en nous éloignant de la Citadelle Rouge. Les Déesses ont voulu qu'il en soit exactement ainsi. Selon un code préalablement établi entre leur Précepteur et moi-même, j'ai immédiatement fait parvenir cette information par coursier. Conformément à ce que nous avions convenu ensemble avant le départ, j'ai désormais pour mission d'apporter ces enfants au plus vite près d'un confrère Magicien. Le temps presse. Chaque jour perdu endommage un peu plus les souvenirs qu'ils ont de leur nuit tragique. Il me parait plus judicieux de courir à leur guérison que de nous lancer dans une enquête périlleuse, retardatrice et superfétatoire. »

Les discussions s'animaient et nous régalaient. Nous en apprenions davantage sur les coulisses des semaines dernières et chacun d'entre nous écoutait avec la plus grande attention. « Bien. » Le capitaine avait lancé cette interjection avec clarté et suspecte résignation. « Voici des éléments qui apportent un éclairage nouveau à notre aventure. » Je ressentis une déception. L'idée d'enquêter et retrouver mon assassin avait éveillé en moi une excitation vengeresse à laquelle j'allais devoir renoncer. D'un regard, je trouvai appui auprès de Paluche qui relança une question toujours restée sans réponse : « Dans ce cas, il devient plus que nécessaire de nous dévoiler la destination, Fidol de Louvre. Le temps des secrets n'est plus. S'il nous faut protéger les enfants en évitant les relais, il nous faudra également les protéger des dangers disséminés sur les chemins alternatifs. » Fidol se gratta le menton, encore enclin à une certaine réserve. Peut-être commençait-il à considérer la tonalité vexante de son comportement, car sans être insultant, ce manque de confiance était au moins suffisamment frustrant pour nous mettre à tous l'insurrection au bord des lèvres et la mutinerie dans le noir de nos regards. Levant les yeux de ses pensées, il nous considéra tous et reçut, à cet instant, la tout intense solennité du silencieux message que nous lui invectivions. Un ange passa, un embarras s'installa et Fidol jeta l'éponge dans un adorable désarroi : « Bien, bien. La route sera longue. Je dois vous mener à la Citadelle Rocheuse. » A cet âge, loin est tout aussi loin que très loin et pas plus éloigné qu'encore plus loin. Anaton s'empourpra dans un grand éclat de rire ; Dhobi-rânlo resta pantois ; Brave et Domingo échangèrent un regard et haussèrent les épaules, perplexes ; Chêne et moi souriions, satisfaits d'avoir une réponse. Le rire du guerrier n'en finissait pas, emportant le pauvre Fidol dans une amère vague de dépit. Dhobi-rânlo prit la parole : « C'est à plus de deux mois de voyage pour un bon cavalier. Pour ce groupe, ce sera trois mois dans le meilleur des cas. » Fidol acquiesça. Le chiffre rebondit à voix basse dans les rangs de la chambrée Columbus. Domingo localisa l'endroit : « Il faudra traverser toutes les Grandes Plaines. La Rocheuse, c'est au fin fond des montagnes infranchissables, au nord des plaines ! » Brave en connaissait la pénibilité : « Les pistes sont pentues, abruptes, étroites et ravinées. On va en baver. » Chêne eut une pensée pour nos fessiers : « Tout cela pour retrouver quelques souvenirs ! En tout cas, notre séant, lui, ne risquera pas d'oublier cette aventure. » Paluche s'était repris et s'adressait maintenant à Fidol avec égards : « Mon bon seigneur, nous allons bien entendu vous y accompagner. Je ne souhaitais pas vous froisser. Mais pour un voyage, c'est un voyage ! Vous imaginez bien qu'il nous faudra réfléchir un minimum avant de poursuivre.

— Si vous le permettez, ajouta Dhobi-rânlo, nous allons conduire les opérations afin de vous permettre d'atteindre votre objectif. Comme nous l'avons évoqué ensemble, il est souhaitable de quitter la piste, tout au moins jusqu'à la région des Sommets. Est-ce que nos ennemis peuvent avoir eu connaissance de votre destination ?

— Impossible, affirma Fidol. Lantar et moi seul sommes au courant. Certes, nous le sommes désormais tous. Mais je doute que des oreilles indiscrètes aient pu nous suivre au milieu de ce désert.

— C'est en effet un des nombreux avantages du désert, confirma Dhobi-rânlo. Nous allons donc quitter la piste des Sables dès demain. Je possède une carte assez précise des routes alternatives, mais ne nous faisons pas d'illusions : dans ce désert, à part la piste des Sables, il sera difficile d'avancer et nous serons fortement ralentis. Pour ce qui est des dangers, là aussi les choses vont changer, car les bandits et autres contrebandiers y seront plus fréquents. Mais la plus grande menace est le manque d'eau. Il faudra désormais faire preuve de discernement quant à son usage et veiller à toujours trouver un point d'eau sur notre chemin. » Fidol se renfrogna, visiblement moins enflammé par l'aventure que nous l'étions. Le capitaine continua : « Mais les choses iront vite en s'améliorant. En prenant plein nord, d'ici une semaine nous devrions pouvoir galoper sur les terres arides du désert rouge avant de rejoindre la savane qui borde les Grandes Plaines. L'eau sera de plus en plus présente sur notre route, mais les corps seront de plus en plus fatigués, nerveux et exigeants. » Paluche acquiesça du chef et ajouta : « Mais nous avons l'habitude de ces endroits. Nous vous mènerons à bon port mes amis. Suivez-nous, écoutez nos conseils et laissez vous guider. » Il se tourna vers moi en souriant bien grand.

Nous partîmes bientôt, dans l'intimité de la lumière lunaire. Pendant quelques heures encore la piste des Sables se déroulerait devant nous. À son extrémité, la Citadelle du Levant, que nous nous apprêtions à éviter en la contournant par un grand virage en son ouest. Nous allions traverser les Grandes Plaines. Domingo n'avait rien dit à ce sujet. Mais je l'avais parfaitement senti vibrer fébrilement à cette évocation. Peut-être caressait-il l'espoir d'y rencontrer sa famille sur le trajet ? J'essayais d'appliquer ce même dilemme à ma propre personne et l'évidence s'imposait. J'aurais été malade d'impatience à l'idée de me rendre sur les Terres Fertiles. Mes pensées s'étaient instantanément transportées auprès de Père et Mère. Par respect pour Domingo, nous avions tous passé sous silence l'épreuve qui l'attendait. Mais j'étais certain qu'en cet instant nous rêvions tous les quatre de notre chez nous, de monter fièrement une Tarja, d'entendre aboyer un fidèle Puck et d'arriver en héros dans notre foyer. Nous avions déjà tous tant à raconter à nos proches. Tête baissée, du coin de l'œil, je plaignais Domingo.

X

RECHUTE

Depuis cinq longues journées, la nouvelle piste n'en finissait pas de se dérouler devant nous. En fait d'une piste, il s'agissait plus exactement d'une direction. L'immensité du sable du désert formait tout entier notre nouveau chemin. Au levant à l'est, l'éclatant astre du jour était devenu notre précieux et unique repère. La chaleur nous était devenue insupportable. En homme du Nord adapté aux températures les plus froides, Brave en était le plus affecté. Domingo, comme toujours, semblait à peine en subir les effets. Quant à Chêne, il présentait de plus en plus les symptômes d'une inéluctable catastrophe. Dans un état de fatigue constant, il luttait non plus contre la seule chaleur, mais contre un ennemi intérieur qui l'emportait au-delà de nous. En ce sixième matin, nous évoquions déjà le terme de rechute. Telles les brûlures de soleil, l'inquiétude de Fidol au sujet de son jeune patient ne nous quittait plus. Depuis notre départ matinal, son attention envers notre infortuné camarade était devenue constante. Signe qu'il allait au plus mal, Chêne se laissait faire et écoutait le vieux Guérisseur sans y glisser la moindre pointe d'humour.

La mauvaise condition des hommes est une chose, celle des bêtes en est une autre. L'eau était devenue une priorité pour les gardes qui renâclaient à ralentir pour cause de souffrant. Faute à un puits effondré, nous n'avions pas pu nous réapprovisionner comme nous l'avions prévu. « C'est à cela que sont utiles les réserves. » avait platement établi le garde. Mais aujourd'hui, il fallait avancer « coûte que coûte ». Ce que nous faisions depuis une heure déjà non sans une certaine angoisse. La chaleur et le manque d'eau font mauvais ménage et personne ne plaisantait sur l'éventualité d'un nouveau coup du sort au prochain campement. Les soldats avaient été rassurants, il y avait une palmeraie à une journée de cheval. Il fallait, pour y arriver, avancer plus vite que de coutume. Un défi, étant donné notre affaiblissement. Le sable fin se dérobait sous les sabots, ralentissant les chevaux et les épuisant bien plus encore. Sans Relais des Postes, la route à travers l'Empire prenait une autre tournure, démontrant, aux enfants que nous étions, le colossal enjeu des pistes impériales et des relais associés.

L'éternité du voyage invitait à l'échange. Nous étions tous devenus très proches et c'est avec spontanéité que je me dirigeai vers notre chef d'escorte afin d'ouvrir la discussion. Jouant avec les rênes, je manœuvrai ma monture avec plaisir, approchant avec précision de la destination ciblée. Je lançai la conversation auprès de Dhobi-rânlo : « Capitaine, savez-vous comment se nomme cette Palmeraie ?

— Les eaux de Tournon, Realvi.

— Pourquoi Tournon ?

— C'est le nom du village.

— Parce qu'il y aura un village ?

— Les palmeraies sont des lieux de prospérité, vois-tu. Elles sont rarement abandonnées à elles-mêmes. Tournon est le premier village du désert de sable. Nous retrouverons le sol dur et la pierre dès demain.

— Si tout va bien, ajoutai-je.

— Non, Realvi. Nous devons arriver à Tournon

aujourd'hui. »

Depuis quelques jours, des questions se bousculaient dans mon esprit. Mes tourments provenaient d'un groupe de voyageurs que nous avions croisé un soir lors de notre bivouac autour d'un point d'eau. Durant les échanges entre adultes, j'avais entendu un de ces hommes s'adresser aux Gardes Mobiles et raconter que des Lointains avaient été aperçus au cœur des Grandes Plaines. La présence de ces hommes sur les terres de l'Empire était tout simplement impossible. Je me sentais d'humeur à aller à la pêche au renseignement : « Le désert est un lieu impressionnant, Capitaine. Connaissez-vous aussi bien le Sud ?

— Je connais bien le Sud, oui. Je connais bien le Désert Rouge de bout en bout.

— Durant ces voyages, êtes-vous allé aussi loin que le Seigneur Dartmoon ?

— Oui.

— Avez-vous rencontré les Lointains ?

— Oui, petit. » L'adjectif sonnait comme un point final. Et pourtant, une question me brûlait les lèvres et rien ne semblait plus pouvoir me retenir de la poser. « Comment sont-ils ?

— Comme nous, Realvi.

— Comme nous ? » Je n'avais pas pu retenir ma surprise. Dans mon imaginaire, les Lointains étaient de terribles barbares. D'ailleurs, pour tous les hommes et toutes les femmes de l'Empire, les Lointains étaient de terribles barbares. Même les légendes présentaient les Lointains comme des créatures viles et repoussantes. Il y a avait dans cette plate comparaison, un goût de provocation qui résonnait en moi comme un blasphème. Un long silence glissa, ce qui laissa Dhobi-rânlo tout à fait imperturbable. Je repris

alors : « Comme nous comment ? » Domingo et Brave, atti-
rés par la conversation, nous avaient rejoints. Le soldat répondit alors : « Comme nous par beaucoup de choses.
Physiquement, d'abord. Et puis, il y a des hommes, des
femmes, des enfants. Ils sont organisés et vivent entre eux.
Il y a également des chefs, des guerriers, c'est vrai. Mais pas
plus que nous. Leurs vêtements sont différents, leurs mai-
sons aussi. À part ces détails, je ne vois pas ce que je pourrais en dire. » Loquace, mais réservé, il attisait mon avidité.
Lantar aurait certainement eu un mot pour cette situation
comme « Si tu ne poses pas de questions, ne sois pas surpris
de ne pas avoir de réponses. » Domingo s'invita : « Vous
parlez des Lointains ? » J'acquiesçai en silence et Domingo
reprit de plus belle : « Ça me rappelle Khâ. Il s'était drôlement énervé avec les guerres du Seigneur Dartmoon.
D'après lui, Dartmoon aurait drôlement bataillé là-bas.

— D'après lui ? » Dhobi-rânlo avait rebondi avec un plaisir sournois sur les propos ironiques de Domingo. Le Guérisseur s'était infiltré en silence. En parfait offensé, Fidol
accepta avec allant de reprendre le duel verbal : « Ne me
dites pas que vous croyez au sérieux de ces guerres ?

— Qu'entendez-vous par sérieux ? Y aurait-il d'après
vous des guerres moins sérieuses que d'autres ?

— Je ne remets en cause ni le sang versé ni la brutalité
de ces conflits, rétorqua avec diplomatie le Guérisseur.
Mais j'ai toujours eu bien du mal à croire à cette histoire.
Soyons clairs, qu'avait besoin l'Empire, ou plus exactement
Dartmoon, de descendre si loin au-delà des Citadelles ?
Nous étions en paix, tous. Cette guerre était une provoca-
tion à laquelle les Lointains ont répondu. » Je rejoignais
parfaitement le point de vue du Guérisseur. Je n'avais fina-
lement confiance ni en ces Lointains ni en Dartmoon.
Dhobi-rânlo répondit avec calme : « J'ai intégré la Garde

Mobile il y a quelques années seulement. Auparavant, j'étais Soldat de l'Empire. Et j'ai servi l'Empire en étant, à une certaine époque, au service du jeune Seigneur Dartmoon. Ce qui ne fait aucun doute, c'est que ces guerres ont eu lieu. Elles furent d'une grande violence. J'ai vu Dartmoon se battre et je peux attester qu'il est un grand guerrier. Je me battrais à nouveau contre les Lointains s'il le fallait. Sans état d'âme, sans question et sans pitié. » Mon cœur avait bondi. Cette courte assertion était pour moi comme un pavé dans la mare de ma blanche innocence. Je réalisais finalement que les gardes étaient des guerriers. Il était logique qu'ils aient connu la guerre. Brave osa la question que tout le monde avait en tête : « Avez-vous participé à ces batailles ?

— Oui, Brave. Paluche et moi-même avons bataillé contre les Lointains. Ces combats consistaient principalement en des escarmouches, toutes plus violentes les unes que les autres. Pourtant durant l'une d'entre elles, les choses faillirent très mal finir pour nous.

— Tu comptes leur raconter la bataille de Flitch ? » demanda avec un grand sourire Anaton. « Exactement, reprit le Capitaine. Les enfants, imaginez la scène. Nous étions une centaine de cavaliers glissant sur une piste gravée entre les pentes escarpées de hautes falaises de calcaire. Nous empruntions les gorges naturelles de Flitch, une région côtière chez les Lointains. Grises et blanches, à nous toutes ouvertes, elles nous enveloppaient dans l'étroitesse de leur craie. Sur les hauteurs, à plus de vingt toises, tombaient en cascade mousses et lichens accompagnés de quelques rayons de lumière. L'écoulement, dessiné dans le boyau, permettait à une paire de cavaliers de circuler de front, mais guère plus, les abords étant couverts d'éboulis glissants et roulants. La brèche parcourait la couche sédimentaire sur une distance significative, peut-être une lieue pleine, mais nous n'avions ni carte ni information. Notre cohorte s'engagea avec prudence.

« Dans un silence brisé par le seul concert des sabots répercuté en écho contre la surface ruisselante des murs de pierre et de glaise, nous avancions méfiants, scrutant les hauteurs, à l'affût d'un éventuel guet-apens. Après tout, nous étions en Terres Lointaines et la magie des lieux ne devait pas nous faire occulter les dangers. Et puis, nous avions déjà essuyé quelques escarmouches durant notre avancée et nous savions les Lointains désormais aux abois. Il ne fallait pas être grand stratège pour estimer que nous nous en engagions sur un chemin périlleux. Dartmoon était en tête de convoi. Je faisais équipe avec Paluche, nous étions lui et moi à quelques cavaliers de notre commandement. Mais ex abrupto, alors que nous avions déjà profondément pénétré les lieux, dans mon dos, par petits soubresauts, commença à frémir Tjin.

— Tjin ? demanda Domingo.

— Tjin est mon espadon, mon épée de guerre. Elle et moi sommes unis. Nous ne nous quittons pas. Cela arrive parfois aux guerriers. Nos armes possèdent leur propre identité et des liens se nouent alors. Ces attaches peuvent être plus ou moins intenses, et donner des résultats variables. Certaines armes donnent une force démultipliée à leur guerrier, d'autres une exceptionnelle endurance. Bien des choses sont possibles. Tjin, quant à elle, me procure un sixième sens, elle vibre lorsqu'elle ressent un danger.

— C'est prodigieux, s'esclaffa Brave.

— C'est le mot, reprit notre chef d'escorte. Donc Tjin tremblait dans son fourreau. Incertain du signal, j'attendais que l'appel se reproduise. Je sentais alors clairement les lanières de cuir chasser avec insistance sur l'étoffe de mon uniforme. D'une tape sur le bras de Paluche, je l'avertis du danger. Je dégainai lentement Tjin pour la placer à mes côtés, d'une seule main, perpendiculairement au sol, estoc au ciel ; de l'autre main, je serrai fermement les rênes de mon vaillant destrier, Ghôl, celui-là même qui me porte en cet instant précis. »

Nous étions bien entendu tous littéralement suspendus aux lèvres de Dhobi-rânlo qui, dans son rôle de conteur, nous portait sur un nuage, effaçant par le fleuve de ses mots l'ardente soif qui brûlait en nous, réduisant par l'intensité de son histoire l'obsédant objectif de la journée. Le chef d'escorte s'était engouffré dans notre esprit. Par la seule puissance de sa sérénité, par le ton détaché qu'il employait, il nous soutenait sur ses épaules nous emmenant tous autour d'un feu en hiver, loin, très loin du sable brûlé par le soleil omniprésent : « Faiblement, j'émettais un fin sifflement à l'attention de mes camarades. Dartmoon se retourna alors, me présentant la partie de son visage à moitié couverte de tatouages runiques. Dans son œil se reflétait Tjin fièrement dressée. Son sourcil se dressa en un accent circonflexe. Un sourire se dessina sur sa bouche. Un sourire animal, un sourire prédateur. Froidement, en écho à Tjin, il dressa son poing en l'air, signalant à tous l'arrêt de la marche, l'imminence d'un danger. Dans un effet d'onde, la colonne se figea et les bruits de sabots tombèrent peu à peu, laissant mourir les derniers murmures sur le lit des souffles coupés des guerriers. Les regards des cent soldats scrutèrent chaque recoin de la gorge, cherchant à identifier la provenance de la menace. Deux cents yeux étaient rivés à flanc de roche, désassemblant depuis la cime le moindre talus, la plus petite excavation. Les armes glissèrent hors de leurs étuis, présentant tranchants, mains sous la garde. Un silence de pierre escortait la cohorte immobilisée. Seul le vent, tombé depuis les hauteurs, immiscé entre les parois, semblait encore en vie. Dans un chuchotement, Tjin frémissait sous mes doigts. Mais à mon plus grand désespoir, je ne vis absolument rien, ne décelai aucune embûche. Je jetai un regard à Paluche, cherchant une réponse à cette invisible question. Pour toute réponse, il haussa les épaules. Autour de moi, les soldats se regardèrent à leur tour, cherchant chez l'autre l'indice d'une quelconque suspicion. Devant moi, Dartmoon allait et venait avec son destrier, cherchant le piège signalé par Tjin.

« Puis les soldats se démobilisèrent. Une épée retrouva son fourreau, puis une autre lui succéda et encore une autre. Les voix se levèrent, interrogatives, rieuses et moqueuses. Dans ma main, Tjin, ma fidèle, grondait de colère. Je regardai Paluche, lui soulignant le danger. À ma plus grande satisfaction, je vis sa hache à deux mains rouler dans ses grandes mains comme un jouet d'enfant. Tout à coup, surgissant des murs de craie ou du sol couvert d'éboulis, des guerriers Lointains camouflés en roche, grimés de blanc, maquillés de pierre. Hurlant comme bêtes en rage, ils tombèrent arme à la main sur hommes et chevaux de l'Empire. L'espace de quelques très longues secondes, l'effet de surprise fut tel que je crus mon heure arrivée. Emporté par Tjin, je mis pied à terre, reprenant mon espadon à deux mains et le laissant terrasser un Lointain surgit devant moi. La tranche tomba sur son deltoïde droit, entaillant sa chair si profondément que je sentis et entendis sa clavicule se rompre sous le choc. La lame dut toucher les poumons, car l'homme s'effondra dans d'intenses tremblements, laissant jaillir un long flot de sang depuis son épaule.

— Par les Déesses, s'exclama Fidol, ces détails sont-ils bien utiles ? » Ne prêtant aucune attention au commentaire, Dhobi-rânlo continua sur sa lancée : « Tandis que tout autour de nous les passes d'armes faisaient rage, un second Lointain engagea le combat sur mon flanc droit puis un troisième donna l'assaut à ma gauche. Je me tournai vers ce dernier. Il était crayeux, intelligemment recouvert de blocs minéraux séchés, lui donnant l'apparence d'un mur auquel la magie aurait donné la vie. Acculé par le confinement, j'empoignai mon espadon à pleines mains éboutant de moitié la longueur de l'arme. Attaquer en demi-épée est une technique désagréable. Le soldat adverse tenait une lame dans chaque main. Il se jeta sur moi à bras ouverts cherchant, grâce à son avantage, à me planter les deux pointeaux dans le dos. Nos corps se jetèrent si fort l'un contre l'autre que j'eus l'impression de par la force et la texture de rencontrer un bloc de pierre. Telles deux queues de scorpion, ses bras m'entouraient et les lames retombaient sur mon dos. Avant qu'elles n'atteignissent ma chair, j'enfonçais Tjin dans l'abdomen du soldat, transperçant le Lointain de part en part. Je réalisai avoir laissé mon deuxième agresseur dans mon dos. Le temps de me retourner, je vis s'abattre une énorme hache à deux mains pour trancher dans sa diagonale ce second guerrier. Paluche me regardait avec le sourire, semblant compter les points.

— Voyons Capitaine, protesta encore Fidol, cessez d'effrayer ces enfants avec ces ornements sordides ! » Nous nous mîmes à rire, garantissant au Guérisseur qu'aucun d'entre nous n'était choqué par la prose de notre ami. C'est alors que nous nous aperçûmes de l'absence de Chêne. Sa jument suivait le cortège, mais elle était seule, sans notre compagnon. La terreur s'empara du groupe. « Où est Chêne ? cria Brave

— Vite, cria en écho Fidol. Chêne a dû chuter. Un soldat avec moi, nous remontons en arrière, il ne doit pas être bien loin !

« — Non, ordonna Paluche. Restons groupés. On ne se sépare jamais dans le désert. » Nous fîmes tous un demi-tour avec nos montures. Fidol galopa tout de même quelques brasses en avant. La course ne dura finalement pas bien longtemps. Par derrière une crête dunaire, le corps allongé de Chêne brûlait au soleil. Fidol se jeta de sa monture et courut à son secours. « Diablerie que cette expédition ! » jura-t-il. Puis il se tourna vers nous : « Vite, il me faut de l'eau. Il a les lèvres brûlées et brûlantes. Apportez-moi mes fontes également, je vais lui administrer quelque potion. » Nous nous exécutâmes, sautant de nos montures, accourant avec nos gourdes. Brave s'occupa des fontes du Guérisseur. En l'espace de quelques instants, nous avions installé un campement de fortune autour de Chêne. Domingo interrogea directement Fidol : « Est-ce uniquement à cause du soleil qu'il a perdu connaissance ?

« — Non, lui répondit-il. Ce n'est pas normal. Chêne fait une rechute. » Les images de l'Alumnat refirent aussitôt surface. Chêne alité, les doutes et l'amnésie. Nous avions bien trop vite oublié le passé. Fidol sortit quelques fioles de ses fontes et prépara une mixture dans un mortier en bois d'olivier. Murmurant à voix basse, s'adressant à lui-même, l'Alchimiste apaisait l'homme dépassé par les événements : « Préparer cinq fleurs séchées de Brunelle bleu violet, y ajouter deux épaisses feuilles d'Ixora d'au moins trois pouces de longueur, puis deux graines de Pigamon à feuilles d'ancolie. » Joignant le geste à la parole, il poursuivit, toujours en murmure : « Concasser l'ensemble et réduire la préparation. » Tenant ferme le pilon, il s'employait à faire ce geste mille fois déjà joué et à écraser les ingrédients pour en extraire la substantielle essence sous la forme d'une pâte épaisse. Au bout de quelques instants, il ajouta de l'eau :

« Délayer dans un peu d'eau. » Il se tourna vers moi : « Realvi, aide-moi à lui faire avaler ça. » Je me précipitai à genoux, relevant la tête de Chêne, le maintenant par-dessous la nuque. Entretemps, Fidol avait vidé la potion obtenue dans une poche. Il glissa alors l'embout dans la bouche de notre ami en lui parlant très bas : « Bois ça, petit. » Tout le monde s'était réuni en cercle autour de nous. À tort, le soleil ne semblait plus gêner personne. Je croisai alors le regard inquiet de Dhobi-rânlo. Chêne s'étouffa en avalant les gorgées, mais retourna dans son sommeil. Fidol lui humecta les lèvres puis lui rafraîchit le visage à grande eau, cette eau si précieuse que nous regardions, assoiffés, couler sur sa peau avant de glisser dans ses cheveux, rouler sur ses vêtements et s'enfoncer dans le sable. Les secondes passèrent. Chêne ne bougeait toujours pas. Le Guérisseur rangea soigneusement ses ustensiles dans les fontes et brisa le silence : « Nous devrions vite reprendre la route. Chêne court un grave danger et, à défaut de Magicien, je vais avoir besoin de l'aide d'un Ensorceleur. Ils sont fréquents dans ces régions. Mon Alchimie peut encore soutenir notre petit ami, mais je ne ferai pas de miracle. Et puis, nous avons nous même besoin d'eau. Je crains avoir vidé nos dernières réserves dans cette ultime épreuve.

— Oui, répondit Dhobi-rânlo. La restriction n'a plus lieu d'être puisque nous sommes maintenant à sec. Il nous faut avancer vite et atteindre les eaux de Tournon ce soir même. Demain, nous trouverons peut-être un Ensorceleur à Tournon ou tout au moins quelqu'un qui saura nous en indiquer un. D'ici ce soir, Paluche portera Chêne et nous accouerons la jument à la mienne à l'aide d'une corde. Allons ! » Et il claqua dans ses mains, et tout le monde s'exécuta.

La journée fut terriblement longue. Le soleil, tenace,

sembla ne jamais vouloir cesser de nous harceler. Nous avancions péniblement sans que je sois désormais en mesure de réaliser si nous avancions vite ou lentement, dans la bonne ou la mauvaise direction. Je suivais le groupe sans réfléchir, fixant les traces dans le sable comme seule piste. Je commençais à m'endormir, à perdre et reprendre connaissance. En fin de journée, alors que la pénombre prenait peu à peu possession du désert, le chef d'escorte s'employa à tous nous réveiller en reprenant haut et fort : « Revenons donc aux Terres Lointaines et la bataille de Flitch ! » J'en souris, à m'en faire craquer et saigner la peau des lèvres gercées.

« J'en étais à Paluche, poursuivit-il. Paluche et sa grande hache ! Après ce doublé, nous nous mîmes dos contre dos, garantissant notre protection mutuelle. Dans l'étroitesse du boyau calcaire, je faisais face au spectacle d'une colonne infinie de Lointains bataillant contre les soldats de l'Empire. Des pieds à la tête grimés de craie, ils auraient pu évoquer en moi une armée de spectres s'il n'y avait le rouge carmin sang couvrant les cadavres des premiers guerriers tombés. Tandis que mon épée frappait de taille et sans répit un colossal et habile combattant, brama soudainement une épaisse vague sonore qui se répandit dans les gorges. Ma lame tomba dans le vide, mon adversaire venait de rompre le combat. Malgré leur supériorité, les guerriers Lointains semblaient se retirer. Le cor de chasse était un signal. Nous les vîmes courir, déraper, rouler sur les abords jonchés d'éboulis et rejoindre le mur de craie. Stupéfaits nous les regardions alors s'adosser aux parois. Je compris bien trop tard. Déjà, les premières flèches s'écrasaient contre le sol. Tout en haut des falaises, des archers Lointains s'adonnaient au carnage. Sous la pluie de flèches, je me projetai instinctivement vers mon destrier, laissant au seul destin le soin de m'épargner. Autour de moi, persiflaient les éclats métalliques des pointes. J'entendais, par centaines, leurs impacts froids sur la pierre, leurs percées sourdes étouffées dans la chair des soldats vivants ou morts et des chevaux. Miraculeusement, je parvins à rejoindre mon destrier. Paluche était à deux pas de moi. À l'aide de mon espadon, je tranchai les liens de cuir qui soutenaient mon bouclier suspendu à la croupe de l'animal. Puis je m'abritai à temps. Un, puis deux, puis trois impacts vinrent claquer sur mon pavois. Nos soldats fuyant les flèches montaient s'abriter contre les parois des gorges. Ils tombaient alors sous les coups de lame des Lointains stratégiquement retranchés sur toute la longueur des deux murs de craie. Ainsi, partout autour de moi, hommes et bêtes tombaient sous les flèches ou finissaient abattus pis que des bêtes sauvages par les Lointains adossés au pied des falaises. Je vois et j'entends encore le spectacle de nos puissants roussins impériaux pris de panique, se cabrer et piétiner sous leurs sabots nos soldats blessés.

« Alors que la résistance de mes pairs s'éteignait, les Lointains rangés à l'abri préparaient la mise à mort des envahisseurs impériaux. Posant épées, je les vis méticuleusement sortir et préparer les arbalètes de guerre dissimulées sous les pierres de roche blanche. Nous fûmes alors froidement mis en joue. Au-dessus de moi, la pluie de flèches n'en finissait pas et si mon pavois me mettait temporairement à l'abri, devant moi, à quelques pas, un Lointain me ciblait à l'arbalète. Mon bouclier ne me protégerait plus bien longtemps. Par dessus, par devant, par-derrière, flèches d'archers et carreaux d'arbalétriers allaient tôt ou tard déchirer ma chair et prendre ma vie. Ce n'était plus qu'une question de secondes. D'une seconde. D'une terrible seconde. À la vitesse de l'aigle qui fond sur sa proie, avant même que l'on

entende claquer le bruit des cordes distendues, les traits fu-
sèrent et vinrent brutalement transpercer hommes et bêtes.
Peu d'entre nous échappèrent à cette exécution organisée.
J'avais le souffle coupé, incapable de sortir de dessous mon
pavois. C'est alors que résonna un hurlement bestial, un cri
effroyable, un rugissement si puissant qu'il en couvrit les
bruits de la bataille et interpella tous les combattants.
C'était notre Commandant. Dartmoon était entré dans une
rage folle, une rage inarrêtable qui allait bientôt apporter la
délivrance aux quelques survivants.

« Imaginez cet homme, le torse couvert se sang, un trait
planté dans la cuisse, manier deux épées tournoyantes et
entrer dans la masse humaine telle une redoutable tornade
en hurlant comme le vent marin. Il n'en fallut pas plus pour
donner aux rescapés la force de reprendre l'avantage. Je me
levai, Tjin au ciel levé, tombant et montant en lourds mou-
linets. À grands pas, j'avançai vers mes ennemis. Je voyais
mon Lointain tenter de recharger son arbalète, mais il était
bien trop tard. Il la jeta au sol et s'empara de son épée à
l'instant où mon espadon lui trancha la tête. À mes côtés,
d'une seule course, la hache de Paluche découpa deux
hommes. Furibonds, emportés par nos armes, nous remon-
tions alors la colonne, remportant combat après combat,
laissant sur notre passage membres sectionnés et corps sans
vie. Je ne sais combien de temps dura notre rage. Mais nous
enfourchâmes bientôt nos montures afin de remonter à
bride abattue, ces gorges de malheur. Nous fûmes seize à
revenir. »

Réveillant la douleur de ma balafre nécrosée, de l'eau sa-
lée coulait sur mes joues. Des larmes pour ces hommes
tombés sans que je susse en comprendre la raison. Des
larmes d'émotion, parce que les réponses avaient fait naître
en moi encore plus d'interrogations. Des larmes de fatigue,

car malgré mon jeune âge, je me sentais déjà usé par les hommes. Des larmes de bonheur, car j'avais craint mes gardes mourir sous les flèches.

« D'après le Seigneur Dartmoon, enchaîna Anaton, les Lointains s'organisent et se préparent à envahir l'Empire. Leur haine est telle que nous n'avons aucun espoir à attendre. En tout cas, s'agit-il de la thèse de Dartmoon depuis cette campagne. Il milite pour que nous prenions les Terres Lointaines afin de mettre fin à cette menace. Les Lointains sont un peuple fier, cultivé et uni. Leurs chefs de guerre font de fins et impitoyables stratèges. Leurs guerriers ne connaissent ni peur ni compassion. Dartmoon craint que l'Empereur sous-estime le danger.

— Il est certain alors, ajouta Fidol, que la présence de Lointains sur les Terres Impériales serait un signal fort pour ses sympathisants.

— Sans aucun doute, conclut le Capitaine. »

Alors je m'envolai, laissant mes états d'âme rejoindre Lantar. J'eus aimé entendre ses mots après ceux du Capitaine de la Garde Mobile. Et pourtant je savais que j'aurais eu l'estomac broyé à l'entendre confirmer que Dartmoon était un héros. Quelque chose en moi me déchirait. Le Seigneur Dartmoon avait sauvé la vie de ses hommes, mais d'un autre côté il y avait en ses actes un aspect révoltant que je semblais être seul à vouloir dénoncer. Il y avait des non-dits que j'avais lus dans les yeux de Lantar et que je retrouvais dans ceux de Fidol et peut être même dans ceux de Dhobi-rânlo. Mais après tout, c'était peut-être cela la guerre, un ensemble d'incompréhensions et d'injustices au service d'un monde meilleur. Mes larmes n'en finissaient pas de couler. Je pleurais de voir Chêne endormi dans les bras de Paluche. Je pleurais de savoir Lantar seul près de Dartmoon. Je pleurais de bonheur, sous le ciel étoilé, de voir se dessiner les premiers dattiers de la palmeraie des eaux de Tournon.

XI

FLEUR DE SCORPION

Nous nous réveillâmes sous le chant de l'eau ruisselante. Nonchalant, m'étirant au réveil tel un félin, je me réjouissais de n'avoir pas rêvé. Nous avions bivouaqué au cœur de l'étendue de palmiers, à quelques enjambées des drains irriguant la plantation. L'eau courait tout au autour de nous, nous offrant un bain de fraîcheur matinal. À travers la plissure de mes paupières scintillait le bleu du ciel masqué par les striures des longues feuilles pennées. De lourds régimes de dattes flottaient à l'ombre des couronnes de ces plantes. Je tournai la tête, regardant tout autour de moi. Domingo, éveillé et également étendu sur le dos, souriait à pleines dents de ce coin de paradis. Brave était debout et je devinai Chêne, un peu plus loin, allongé et dormant. Peu à peu, j'ouvris grand les yeux, laissant naître de furtifs, mais douloureux messages le long de la bande balafrée de mon visage. J'aperçus Fidol de Louvre aller et venir près de Chêne, mais le besoin de répit s'empara de moi et je préférai laisser les paupières retomber encore quelques minutes afin de profiter en toute conscience du plaisir de l'instant. J'éprouvais le besoin de passer une pleine journée au même endroit, de ne plus voyager, de ne pas avoir le dos malmené par la piste et les chevaux, de boire et de dormir à l'ombre. La perspective du réveil et du départ me fatiguait au plus haut point. Après quelques minutes, culpabilisant du travail de Fidol face à mon inactivité, je me redressai néanmoins. « Bien dormi, l'ami ? s'amusa Domingo.

— Je ne me souvenais pas qu'il était possible de dormir aussi bien.

— As-tu vu la beauté de l'endroit, cette douce verdure ? Le désert sait surprendre ceux qui le vénèrent, tu ne trouves pas ?

— Oui, juste à temps. Un peu plus et nous l'aurions haï à tout jamais ! conclus-je en me gaussant.

— J'ai grand-faim, Realvi.

— Pareillement ! Allons-y ! »

Nous nous levâmes afin de rejoindre Fidol. Le lieu dégageait une grande sérénité, une certaine esthétique. Une forêt de trois cents pieds de palmiers nous enveloppait, nous accueillait au centre des eaux de Tournon. Nous avions passé la nuit sur une petite place circulaire solidement soutenue par une maçonnerie recouverte d'une mosaïque finement cimentée. De bas murets d'enceinte, taillés dans de la pierre rose, faisaient office de rotonde richement ornementée. Aux quatre repères cardinaux, quatre portes en arches lancéolées soutenues par d'exquises colonnades toutes de dentelle ciselée. Deux drains traversaient l'agora, la croisant en son centre pour y former une pièce d'eau circulaire. En ce lieu, je me sentais serein, aussi satisfait que si nous avions atteint notre objectif final. J'avais grand besoin de repos avant de reprendre la route. Les efforts avaient été si intenses, les angoisses si profondes que je ressentais désormais le besoin de ne rien faire. À quelques pas de moi, il y avait Chêne et j'aurais aimé qu'il se réveille, qu'il nous accorde quelques jours, que nous cessions cette folle course contre le temps. Fidol interrompit mes rêveries pour me tendre un bol avec un grand sourire de satisfaction : « Régale-toi jeune aventurier. Du bon lait de chèvre avec une pointe de miel de datte ! Et j'ai aussi des galettes de sarrasin pour vous. » Bien avant notre réveil, le vieux Guérisseur s'était déjà généreusement affairé afin de se procurer quelque nourriture bien appréciable. Je le remerciai avec ce grand regard fait d'yeux tout ronds et je m'en pourléchai les lèvres dans la plus authentique simplicité. Il ne me fallut pas longtemps pour commencer à dévorer ce repas providentiel. Autour de moi, mes amis vaquaient aux matinales occupations. Les gardes nettoyaient et rangeaient leur arsenal de guerre ; Anaton m'envoya un petit clin d'œil. Au sol, sur les mosaïques, s'étalait l'inventaire de Fidol : bocaux, ustensiles et herbiers bariolaient l'harmonie du lieu. Que ce soit les guerriers ou le Guérisseur, chacun semblait vouloir jouir de la paix de ce sanctuaire durant quelques heures de plus. Je me surpris à espérer y rester encore quelques jours, mais je m'en voulus immédiatement, regrettant cette pensée. Chêne devait être notre priorité. Alors que je me perdais une fois de plus en pensées, Fidol brisa le silence matinal et proposa le programme de la journée : « Je suis passé au bourg me renseigner sur la présence d'un Ensorceleur. » Ne nous laissant pas le temps d'une réponse, il poursuivit comme si nous l'avions interrogé à ce sujet : « Et alors, j'ai appris qu'il y avait un Ensorceleur à Tournon. Mais il est absent.

— Quand sera-t-il de retour ? » demandai-je en mâchant ma galette et surtout en tâchant de masquer la joie de devoir attendre sur place encore quelque temps.

« Je ne sais pas. Par contre, son jeune apprenti est présent.

— Pensez-vous qu'il sera en mesure nous éclairer ?

— Qu'elle ! » souligna une voix féminine surgie de dessous l'ombre des dattiers. Alors la jeune femme bondit à travers l'une des arches. Elle était vêtue avec raffinement. De langoureuses volutes brodées en haut-relief parcouraient les manches bouffantes de sa tunique blanc cassé puis remontaient jusqu'aux épaules avant de redescendre caresser le décolleté de son buste encadrant le nectar de sa peau brunie. Son aube descendait avec élégance jusqu'en dessous du genou, laissant apparaître des lanières de sandale nouées sur ses chevilles. Sa tête était couverte d'une capuche brodée, solidaire à la tunique, ombrageant en partie son visage, laissant ainsi jaillir ses yeux brillants, de longs cheveux noirs et de précieuses boucles d'oreilles. Elle tenait en main une longue et haute canne au pommeau de verre. À sa taille était fixée une dague dont la lame translucide reflétait l'éclat du jour. Avec assurance, elle s'adressa à nous : « Je me prénomme Hatche. Je suis une Ensorceleuse, ni un Sorcier ni une Sorcière ! »

D'une taille plutôt inhabituelle chez une femme, grande et athlétique, Hatche dégageait une grande beauté et, malgré un indiscutable côté garçon manqué, une extrême féminité. La fraîcheur de ses traits, la pureté du bleu de ses yeux et la grâce de ses lèvres trahissaient l'arrogance de la première saison. Habillée des pages de vie vierges et blanches, Hatche était l'innocence teintée de prudence. Elle affichait un sens incisif du détail, vous perçant l'âme de son regard obligeant dont on ne pouvait se soustraire, pis, dont on ne voulait se soustraire. L'Ensorceleuse ensorcelait et rayonnait. Si elle ne possédait pas toutes les réponses sur la vie, elle en possédait toutes les questions. Elle avait une fougue qui vous emportait, un indiscutable allant qui envoyait aux abîmes force et bravoure de nos guerriers. Auprès d'elle, nous n'étions plus enfants, nous étions prétendants de quatorze ans. Un voile de confusion m'emporta. Sa beauté me renvoya à la balafre qui tranchait mon visage. Sans quitter notre hôte du regard, je baissai alors spontanément la tête.

De longues secondes de stupéfaction générale venaient de s'envoler. L'Ensorceleuse reprit la parole : « J'ai ouï dire que vous aviez quémandé l'Ensorceleur ce matin même.

— Oui, nous avons un malade, expliqua Dhobi-rânlo.

— C'est moi qui ai requis les services d'un Ensorceleur, sembla protester Fidol. Je suis Guérisseur. » Hatche fit un pas en avant en direction de Chêne. J'en fus paralysé. Tout en dévisageant mon camarade, elle s'adressa à Fidol : « Je suppose qu'il s'agit de lui ?

— Oui, lâcha notre Guérisseur. Ma science parvient à maintenir son corps en vie, mais son esprit s'échappe et aucun remède ne trouve grâce.

— Que lui est-il arrivé ? demanda Hatche.

— Nous ne le savons pas. Chêne a été retrouvé dans cet état un beau matin, il y a plusieurs semaines de cela.

— C'est peut-être un sortilège, lança Brave.

— Il s'est réveillé, poursuivit Domingo, lorsque nous avons quitté la Citadelle Rouge.

— En effet. » reprit Fidol légèrement embarrassé par l'engouement suscité. Il tenta de reprendre la maîtrise de la conversation : « Nous étions à la Citadelle Rouge lorsque Chêne a été affecté la première fois. Nous pensons qu'il s'agit de l'épicentre.

— Nous ? interrogea l'Ensorceleuse.

— Oui, acquiesça Fidol. Son Précepteur et moi-même.

— Les toges vertes. » détailla Hatche en nous inspectant tous les quatre. « Vous venez de l'Alumnat de l'Oracle des Sables, n'est-ce pas ?

— Parfaitement, répondit Domingo, nous sommes tous les quatre...

— Attendez ! » Dhobi-rânlo mit fin brusquement aux

échanges « Vous posez beaucoup de questions, mais nous en savons bien peu sur vous.

— Méfiants ? » D'un geste fin, elle fit tomber la capuche de son aube sur ses épaules, laissant fleurir une myriade de longs cheveux noirs bouclés. Souriant avec aplomb, elle reprit son interrogatoire : « Que font deux Gardes Mobiles, quatre étudiants de l'Alumnat et un Guérisseur au milieu d'une palmeraie à des jours de la Piste Impériale ?

— Notre ami a besoin de vos soins. » finis-je par imposer en parenthèse de fin. J'avais relevé la tête, dévoilant clairement ma large cicatrice. Agenouillé aux côtés de Chêne, le Guérisseur invita l'Ensorceleuse à venir le rejoindre. Sans pour autant nous donner l'illusion de laisser tomber les armes, elle nous gratifia d'une expression approbatrice. Elle s'approcha alors délicatement de Chêne. De sa main libre, elle effectua quelques gestes simples et maitrisés. À voix haute et intelligible, elle prononça quelques mots dans une langue inconnue avant de marquer une longue pause puis de s'adresser à nous : « Votre ami a effectivement été ensorcelé. C'était une action délibérée avec la volonté de lui porter ce coup. Mais le lanceur de sort n'avait apparemment que bien peu d'expérience et une mauvaise maîtrise de sa magie. » Fidol acquiesça, laissant Hatche poursuivre. Elle posa, cette fois-ci, sa main sur le pommeau en verre de son bâton, puis de l'autre main effectua à nouveau une série de mouvements complexes, nets et contrôlés, accompagnés d'une allocution claire, articulée en cette langue étrangère. Un scintillement s'échappa du pommeau de verre, une brillance intense, un brasillement incolore et cristallin. Comme si elle en amortissait la chute, l'Ensorceleuse fit alors retomber son sort avec retenue. Avec douceur, l'effet s'estompa et Hatche sembla en absorber une réponse, un retour, une fragrance à elle seule perceptible. Magnétisée, toute la petite assemblée suivait le cérémonial avec une innocente dévotion. Alors l'Ensorceleuse brisa le silence : « Ce jeune homme a été victime d'une incantation vivace d'amnésie sélective. Il me semble évident qu'il a vu quelque chose ou quelqu'un qu'il n'aurait pas dû voir. L'incantation a cependant été mal administrée. Seriez-vous en fuite ?

— Pouvez-vous l'aider à reprendre connaissance ? Nous nous rendons chez un ami, un grand Magicien afin de conjurer ce sortilège et les aider à recouvrer leur mémoire.

— Les ? s'exclama-t-elle. Ont-ils tous été ensorcelés ?

— Je ne pense pas. » répondit Fidol surpris. Puis me désignant d'un sourire, il ajouta « À part Realvi, ici présent. » L'Ensorceleuse leva les yeux au ciel. « Et bien, vous voyez qu'il est plus simple de répondre aux questions que de me laisser deviner votre petit jeu. Jeunes gens, alignez-vous. » Domingo et Brave me regardèrent avec surprise avant de s'exécuter sans protester. Je me mis à droite, en bout de ligne. Hatche commença par Brave, à la gauche. Sans utiliser son bâton, elle fit quelques mouvements au-dessus de sa tête, récitant une courte phrase. Puis elle lui sourit avant de déclarer un grand : « Pas de vilain sort là-dessous ! » Domingo eut droit au même diagnostic. Pour ma part, je savais à quoi m'attendre. Je me tenais droit, une légère appréhension au creux de mon ventre. Face à la beauté de l'Ensorceleuse, j'aurais aimé masquer l'horreur du trait qui barrait mon visage. Elle procéda aux mouvements de main au-dessus de mon crâne, puis s'arrêta. Elle plongea son regard dans le mien, auscultant. Je la sentais naviguer dans les tréfonds de mon esprit, découvrant, je le craignais, les aspérités de mon âme. Après un temps qui me parut n'en plus finir, d'une main elle empoigna la verrerie de son pommeau puis, avec délicatesse, posa l'autre sur ma joue. Ses paupières se fermèrent, masquant son regard enivrant. La douceur de sa main fit battre mon cœur. La chaleur empourpra mon visage. Je sentais une gêne, une inavouable attirance que je ne savais alors comprendre. Cette fois encore le temps s'écoula trop lentement, mais il s'était finalement écoulé bien trop vite lorsque le contact de sa main sur ma joue se déroba. Ses yeux bleus étaient à nouveau dans les miens lorsqu'elle prononça son diagnostic : « Valeureux Realvi, tu es également sous le coup d'une incantation vivace d'amnésie sélective. Et je ne vais pas pouvoir y faire grand-chose.

— Est-ce dangereux ?

— Non, pas vraiment. Une période de ta mémoire ne t'est plus accessible. Voilà tout.

— Quelqu'un a donc effacé mes souvenirs cette nuit-là ?

— Tes souvenirs n'ont pas été effacés. Ils sont encore intacts et précieusement conservés. Mais tu n'y as plus accès.

— Vous pourriez m'y faire retrouver l'accès ? demandai-je anxieusement.

— Je crains que non, mon bon ami. Cette incantation est vivace, elle se renouvelle en toi. Toute tentative de ma part réactiverait systématiquement le blocage de l'accès à ces souvenirs. Je ne dis pas que c'est impossible, mais c'est risqué. Il faudrait consulter un Grand Maître pour cela. Le temps ne joue pas non plus en ta faveur. Plus les jours passeront, plus ces souvenirs seront altérés.

— Et que se passe-t-il pour Chêne ?

— Comme pour toute incantation, il y a un risque au moment de son invocation. C'est ce qui est arrivé à ton ami lorsque le Sorcier s'en est pris à lui. Et ça, je vais pouvoir m'en occuper.

— Un Sorcier ? Vraiment ? Vous allez pouvoir le faire

reprendre conscience ?

— Je pense pouvoir m'en charger, Realvi. » Brave et Domingo se mirent à sautiller. Je les voyais enfants. Emporté par le sérieux de l'émoi suscité par l'Ensorceleuse, je ne pouvais m'adonner à ce comportement que je jugeais alors trop puéril, inadapté à l'image que je souhaitais retourner. Les deux gardes s'étaient rapprochés de nous et Fidol souriait malgré l'expression grave de son visage. Il rebondit immédiatement sur les paroles : « Êtes-vous certaine de ce que vous allez tenter sur lui ?

— Si vous ne me faites pas confiance, débouillez-vous donc ! C'est vous qui êtes venu me chercher, pas moi ! » L'Ensorceleuse avait une belle répartie. Fidol en balbutia, et je souris. Elle se retourna à nouveau vers moi : « Mais avant de poursuivre, j'aimerais que tu me dises d'où te vient cette vilaine cicatrice. » L'espace de quelques mots, je l'avais presque oubliée cette horreur qui me marquait le visage. La netteté des questions de l'Ensorceleuse impliquait des réponses sans détour : « C'est un scorpion ailé des sables.

— Un scorpion ailé des sables ? En es-tu certain ?

— Je peux l'attester, répondit à ma place Dhobi-rânlo. Le doute n'est pas permis.

— Et tu n'as pas succombé à sa blessure ?

— Je l'ai évité, Ensorceleuse. Ce n'est que la trace du passage de l'aiguillon.

— Tu as évité un scorpion ailé du désert ? s'exclama-t-elle.

— Tout à fait, répondit une fois de plus le garde. Ca aussi je peux l'attester. Il s'agissait d'un scorpion dressé à tuer.

— Vous faites tous de bien étranges aventuriers. Quand

et où cela est-il arrivé ? » Cette fois-ci, elle s'adressait directement à Dhobi-rânlo. Ce dernier sembla regretter de s'être tant prêté au jeu. Il hésita quelques instants et chercha l'assentiment dans le regard de Fidol. Hatche reprit la parole : « Vous m'êtes bien mystérieux, voyageurs.

— Voyez ces jeunes gens, répondit Fidol, et comprenez notre méfiance. J'estime qu'ils ont déjà tous bien trop souffert. Notre rôle est de les aider à recouvrer la mémoire et de les protéger. Qualifier ce voyage de téméraire serait un doux euphémisme. Dès lors, vous conviendrez de la légitimité de nos réserves, n'est-ce pas ?

— Je ne vais pas pouvoir soigner Chêne, affirma-t-elle. » Alors que Fidol s'apprêtait à apporter une réponse enflammée, elle reprit immédiatement la parole : « Je ne vais pas pouvoir soigner votre jeune ami, car il me manque un élément matériel essentiel. L'incantation qui l'affecte ne sait pas se contenir. Elle lui inonde l'esprit et risque de l'affecter gravement d'une manière ou d'une autre si nous ne faisons rien rapidement. Je peux probablement parvenir à un résultat en lançant une incantation vivace d'équilibre qui attirera le trop-plein de l'incantation précédente.

— Je n'y comprends malheureusement pas grand-chose, avoua avec défaitisme notre Guérisseur.

— Le charme de mon incantation opérera sans relâche. Pour y parvenir, elle se nourrira de l'incantation qui est en Chêne. Je fixerai mon sortilège dans une amulette qu'il lui faudra porter en permanence sur lui. Mon sortilège produira ses effets depuis la pierre qui agira à la fois en tant que catalyseur et récepteur.

— Et s'il ôte cette pierre ?

— Le sort initial s'enracinera aussitôt et endommagera à nouveau notre ami, le conduisant rapidement à une nouvelle forme de perte de connaissance. Les dommages causés par le sort initial étant irréversibles, il lui faudra éviter de se séparer de cette amulette. » Sorcellerie ou Magie, notre Guérisseur ne semblait pas plus à l'aise avec l'une ou l'autre de ces définitions. Nous le regardions, attendant de lui une décision simple et franche, mais il tâtonnait : « J'imagine que la pierre est l'élément matériel qu'il vous manque pour votre incantation ?

— Excellente déduction, répondit Hatche.

— Si nous vous apportons cette pierre, consentirez-vous à l'enchanter ?

— Bien entendu, Guérisseur. Qui que vous soyez, je me dois de sauver la vie de ce jeune homme.

— Où allons-nous pouvoir trouver cette pierre ?

— Dans le désert de pierres, en continuant vers le nord. Plus probablement au bord d'une rivière. » Plus les réponses arrivaient et moins Fidol semblait à l'aise. À son plus grand désespoir, Hatche remportait chaque manche de la joute verbale qui s'installait entre eux. Fidol dut une fois de plus demander des précisions : « Comment reconnaître la pierre qui convient ? Même si l'alchimie et la médecine ont été mes principaux centres d'attention, j'ai étudié, il y a bien longtemps, la géologie. Sauriez-vous me décrire les caractéristiques particulières de cette roche ?

— La qualité du minéral est essentielle puisqu'il doit agir en permanence et dans la durée. Vous devrez donc surtout évaluer sa capacité énergétique. » Fidol de Louvre était incapable de trouver cette pierre et nous l'avions tous compris. L'Ensorceleuse seule était en mesure de s'y employer et elle attendait patiemment que nous la sollicitions avec révérence. Fidol s'énerva faussement : « Bien, cela suffit. Souhaitez-vous nous accompagner afin de dénicher cette pierre sans nom ? Ma dame, si vous acceptez de nous rendre ce service, je serai dès lors votre obligé.

— J'accepte, Guérisseur. Marché conclu. » Les deux partis se serrèrent alors la main. Alors que chacun se complimentait de cet accord, j'eus aimé sauter de joie et la serrer dans mes bras d'adolescents, mais mon instinct m'incitait à profondément enfouir toutes ces émotions.

Dhobi-rânlo s'enquit naturellement des questions d'intendance : « Quand pourrons-nous lever le camp ? De notre côté, comme vous pouvez l'imaginer, nous n'avons aucune contrainte et le plus tôt sera le mieux.

— Je ne suis malheureusement pas en mesure de quitter Tournon », répondit laconiquement Hatche. Il fallut quelques secondes avant que ce nouvel élément s'ajoute à la confusion rondement menée par l'Ensorceleuse. Perdu par ces propos, doutant visiblement avoir correctement interprété les dernières paroles de notre hôte, le capitaine de la garde inclina légèrement la tête. Sans réaction, Hatche poursuivit d'elle-même : « J'ai été très jeune vendue par mes parents et j'appartiens depuis à mon Maître, l'Ensorceleur Noir de Tournon. Pour mes seize ans, il a décidé de me faire épouser le Seigneur du Domaine de Tournon ; contre monnaie sonnante et trébuchante, je ne suis pas dupe. Les noces auront lieu dans sept jours. » Il y a des instants que le temps suspend, que l'esprit refuse et repousse, que l'inconscient rejette. Nous aurions pu avoir le sentiment d'avoir été manipulés depuis le début de cette rencontre par l'Ensorceleuse. Mais finalement, nos chemins n'étaient-ils pas, depuis le début de l'aventure, destinés à se croiser ici même ? Hatche osait et cela me plaisait. Elle reprit : « Je peux vous accompagner, mais il faudra auparavant m'aider à me libérer de ces obligations. » Ce fut comme une résurrection pour Fidol tant dans le ton employé que dans la mâle assurance qu'il en dégagea alors : « Écoutez jeune fille, vous vous êtes bien jouée de nous. Je compatis à vos problèmes, mais je ne souhaite pas m'immiscer dans la politique locale. Vous soufflez tour à tour l'espoir et le désenchantement et cela me...

— C'est ainsi que va la vie, l'interrompit brutalement Hatche. En tout cas, c'est ainsi qu'a été la mienne jusqu'à présent. J'ai cru déceler en vous un signe du destin, la lueur d'espoir que j'attendais, l'instant qui apporterait le changement dans le cours de ma vie. Mais je me sens à mon tour soufflé par le vent froid de l'indifférence de celui qui, il y a quelques secondes à peine, se targuait haut et fort d'être mon obligé. Vous me jugez en m'accusant de m'être jouée de vous, mais n'espériez-vous pas vous-même obtenir de cette brave fille qu'elle se plie à votre volonté sans lui apporter rien d'autre qu'une jolie révérence ?

— Demoiselle, comprenez que ma mission est de protéger ces estudiantins et de les mener à bon port sans les exposer au danger. Je ne suis pas en mesure de vous apporter l'aide souhaitée.

— N'est-ce pas vous qui vous protégez lâchement derrière ces jeunes gens ? Auriez-vous agi autrement s'ils n'eussent été à vos côtés ? Ce n'est pas moi, mon seigneur, qui suis venue quémander l'aide d'un tiers. » Et ce faisant, elle nous tourna le dos et s'en alla d'un pas furibond à travers l'arche par laquelle elle était apparue.

La journée fut particulièrement conflictuelle. Chacun y allait de son point de vue tout en ménageant la susceptibilité de Fidol ; susceptibilité mise à nue par l'Ensorceleuse. L'humeur de notre Guérisseur ressemblait à une potion d'alchimiste sous le feu, un incontournable composé explo-

sif avec lequel nous devions négocier chaque instant. La pa-
radisiaque palmeraie avait pris des allures de volcan. Après
le départ de Hatche, Fidol nous avait fait préparer le camp
afin de reprendre la route. Débutèrent alors les tergiversations sur la criticité de la santé de Chêne. Tout cela
masquait de toute évidence l'effroyable sentiment de culpabilité qui se développait dans le groupe. Fidol, vexé par les
mots de l'ensorceleuse, dénonçait son machiavélisme et son
odieuse manipulation. Le reste de l'équipe avait tout simplement était charmé par sa sincérité, son discernement,
ses compétences et la pertinence de ses propos. Bien entendu, le côté sensuel de la jeune fille n'échappa pas au
Guérisseur qui eut, à plusieurs reprises, le mauvais goût d'y
trouver une justification quant à notre émerveillement.
Pour autant, nous restâmes au camp, attendant que l'orage
s'éloigne, cultivant l'espoir logique de voler au secours de
l'Ensorceleuse. Alors que les discussions allaient bon train
entre Fidol et les deux gardes, nous partîmes, Domingo,
Brave et moi-même, explorer les environs de notre sanctuaire. La palmeraie s'étendait sur une très grande surface
et l'eau y était drainée, de part en part, à l'aide d'un fasti-
dieux système d'irrigation permettant l'écoulement par la
simple force de gravité. L'eau y ruisselait depuis un petit
moment et nous nous étions mis en tête de remonter
jusqu'à sa source, une noria ou un puits. Notre cheminement, ombré de dattiers, suivait une rigole toute droite tra-
cée et, absorbés par notre quête ludique, nous nous
éloignâmes assez rapidement du campement. Nous bavar-
dions bien entendu avec beaucoup d'enthousiasme de la
rencontre du matin, échangeant au passage quelques allu-
sions entendues quant à la beauté de l'Ensorceleuse. Nous
étions tous convaincus de son honnêteté et nous nous gaussions encore de la réaction de Fidol de Louvre. Le pauvre

homme avait été la souris chahutée par le chat. « Nous pourrions faire quelque chose pour cette histoire de mariage forcé, proposa Domingo.

— C'est vrai, ajouta Brave. Après tout, nous avons les Gardes Mobiles. Fidol n'a même pas voulu en savoir plus.

— Je me demande, ajoutai-je, comment Chêne aurait réagi face à une telle situation.

— Le nouveau Chêne, demanda Domingo ? » C'était la première fois que quelqu'un parlait de Chêne en ces termes. Et c'était bien vrai que notre ami avait changé. Il avait une assurance teintée de pertinence, voire d'impertinence, qui faisait mouche à chaque phrase prononcée. Nous partîmes en rires puis je repris la parole : « Oui, le nouveau Chêne. À mon avis, il aurait lancé deux ou trois mots bien ciblés pour abonder du côté de l'Ensorceleuse. Après tout, elle parait être notre seul salut pour sauver Chêne. Et Chêne, s'il avait été à ma place, aurait tout fait pour sauver son camarade.

— Je trouve, reprit Brave, que le Guérisseur a surtout été vexé d'avoir été ainsi malmené par une jeune femme. Il n'a pas daigné accorder la moindre attention à nos arguments. Ce sera difficile de le faire changer d'avis.

— Messieurs, enchaîna Domingo d'un ton solennel, si mes souvenirs sont bons, la présence de l'équipe au complet dans cette aventure est justifiée par le fait que nous sommes une chambrée de l'Alumnat, la chambrée Columbus. De ce que j'ai cru en comprendre, nous sommes solidaires et responsables de nos décisions, non ? Nous pouvons proposer à Fidol de suivre notre choix. » Domingo avait parfaitement raison. Nous pouvions sauver notre ami de la manière que nous le souhaitions. À compter de cet instant, tapis dans la plantation, nous n'eûmes de cesse de fomenter rébellion, de comploter intrigues et d'échafauder plans de bataille. Nous libérerions Hatche qui nous conduirait à la pierre d'incantation. Et Chêne serait sauvé.

Nous revînmes au campement, en milieu d'après-midi, après une longue escapade. Alors que nous étions encore à bonne distance de la place aux quatre arches, nous vîmes une dizaine de cavaliers quitter les lieux. Intrigués, nous cherchâmes la rassurante présence des gardes et de Fidol. N'y voyant rien, nous approchâmes à grands pas, pressés de retrouver nos amis. Nous courûmes jusqu'au campement. Fidol nous accueillit comme la pluie : « Mais où étiez-vous donc passés ?

— Qui étaient ces gens, demandai-je sans ménagement ?

— Le début des ennuis si nous tardons ici, répondit Fidol.

— Des locaux, ajouta Dhobi-rânlo.

— Des gardes, précisa Paluche. Des gardes du Domaine de Tournon venus nous informer que bivouaquer en ce lieu n'était pas chose souhaitée.

— Alors nous partons, demanda Brave ?

— Il va falloir reprendre notre chemin, confirma Fidol.

— Et que ferons-nous pour Hatche ? Elle peut sauver Chêne ! » J'avais hurlé ces derniers mots à m'arracher la gorge. Du regard, Brave et Domingo me sermonnèrent avec sérieux. La crainte d'un dérapage se lisait sur leur visage. L'agacement de Fidol était à la hauteur de mon retentissement. Il s'en expliqua fermement : « Je ne vous ai pas demandé votre avis, jeune Realvi. Ce voyage est dangereux et je suis ici pour veiller à votre protection. Ce que je fais et ferai encore sans vous consulter. Prenez-en bonne note. La vie d'estudiantin à l'Alumnat exige discipline et cohésion. Nous camperons tôt ce soir pour lever le camp dès l'aurore.

Aux premiers rayons du soleil, nous devrons avoir laissé Tournon sur la ligne d'horizon.

— Mais comment allons-nous sauver Chêne, insistai-je ?

— Nous trouverons un Ensorceleur plus expérimenté d'ici quelques jours. Cela suffit maintenant ! » Fidol avait levé la voix, coupant court à toute discussion. Je cherchai alors un soutien, un appui auprès de Dhobi-rânlo ou d'Anaton. Mais leurs regards m'étaient fuyants. Seuls ceux de Domingo et Brave m'incitaient à patienter encore.

Ce que je fis. Le groupe s'activa pour les préparatifs de la nuit et du départ le lendemain. En notre absence, durant l'après-midi, Paluche s'était procuré un chariot. Il s'agissait d'un bel attelage, bien plus intact et robuste que le précédent. Par contre, les chameaux manquaient à l'appel et je compris que notre cordée s'était séparée des deux vaisseaux du désert au profit de ce véhicule mieux adapté à notre nouvelle situation.

Avec enthousiasme, j'aidais Anaton à préparer l'attelage de manière à n'avoir qu'à garnir les chevaux au petit matin. Cette saine activité contenait le bouillonnement qui agitait mes pensées. Brosser les bêtes et curer les sabots m'étaient bénéfique. Anaton m'expliqua comment parer le timon pour un montage en tandem. Ce chariot était de bien meilleure qualité que celui dont nous avions hérité en quittant la Citadelle. Chêne y serait confortablement maintenu et alité. Avec patience, le garde m'enseigna la technique d'attelage. Le comment d'un harnachement me parut bien complexe. Je tentais de me concentrer sur les mots de vocabulaire, mais brancards, limons, avaloires, colliers, brides, guides et traits me portaient invariablement vers Hatche et le combat que je m'apprêtais à mener. Mes pensées naviguaient jusqu'à la nuit à venir. Loin du harnais, mon esprit rejouait avec minutie le plan élaboré dans l'après-midi avec

Domingo et Brave.

XII

TÉNÈBRES

Dans la tête d'un enfant de quatorze ans, le monde est différent. Les adultes appellent cela de l'inconscience ou de la naïveté. Ce jour-là, la chambrée Columbus s'était engagée dans une opération d'honneur envers Chêne et une opération de cœur envers Hatche. Domingo, Brave et moi-même étions arrivés à cette même conclusion que non seulement nous pouvions faire quelque chose pour Hatche, mais qu'en plus nous le devions. D'une part afin de sauver Chêne au plus vite et d'autre part afin de mettre en application les valeurs de l'Alumnat, les valeurs transmises par Lantar, les valeurs de notre chambrée. Pour une raison que nous ne pouvions expliquer clairement, nous savions que le destin de Hatche était entre nos mains. Depuis le prisme de notre jeunesse, l'équation était simple. Et elle l'était indubitablement. Aussi avions-nous convenu d'une opération de nuit. Brave et moi nous glisserions hors du campement afin de rejoindre Tournon et contacter Hatche. Domingo resterait sur place à seule fin de parer à toute éventualité et simuler, au besoin, notre présence.

Au cours de la soirée, j'avais pu mettre de côté un petit bloc de charbon de bois issu des restes d'un feu de camp qui avait, en son temps, flambé à quelques mètres de la place ornementée sur laquelle nous nous étions établis. Plus audacieux, j'avais mêmement subtilisé une dague depuis les fontes fixées sur les chameaux de nos gardes mobiles. Finalement, le plus compliqué fut d'aller retrouver les tuniques ocre utilisées lors de la traversée du désert de dunes ; tuniques que Fidol avait empaquetées et ficelées sur le chariot prêt au départ. Les tuniques vert émeraude étant par trop voyantes, j'avais milité pour nous glisser dans la nuit habillés de ces tuniques couleur sable. En plus d'assurer un bien meilleur camouflage, elles réduiraient nettement les risques d'identification par un témoin, si tant est que nous fussions repérés durant cette infiltration nocturne. Domingo et Brave s'arrangèrent pour détourner l'attention de Fidol, prétextant de menaçants régimes de fruits branler dangereusement au-dessus de nos têtes. Tandis que Fidol et les gardes avaient le nez pointé en l'air, je m'affairais en coulisses, défaisant et refaisant les paquetages du chariot. L'objet du méfait en ma possession, j'allai le dissimuler dans mon couchage. Le repas du soir fut simple et, brossé de mon masque de traitre à la cour, particulièrement pénible. J'avais hâte de m'envelopper dans mon couchage afin de présenter mon dos au regard compatissant et bienveillant de Fidol. Vint enfin le moment de trouver le sommeil. Nous allâmes, dans un rituel, souhaiter une bonne nuit à notre ami Chêne, lui promettant un proche rétablissement. J'appuyai particulièrement mes mots, y trouvant probablement forces guerrières.

Peu à peu, toute la petite assemblée rejoignit son hamac. Toute sauf Paluche qui ouvrit le tour de garde, petit détail que nous avions omis dans la précipitation des préparatifs. Mais nos cœurs vaillants ne trouvaient, en ce soir, aucune limite. Il nous fallut tout de même attendre l'endormissement général afin de bénéficier des meilleures conditions. Dans notre malheur, nous avions la chance d'avoir nos couchages à l'opposé du garde en poste et nous avions pris la précaution de nous installer en périphérie, laissant les gardes et Fidol au centre, à distance suffisante. L'attente fut interminable. J'en profitais pour me barbouiller le visage avec le morceau de charbon de bois afin de me grimer, de plonger corps et âme dans les ténèbres de la nuit. Manipulant le large fusain, je recouvris également mon crâne nu, redécouvrant au contact de mes mains une chevelure plus que naissante. Le travail terminé, je lançai le bloc de charbon à Brave puis investis la tunique ocre. À attendre le silence, rien ne vient jamais.

Chaque craquement, chaque souffle réveillaient mon imaginaire. Chaque bruissement, chaque son inconnu perturbaient ma conscience dévorée par la culpabilité. Mais il y a un temps pour la réflexion, un temps pour l'hésitation et un temps pour l'action. Par deux fois, je pris ma respiration. Fermant les paupières, je me concentrai, puisant dans l'art du Kun-Maga l'assurance de parvenir à mes fins. Je devenais le serpent et, glissant hors de ma couche, j'appelai mon frère Brave. Sa tête perça hors de son hamac, une tête noire de charbon, des yeux fins et félins, mon frère Brave. Sous le regard envieux de Domingo, nous pénétrions la nuit, nous insinuant tels des cobras à travers les racines, la végétation et les troncs. Nous filions avec la certitude de ceux qui partent terrasser le mal. Dans cet exercice, Brave était bien plus souple que je ne l'étais. Il était le prédateur, le chasseur. D'arbre en arbre, nous disparaissions, fantômes. De minutes en secondes, nous serpentions, bêtes rusées. Nous progressions ainsi à couvert jusqu'à atteindre, dans un épais silence, la lisière de la palmeraie et l'eau de la noria. La roue à aubes dormait dans l'eau stagnante du puits, berçant paresseusement le reflet des étoiles lointaines. Le souffle haletant, je dévisageais un Brave à peine discernable dans les ombres complexes de la palmeraie.

Mon jeune cœur battait au rythme lent et maîtrisé du lou-
veteau. Menant au petit bourg, une longue étendue de sable
se présentait derrière les premiers bâtiments ; des installa-
tions techniques constituées d'un petit enclos abritant deux
zébus, un abri rudimentaire, une cabane en bois, le puits,
une roue à aubes et un manège à l'évidence affecté aux
bœufs. À pas de velours, nous continuâmes notre avancée,
traversant, sans même déranger les bêtes, ce premier espace
à découvert. « La chance sourit aux audacieux », aurait souligné avec sagesse Lantar s'il eût été à nos côtés. C'est en
effet sans complexe et sans encombre que nous traversâmes
de pair l'étendue de sable fin qui menait aux premières maisonnées typiquement couvertes de chaux.

Au premier contact, le petit bourg se révéla bien plus
grand que nous l'avions préalablement imaginé. Par petits
signes, Brave m'interrogea, cherchant dans mon regard une
indication, une direction ou une simple logique. Mais je
n'en avais aucune. Nous tendîmes alors l'oreille à l'écoute
de la ville se reposant. De brefs signes d'activité parve-
naient jusqu'à nous, une infime agitation. Posant mon index
sur mes lèvres, je soulignai à Brave de rester discret. De
l'autre main, j'agitai l'index et le majeur, mimant le déplacement de deux jambes. Avec toute la frivolité de notre âge,
nous penchâmes nos têtes à l'angle du mur, cherchant à déterminer la présence de vie dans la rue adjacente. Le bourg
dormait. Alors nous nous enhardîmes, infiltrant le village
de rues en ruelles, cherchant quelconque indice de l'antre
de l'Ensorceleur. Suspendus par deux chaînettes, les panon-
ceaux suspendus des artisans offraient, par leurs runes gravées, de précieuses indications que nous déchiffrions avec
énergie. Un vannier par-ci, un tisserand par-là, mais point
d'Ensorceleur. L'inquiétude commença à m'envahir. Je me
retournai pour assurer du regard notre retour, mais je com-

pris sitôt la labyrinthique composition des ruelles dans lesquelles nous avions cheminé tête en l'air. Mon cœur se serra et sursauta l'instant suivant lorsque Brave me propulsa dans l'ombre d'un recoin. Les façades blanches se tapissaient d'une lueur feu, reflets voilés de torches approchantes. Acculés dans une petite impasse, nous reculâmes ventre à terre jusqu'à ne plus rien former d'autre que de vulgaires sacs de jute. Des bruits de pas montèrent jusqu'à nous. Mangeant presque le sol, je pouvais jusqu'à sentir la terre vibrer sous le rythme régulier de la marche. Plus que plusieurs hommes, il me semblait qu'ils étaient toute une armée. Brillèrent alors fermement les premières torches des hommes montant la rue perpendiculaire à la nôtre. Sans un mot, dans un silence religieux, telle une confrérie de la nuit, toute une cohorte d'individus vêtus de toges rouges défilait devant nos yeux enterrés dans l'obscurité. Ils étaient une vingtaine, ou une trentaine, peut-être un peu plus encore, peut-être une cinquantaine. Durant quelques minutes, ces cultistes de tous âges, jeunes et anciens, marchèrent à l'unisson dans un calme convenu, sans discrétion appuyée. Alors la colonne s'épuisa peu à peu, effaçant progressivement les derniers reflets orangés détachés sur les murs chaulés. J'eus l'impression de reprendre ma respiration, qu'elle s'était interrompue l'espace de toutes ces minutes. Craignant d'éventuels retardataires, nous restâmes ainsi écrasés au sol encore quelques minutes avant de nous relever prudemment.

Nous ne pouvions poursuivre notre route, sous peine de croiser à nouveau l'étrange procession. Aussi devions-nous rebrousser chemin. Courbés comme des voleurs, nous reprîmes notre rythme, allant de ténèbres en ténèbres, cherchant désespérément un quelconque indice nous menant à Hatche. Désorienté, sillonnant maladroitement le cheminement tortueux des ruelles, je développais en moi l'angoissant sentiment de filer en perdition et d'y avoir entraîné Brave. Ainsi, sortant d'un étroit passage, nous savions qu'il nous faudrait logiquement filer sur la droite lorsque la présence d'une bruyante taverne sur la large chaussée convoitée nous stoppa net. Longeant les murs, nous virâmes sur la gauche, espérant une issue à cet oppressant dédale. Quelques toises plus loin, une devanture située sur le bord opposé de l'artère attira l'attention de Brave.

L'accès à la maisonnée s'effectuait par une porte en bois traditionnelle, à l'encuvement particulièrement prononcé. Au sommet du chambranle de pierre était gravé un polygone, un symbole au caractère mystique entendu. Nous avions trouvé l'antre de l'Ensorceleur. Nous échangeâmes alors un regard victorieux. Gorgé de confiance, je partis en premier, traversant franchement, négligeant les précautions jusqu'à lors établies. Mes pas bruyants rencontrèrent l'écho de deux rondiers en faction. « Halte là ! » commanda une voix forte et déterminée. Alors le temps se figea. Baignant dans l'ombre des façades, je profitais d'un masque naturel. Brave, quant à lui, s'exposait malheureusement à la lumière maigrelette du dernier croissant de lune. Je localisai aussi les deux gardes, brutes de métal armées de lances braquées sur la position de mon infortuné camarade. Dans ce temps suspendu, d'instinct je continuai ma course, baissant de plus en plus la tête, me rapetissant pour me nicher dans l'alcôve de pierre gravée. Tremblant tel un chien devant son maître, je me tapis pour disparaitre sous mon camouflage. Lorsque le danger fut écarté, le temps reprit son cours. Pour la troisième fois, j'avais goûté cet étrange pouvoir qui contrariait le temps. Le premier déclenchement avait eu lieu à table lorsque notre cocher, Khâ, avait giflé Chêne. Le second lors de l'attaque mortelle du scorpion ailé à laquelle j'avais miraculeusement pu échapper. Je ne contrôlais pas ce mécanisme, mais je venais inconsciemment de réaliser que le temps suspendu me laissait un espace de liberté durant lequel je pouvais agir. Inconsciemment toujours, je pressentais que ce pouvoir se déclencherait lors de l'apparition d'un danger proche et disparaitrait en concomitance. Ce fut aussi la première fois que le temps, dans un corollaire de récupération des secondes perdues, s'accéléra subséquemment. Le pouvoir agissait sur le temps comme un poids hissé poussivement à l'aide d'une poulie et qui, à l'issue de l'emprise, chutait précipitamment. Médusé, j'assistais totalement impuissant à une impétueuse accélération du temps. Brave fuyait en remontant la grand-rue. Les gardes se précipitaient. L'un d'eux projeta sa hallebarde comme une arme de jet et la lance frappa mon ami, le clouant au sol. Sans que je pusse encore réaliser ce qui me venait de se produire, je sentis le monde se dérober sous mes pieds, le temps m'aspirer dans un tourbillon. Je plongeai ma tête dans mes avant-bras, et mon corps tout entier sembla glisser.

« Realvi ! Realvi ! Réveille-toi ! » C'était la voix de Hatche.

« Reprends-toi ! m'ordonnait-elle.

— Hatche ? C'est vous ? Où suis-je ? demandai-je, les yeux fermés.

— Tu es à l'abri, je t'ai fait entrer dans la maison. Tu étais sous le porche.

— Où est Brave ?

— Ouvre les yeux, Realvi. Regarde-moi. » Je m'exécutai, découvrant l'intérieur de la maison plongé dans la pénombre et la silhouette de Hatche penchée sur moi. « Où est Brave ? insistai-je.

— Il est dehors.

— Il faut aller le chercher.

— Non ! Attends. » Hatche me cloua au sol en maintenant mes deux épaules sur le carrelage froid de l'entrée.
« Depuis combien de temps suis-je ici ?

— Calme-toi, Realvi. Je viens juste de te faire entrer.
Les gardes sont dehors. Ne fais aucun bruit. Tu es en
danger.

— Brave ! » D'un mouvement vif, je me libérai de l'emprise de Hatche avant de me relever précipitamment. En
deux enjambées, j'atteignis la porte que j'entrebâillai.
Comme un pieu tombant du ciel, une pluie de fourmille-
ments s'enfonça dans mon corps et me paralysa brusquement. J'étais une statue. Vivant, mais raide debout, l'œil
fixé à l'extérieur par l'interstice de l'encadrement de la
porte. Derrière moi, des mots d'une langue inconnue, des
paroles prononcées par l'Ensorceleuse. Dehors, un attroupement de gardes. Ils étaient quatre. Des voix grasses résonnaient dans le silence de la nuit. « C'est ce gamin qui
rodait. » Brave était allongé au sol, reposant dans un lit de
sang rouge et noir. « Ça doit être un mendiant du campement. Des voleurs ces gens-là. » Un des gardes tenait sa hallebarde à deux mains, nettoyant la lame sur la tunique de
Brave. « Allons voir le chef. Le gamin est mort. » D'un coup
de pied, il fit rouler le corps sans vie de Brave dans sa mare
de sang. « Ça serait une bonne idée d'aller jeter la dépouille
au campement. » Paralysé, les larmes chaudes coulaient sur
mes joues. Dans mon dos, j'entendais les pas de Hatche
courir jusqu'à moi. Les gardes riaient grassement : « Tu es
fou ? On ne va pas en plus se tanner le corps jusqu'à la palmeraie. La tête suffira bien. » Alors une épée surgit de son

fourreau. Et Hatche claqua la porte.

XIII

C'EST AINSI QUE JE FUS

Adossée contre la porte, Hatche me fixait du regard avec compassion, frayeur et larmes. Posant son index sur ses lèvres, sans mot, elle m'imposa de garder le silence. Recevant mon accord implicite, de l'autre main, d'un geste simple et léger, elle leva le sortilège qui m'avait maintenu paralysé jusqu'à lors. Mon corps tout entier répondit de nouveau à mes pensées, je reprenais peu à peu le contrôle de mes bras et de mes jambes. Je me laissai glisser au sol, incapable de comprendre ce qui venait de se passer, rejetant la réalité, refusant de croire ce que mes yeux avaient vu. Assis sur le plancher, je tenais entre mes mains ma tête folle qui hurlait en silence. L'Ensorceleuse tomba à genoux et me serra dans ses bras. Je lui murmurais : « Il n'est pas mort ? Vous allez le sauver ? » La seule réponse vint de son étreinte appuyée. Je n'avais pas rêvé. Brave était mort, exécuté sous mes yeux. Je ne pouvais pas croire que telle infamie ait pu se produire. Nous voulions sauver Chêne, nous n'étions que des enfants. Brave avait été froidement abattu. Sans raison, sans semonce. Il y avait tant de haine en cette oasis, tant de chaos. J'avais entraîné mon ami dans cette aventure, je l'avais conduit à la mort, profitant même du temps suspendu pour me mettre à l'abri, abandonnant Brave à son sort, le regardant tomber aux mains des gardes. Hatche m'incita à me lever, me tirant par le bras pour m'emmener à l'arrière de la maison. Je résistai, grimaçant. Je lui murmurai alors : « Laissez-moi y aller ! Je dois retourner affronter ces hommes !

— Silence, Realvi. Tu ne ferais pas le poids. Il faut te contrôler et trouver une issue afin de t'échapper d'ici.

— Brave a accepté de m'écouter. Nous sommes venus jusqu'à vous pour vous sauver. Et c'est ainsi que cela se termine. Vous me demandez de rentrer chez moi ? Me proposez-vous de laisser Brave sur le trottoir sans rien y faire ?

— Non, Realvi. Mais te suivre ce soir serait définitivement bien pire. Le Seigneur de Tournon est impitoyable, sanguinaire et obstiné. Il me retrouvera et vous tuera tous.

— J'ai la Garde Mobile avec moi, Ensorceleuse !

— Où est-elle en cet instant, jeune homme ? As-tu vu le résultat ce soir ? Accepte la réalité. J'appartiens à un puissant seigneur auquel j'ai été vendue. Que cela nous convienne ou non, que cela nous plaise ou pas, je lui appartiens. Crois-moi, il faut redescendre sur terre avant que les choses s'enveniment atrocement pour tes amis et toi.

— C'est trop tard ! La chambrée Columbus n'acceptera jamais la mort de Brave. Je vais retrouver mes gardes et ils le vengeront.

— Crois-tu qu'ils accepteront ? Le Seigneur de Tournon est le père d'un grand soldat de l'Empire, un puissant commandant de la Citadelle Rouge. Regarde-toi ! Tu es grimé tel un maraudeur. Quand bien même vos intentions étaient-elles nobles, vous étiez à l'encontre de toutes les lois de l'Empire. Si tu sors dans cette rue, tu feras un malandrin de choix pour ces gardes. Tu pourriras en prison s'ils ne t'exécutent pas sur-le-champ. Et personne ne pourra venir te sauver. » Une vague de frayeur m'emporta, ébranlant mes convictions ; le pouvoir de l'Empire, la justice, l'injustice, la mort de Brave formaient une ronde funeste dans le chaos de mes pensées, une gigue mortifère à la gloire de ce Seigneur. Une révolte grondait en moi. Je voulais venger la mort de Brave pour trouver la paix. Pourtant celle en qui j'avais lu l'espoir m'incitait à me taire, à faire profil bas, à me mettre au pas, à rentrer dans le rang. « Comment s'appelle cette famille ? demandai-je à Hatche. Vous vous trompez peut-être.

— Dartmoon est le Seigneur du Domaine de Tournon. Son fils vit à la Citadelle Rouge, au service de l'Empereur. Son nom est connu dans tout l'Empire et...

— Je sais. » Je l'avais sèchement interrompue, mais elle ne semblait pas m'en tenir rigueur. L'Ensorceleuse m'accompagnait dans cette épreuve avec intelligence et finesse. Je ressentais, et comprenais son empathie, mais pour autant je ne pouvais me résoudre à baisser les bras. Dans un cataclysme de pensées et d'émotions, je luttais intérieurement. Il eût été si simple de venger mon ami en cet instant même. J'eus aimé être un géant comme Paluche, ouvrir cette porte en héros vengeur, avancer vers ces démons, leur inspirer la terreur et les trucider les uns après les autres. Je me sentais tellement petit face au monde. Je restai quelques minutes à tourner en rond, à chercher issue honorable, mais ma détermination haut et fort écriée retomba en silence. Dans sa chute, elle souffla sur les braises ardentes de la honte, de l'impuissance et de la culpabilité. Dans une violente décompensation, le désespoir m'emporta, les pleurs inondèrent mon visage et les gémissements témoignèrent de mon échec. Je suffoquai de douleur et Hatche s'approcha à nouveau de moi pour me consoler. Je pleurais en pensant à Brave et l'horreur des images de ses derniers instants de vie. Je pleurais, car je me sentais éperdument seul, dernier protagoniste d'une pièce en trois

actes. Je pleurais croupi dans la fange abjecte du déshonneur que je m'inspirais. Je pleurais de ma naïveté. Je pleurais, narcissique blessure, de n'avoir pas sauvé Hatche,
d'elle recevoir tout au contraire un avilissant réconfort.
Égoïste, je pleurais du sort qui m'attendait, de la colère de
Fidol, de la déception de Lantar, du rejet de Paluche et
Dhobi-rânlo. Le choc de la désillusion m'engloutissait et
absorbait toute mon énergie. Avec délicatesse, Hatche reprit la parole : « Realvi, tu es en danger ici. Il ne faudra pas
longtemps aux gardes les plus futés avant de faire le rapprochement entre la présence de ton ami et cette maison. Il te
faut te débarbouiller et revêtir l'insigne impérial de la toge
vert émeraude. » Dans une pathétique et dégradante partition de sanglots convulsifs, je m'excusai : « Je n'ai pas pris
ma toge. Nous étions en... infiltration.

— Ce n'est rien. Pour la toge, je m'en occupe. Viens
avec moi. Dans la pièce d'à côté, il y a de l'eau dans une
vasque.

— Je vais me laver seul, lui répondis-je dans un sursaut
de dignité. » Je m'isolai quelques minutes. À l'image du ves-
tibule dans l'entrée, la pièce était modeste. J'imaginais la
vie qu'avait vécue Hatche ici, au service de son maître, l'Ensorceleur Noir de Tournon. J'imaginais le destin qu'il lui
avait ensuite réservé en la vendant comme une bête au plus
offrant. Je plongeai mes mains dans l'eau froide puis pris
une profonde inspiration avant de me couvrir le visage. En
me décrassant, de longues gouttes noires de suie, salées au
sel de mes larmes, retombèrent dans la clarté de l'eau de la
vasque. La simplicité de ce geste ancestral réveilla mon esprit. Purificatoire, quasiment pénitentielle, l'eau me lavait
temporairement du poids de l'anxiété. Dans un effort maîtrisé, je repris mon souffle. Résigné et vidé, je me mettais
en condition afin d'accepter, bien que sans conviction, la

suite des événements. En réapparaissant dans l'encadrement de la porte, je découvris Hatche revêtue de la même tunique que celle qu'elle portait le jour de sa première apparition à notre bivouac de la palmeraie. Elle tenait à l'épaule un long et haut sac dont la finesse des broderies contrastait avec la solidité des matériaux. L'Ensorceleuse me regarda avec solennité : « C'est toi qui as raison, Realvi. Je ne peux pas rester ici. Je dois rendre honneur au sacrifice de Brave en acceptant de me battre comme tu l'as fait en venant jusqu'à moi. Je dois sauver Chêne des ténèbres et le rendre à la lumière. Nous allons nous rendre ensemble jusqu'au campement et prendre la route. » Alors l'Ensorceleuse effectua quelques gestes dans ma direction et prononça d'enchanteresses paroles. « Avec ce sort d'illusion, ceux qui te croiseront y verront la toge vert émeraude de l'empereur. Maintenant, allons. Les rues vont bientôt fourmiller de soldats. Il nous faut rejoindre les tiens avant d'être pris au piège ici bas. Sortons par la porte arrière. » Épuisé, je n'avais la force ni de vouloir réfléchir ni d'essayer de chercher à comprendre. Le destin était en marche. L'abomination de la scène d'exécution sans cesse ressassée sonnait le glas de la vie passée. La réalité de la mort de Brave, aussi irréelle pouvait-elle être, pénétrait peu à peu mon esprit. « Viens, Realvi ! Sauvons-nous ! » Hatche m'extirpa de mon rêve éveillé en m'attrapant la main. Nous traversâmes la pièce arrière, un petit local ressemblant à une remise de fatras organisé. Hatche ouvrit alors une porte qui donnait accès à une cour arrière. Nous sortîmes ardemment comme si le feu lui-même s'était invité. À l'extérieur retentissait le bruit de l'agitation des soldats postés dans la rue opposée. Avant de refermer la porte, Hatche marqua une hésitation. Dans un adieu, elle jeta un dernier coup d'œil à l'intérieur de la maisonnée. Ses années d'infortune n'interdisaient pas une forme de renoncement à ce lieu familier. Bien qu'elle eut si longtemps aspiré à quitter cet endroit, elle éprouva certainement une courte hésitation à l'idée de ne plus jamais y revenir. Puis la porte se referma définitivement sur le passé. Je suivis alors Hatche se précipitant dans la fuite. Depuis la cour, nous enjambâmes un muret avant de trouver une ruelle qui nous emporta loin du branle-bas de combat.

Hatche connaissait parfaitement les lieux. Nous marchâmes droits et visibles, avec assurance et calme. Nous avançâmes ainsi à grands pas et sans encombre pour arriver rapidement à la lisière de la palmeraie. Sans nous arrêter, nous pénétrâmes sous son toit végétal. Le matin commencerait à paraître sous peu. Finalement, à quelques pas, le centre de la palmeraie, et la place aux arches. Nous apercevions déjà notre troupe s'agiter autour des préparatifs de départ. Domingo avait dû avouer notre escapade nocturne et il était grand temps pour moi de réapparaitre avant que les gardes ne se mettent à notre recherche. À l'idée de regagner le campement sans Brave à mes côtés, je fus pris de haut-le-cœur et de vertiges. Je marquai un arrêt. L'Ensorceleuse me tendit la main en signe de soutien. Mais je la refusai dans un mélange d'orgueil et de culpabilité. J'avançai vers le campement, me relevant droit, tête baissée ; des rivières de larmes inondèrent spontanément mes joues. J'avais le terrible et implacable devoir d'annoncer à tous la tragique disparition de Brave. À quelques pas derrière moi Hatche me suivait. En approchant du campement, la voix de Domingo brisa le silence : « Là ! Regardez ! Ils ont réussi ! Ils ont ramené Hatche ! Je vous l'avais dit ! » Fidol s'exclama : « Par toutes les Déesses, ils sont sains et saufs ! C'était grande folie ! » Depuis mon regard embrumé, à quelque distance encore d'eux tous, je devinai la suspicion chez les gardes. Ils ne partageaient pas l'enthousiasme de leur ainé. Dhobi-rânlo accouru vers moi : « Realvi, où est Brave ? » Mes yeux rouges de larmes et mon visage parlaient d'eux même. Hatche prit la parole « Ils ont... », mais je la coupai net, me faisant un devoir d'assumer mon erreur : « Brave et mort. Il a été tué par les gardes. C'était mon idée et mon plan.

— Par tous les guerriers ! » Le capitaine posa un genou au sol et m'invita à faire de même. « Es-tu certain ?

— Oui. » Et je fondis en pleurs inconsolables, hoquetant tel l'enfant. Dans l'orage de mon désespoir, j'entendis la voix sourde de Paluche : « Brave était un jeune guerrier plein de courage et de bravoure. Prions les Déesses pour qu'elles accueillent en leurs bras ce guerrier mort au combat. » Fidol de Louvre et Domingo nous avaient rejoint et tous étaient regroupés en petit cercle à mes côtés, un genou posé à terre. Nous priions les Déesses. Mes amis m'accueillaient les bras ouverts, m'offrant toute leur miséricorde et toute leur compassion. Je pleurais en silence, retenant mes sanglots au fond de ma gorge, recevant avec soulagement cet accueil. Tout ce qui m'avait fait tenir jusqu'à présent n'avait plus lieu. Mes forces s'envolaient. Épuisé, je m'effondrai.

J'avais été installé sur le chariot et le cortège se mettait lentement en route. Hatche avait dû se charger de raconter les circonstances du drame. Je ne pense pas que j'eusse moi-même été capable d'en narrer les faits et les détails. La scène m'était en effet aussi insupportable qu'inexprimable. Elle le resterait encore longtemps. Le convoi s'ébranlait, escorté de l'avant par les deux gardes. Fidol conduisait le chariot dans lequel il transportait Chêne et moi-même. À l'arrière, Hatche montait la jument de Brave. Chêne était allongé, toujours inconscient. Il était plus blême que jamais, presque mourant. Dépité, je le regardais, cherchant un sens à notre quête. Quant à Domingo, il avait perçu mon réveil et remontait jusqu'à chevaucher à ma hauteur : « Comment te sens-tu, mon ami ?

— Je suis vidé, Domingo. Vidé et je n'arrive toujours pas y croire.

— Moi non plus, Realvi. Nous allons chercher le corps de Brave et procéderons à de nobles funérailles.

— Nous allons retourner en ville ?

— Oui, Paluche et Dhobi-rânlo n'ont pas hésité un seul instant. » Mais Domingo n'eut guère le temps d'entrer dans les détails. Le fracas d'un groupe de cavaliers galopant et s'approchant l'avait interrompu. Je fixai Domingo dans une expression d'évidence. Hatche remonta à notre hauteur. « Ils ne feront rien contre vous, assura-t-elle. Le vert impérial vous protège. Et la Garde Mobile est à vos côtés.

— D'après vous, demanda Domingo, lequel des deux nous protègera le plus ?

— Sans le vert émeraude, les hommes de Dartmoon Père n'hésiteraient pas une seconde à ouvrir le combat. Sans les hommes de la garde, le vert émeraude ne suffirait pas à lui seul à les empêcher de perpétrer un massacre.

— Qu'avons nous donc fait pour mériter tant de haine, demandai-je ?

— Vous avez inquiété le Seigneur Dartmoon en vous approchant de ses affaires intérieures. Peut-être avez-vous été témoin de quelque fait gênant depuis votre bivouac, ou votre escapade nocturne. Et puis je suis désormais à vos côtés. Il n'en faut pas plus à ces hommes gorgés de haine et de sauvagerie pour donner l'assaut. » Les mots de Hatche avaient détourné notre attention du galop ascendant. Dans la pénombre des premières lueurs du jour, à l'entrée de la palmeraie, se dessinaient déjà les silhouettes des premiers cavaliers glissant entre les dattiers. Dans un silence figé nous dénombrions les ombres, une douzaine. Nos gardes avaient stoppé notre convoi. Le drame de la disparition de Brave avait dénudé mon esprit de toute confiance, de toute certitude. Je ne m'attendais à rien d'autre qu'à un nouveau drame, cherchant du regard parmi mes amis lequel d'entre eux trépasserait bientôt sous le fer de la haine. Étrangement, je ne me souviens pas avoir eu peur pour moi-même. Une partie de moi était déjà morte, emportée dans les limbes des enfers. J'étais en cet instant spectateur de ma propre vie. Résigné, las, dépassé, l'issue ne m'importait plus vraiment.

Brisant au dernier moment l'élan de leur galop, le groupe de cavaliers arriva. Ils étaient tous portés par de lourds chevaux au harnachement guerrier duquel renforts et supports s'entremêlaient dans une martiale apparence. Pour autant, les hommes ressemblaient moins à des soldats qu'à des mercenaires, voire des barbares. La forme générale ne dégageait aucune discipline, pas plus qu'elle ne reflétait une bannière ou une quelconque appartenance. Les tenues, pour la plupart, inspiraient souillure et salissure. Les cavaliers étaient pis que ces primes apparences. La crasse suintait des barbes aux poils drus et enchevêtrés. Les rictus et autres contorsions faciales dévoilaient de noires dentitions. Les longues et épaisses chevelures semblaient soignées à la fange et nourries à la vermine. Accompagnant le nuage de poussière soulevé, une puanteur sans nom venait achever cet effroyable tableau.

Alors que les naseaux des bêtes crachaient encore le souffle de la course, un grand guerrier émergea de l'attroupement. Il était coiffé d'un heaume riveté, sculpté de motifs runiques et couvrant son visage. Quand bien même en eut-il été dénué, il se dégageait de lui une allure naturelle de chef. Le respect marqué par ses semblables le distinguait de l'affreuse escouade. Il s'avança, faisant désormais face à nos deux gardes. Lentement, il leva la main et releva l'ouverture de son heaume, dévoilant dans l'ombre du métal, un regard sans merci. Puis il fit signe à un autre cavalier de le rejoindre. Le second se pressa alors à ses côtés. Il tenait entre lui et l'encolure de son cheval un sac de grande taille. J'eus un épouvantable pressentiment. Le soldat laissa glisser le sac vers le sol. Le paquet s'écroula dans un fracas flasque et raide à la fois. Enveloppé dans cette toile jaunie et salie, je savais sans le moindre doute qu'il s'agissait là du corps de Brave. Sous le masque de tissus, notre ami semblait nous regarder d'outre-tombe. Un asphyxiant tourbillon d'émotions s'empara de notre troupe. Fidol de Louvre se retourna pour nous couver du regard, essayant par ce simple geste de compassion de nous préserver du choc. J'entendis l'arme de Paluche sortir de son fourreau. Mais le chef prit la parole et coupa court à toute réaction : « Ce sauvageon vous appartient-il ? » Son ton était retenu, neutre, mais lourd de colère contenue. Je n'entendis aucune réponse. Choqués, nous semblions tous réfugiés dans les bras du silence. L'homme reprit : « Ce fouineur a été débusqué par mes hommes. Il rodait en ville. » Et la voix de l'homme monta et gronda comme l'orage. S'adressant du regard à Dhobi-rânlo, il hurla presque : « Est-ce ainsi que les hommes de l'Empereur nous remercient de notre hospitalité ? » En cœur, les barbares riaient grassement. Et l'homme de reprendre encore plus haut : « En se grimant et en se faufilant de nuit dans mes rues ? Est-ce cela que l'Alumnat enseigne à nos enfants ? Espionner ses précieux serviteurs pour le compte de l'Empereur ? »

D'un revers de la main, il fit un geste dédaigneux à notre encontre. « Débarrassez-nous définitivement de ce rat musqué, intima-t-il ensuite à son soldat. » Un doute me fit bondir. Brave n'était donc pas mort. Ou poussait-il la cruauté jusqu'à faire renaître en nous l'espoir ? Allait-il marchander le corps de mon ami ? S'exécutant, l'homme de main s'approcha du sac, épée en avant. D'un geste vif, Paluche sortit sa hache double de son fourreau dorsal et fit, sans un mot, avancer sa monture vers le chef. Venant à sa hauteur, un soldat tenta de s'interposer, mais son supérieur l'en dissuada, laissant Paluche s'approcher, l'interminable hache dressée au ciel, les deux mains posées sur sa garde épaisse. Les mots coincés dans ma gorge grinçaient par la mâchoire carrée de notre Paluche : « Tout Seigneur que vous êtes, rien ne justifie cette lâcheté. Ce garçon est un fils de l'Empire.

— Les fils de l'Empire se promènent dans la lumière et portent haut et fort le vert de l'Empereur. Mes gardes vont éliminer un rat.

— Un mot de plus, Seigneur Dartmoon, et je vous jure que je me charge personnellement de tuer chacun de vos hommes. » Certains soldats sourirent fièrement, mais la menace de l'affrontement n'enchanta personne. D'aucuns échangeaient de longs regards, d'autres fuyaient la perspective d'avoir à croiser celui de Paluche. L'imposante carrure de notre garde, l'implicite danger qu'il incarnait et les lois brutales de la loterie en matière d'affrontement étaient autant d'arguments qui devaient se bousculer dans les têtes de ces piètres hommes de troupe. Dartmoon Père n'avait quant à lui que faire des mots de notre garde. Détaché, il fit mine de fouiller des yeux notre groupe, plissant les paupières et penchant la tête de côté. Hésitant et s'amusant comme le chat il finit néanmoins par fixer son regard dans notre direction et s'adresser à nous : « Hatche, suis moi, au pied l'ensorceleuse ! Tu es mienne.

— Suffit ! Elle reste avec nous. » Dhobi-rânlo, par ces mots, signait la suite des événements. Dartmoon Père, toujours dans l'ombre de l'épaule de Paluche et sa haute lame, s'enflamma instantanément : « Cette chienne m'appartient. J'ai payé cher sa vie.

— À combien estimez-vous la vie d'un fils de l'Empire ? l'interrompit Dhobi-rânlo. J'ai juré sur l'honneur de l'Empereur de les protéger.

— Et tu as échoué, soldat. Tes lamentations ne te sauveront pas de la honte. Si ton fils de l'Empire est mort, implore le pardon près de ton maître. » Dartmoon Père avait hurlé ces mots. Il conclut, hystériquement : « Hatche au pied !

— Elle reste avec nous, imposa calmement notre Capitaine. Quant à ma honte, Seigneur, je puis encore la laver ici séant.

— Tu me menaces soldat ? »

Hypnotisé par la scène, je sentis le regard de Hatche posé sur moi. Je me retournai légèrement, découvrant ses grands yeux. Écrasée par cet homme, humiliée, elle avait la posture de l'animal dont le sort ne dépend que de celui des hommes. Elle était cette chienne, contrite. Les pensées fusaient et tourbillonnaient en moi dans un puissant et magnétique vertige. Je souffrais de faire souffrir. Chêne était inconscient, allongé à mes côtés, et je culpabilisais depuis le début, persuadé d'en être à l'origine. En me suivant dans ma folle expédition, Brave avait peut-être perdu la vie. En insistant pour arracher Hatche à son propre sort, je l'avais plongée dans une inextricable position. Dévoré par le ressentiment, las, bien que rêvant de n'être plus gauche, mais à l'image du courage, je fis une nouvelle fois preuve d'une très singulière initiative. Alors que les deux camps se défiaient verbalement les armes à la main, je pris la parole, portant haut ma voix : « Votre Seigneurie, je suis le responsable de toute cette situation. » Je marquai une pause, hésitant avant de reprendre. « Considérez ma reddition en contrepartie de la liberté de mes amis. Je puis en échange de Hatche, me mettre à votre service. » Un silence accueillit ma proposition. Puis le Seigneur de Tournon se prononça : « Tu comptes remplacer Hatche, le laideron ? » Il s'était appliqué à prononcer ces mots avec raillerie. « Penses-tu pouvoir m'offrir les mêmes services ? » Il gloussa doucement jusqu'à ce que son rire montât et que ses hommes l'accompagnassent en chœur. Je compris alors la gaucherie de mes propos. L'humiliation était totale. Je baissai les yeux, redoutant le regard de la belle Ensorceleuse en qui j'avais espéré allumer un feu de fierté et de soulagement. La débauche tapageuse de rires s'accompagna de quolibets qui parachevèrent le pitoyable spectacle que j'offrais. En paliers régressifs, la foule se tut peu à peu, emportant avec elle les derniers clabaudages. L'ambiance soudainement détendue de l'escouade confondait l'entendement.

Tandis que le silence reprenait place, je ressentis autour de moi le fluide désormais bien connu de la vibration et du sursaut temporel. L'espace d'un instant fugace, une seconde s'arrêtait par ci, m'offrant le spectacle d'une étoffe suspendue dans les airs et retombant avec gravité, une seconde s'arrêtait par là, m'offrant l'expression figée dans la chair des faciès grimaçants des barbares. Le temps toussotait au gré de ses humeurs. Je cherchais l'origine d'un probable danger, tournant vivement la tête, cherchant autour de moi. J'imaginais ce danger allant et venant, telle une mise en joue. Peut-être un archer dissimulé dans la palmeraie. Mais les secondes de répit m'étaient bien trop courtes. Dans un croisement de regard, Domingo se saisit de ma crainte. Je le vis s'exciter au rythme étrange d'un temps qui n'en finissait pas de hoqueter. Telle une mélodie entraînante que l'on aurait faussée de soupirs, le temps frissonnait, illogique. Subitement, la musique s'arrêta tout net. La scène m'était alors si froide et rigide que j'eus le sentiment d'avoir le temps de prendre tout mon temps. Je cherchai autour de moi un danger, mais ne vis rien d'autre qu'un Domingo inquiet, une Hatche sur ses gardes et mon vieux Chêne tout endormi. Devant moi, le dos de Fidol sur le banc en bois du chariot. Au sol, dans son grand sac, Brave, mort ou vivant. Au-delà, Dhobi-rânlo et Paluche. Je sursautai alors devant cette dernière scène. Une lame sournoise tenue dans la main droite de Dartmoon Père fonçait sous les côtes de Paluche. J'étais bien trop loin pour pouvoir y changer quelque chose. D'instinct, comme s'il eut s'agit d'un jeu de balle, je projetai ma main en direction de mon garde, à la manière d'un sortilège. Paluche, pareillement à moi, se retrouva alors libre dans le tableau tout entier figé. Il m'était à cet instant facile de lire son étonnement. En guerrier émérite, il sut immédiatement en dégager une opportunité en repérant presque aussitôt le coup meurtrier que s'apprêtait à lui porter le Seigneur de Tournon. La lourde hache double qu'il maintenait garde au ciel fondit sur sa proie telle une herse dont on aurait tranché les chaînes. In fine, l'instant de temps ne dura qu'une ou deux secondes et lorsque le sablier à nouveau s'écoula continûment, l'assemblée tout entière sursauta au hurlement de douleur poussé par Dartmoon Père tombé, blessé à même le sol, sous le coup foudroyant de notre géant.

Ce coup, aux yeux de tous porté sans sommation, fit

l'effet d'une telle perfidie pour le camp ennemi qu'il s'en dégagea immédiatement un embrasement général. Déjà, une forêt de lames s'élevait devant nous. Prestement, Dhobi-rânlo lança sa noire monture dans l'esclandre. Sur son dos, vibrant de colère dans son fourreau enlacé, Tjin, l'espadon du Capitaine, enjoignait à son maître de l'emmener au combat. La soif antagoniste de l'âme trempée de l'épée trouva satiété l'instant d'après, car, déjà, Dhobi-rânlo entaillait les chairs ennemies. De son côté, à grands coups de merlin, Paluche ouvrait une percée dans la masse de cavaliers. Commandant sa monture de ses seules jambes, il jouait, presque sans effort, de ses deux bras armés. D'un côté, chargé de sa hache double maintenue d'une seule main, il assénait volcaniques meurtrissures, moissonnant tout net les vies ennemies. De l'autre, jouant, tel l'enfant, d'une épée arrachée aux mains de l'adversaire, il taillait poitrails et gorges aux audacieux mal inspirés de s'être si près de lui aventurés.

Dans l'enfer de fer et de sang, surgissant de nulle part, un carreau d'arbalète siffla aux oreilles de Fidol, glissa à ma droite et disparut dans la pénombre boisée. Le vieil Alchimiste se retourna vers nous trois, nous hurlant de nous mettre à couvert. Sitôt eut-il prononcé ces mots que le temps à nouveau s'arrêta. Dans son dos, provenant de la cohue du combat, fusaient trois flèches empennées de plumes rouges et décochées par des archers dressés sur les étriers de leurs montures. Le temps suspendu rendait la scène extraordinaire. En effet malgré l'horreur et l'incohérence de l'instant, une beauté spectrale enluminait les lieux. Les premières lueurs du jour teintaient de bleu encre la luminosité ambiante. Pris dans un contre-jour, les guerriers se découpaient en ombres aux reliefs gorgés de bleus nuit baignés dans une mystérieuse harmonie de couleurs fantomatiques prisonnières des reflets acier des cottes de maille, armure, heaume et épées déchirant les airs. Les pointes des trois flèches, peu ou prou finement ciblées sur Fidol, brillaient elles aussi de mille éclats. Je me souviens parfaitement de ce doux paradoxe, de la beauté meurtrière de l'engagement guerrier. Avec assurance, je réitérai mon geste quelques secondes plus tôt appliqué à l'attention de Paluche. J'y ajoutai même de l'effet, tentant sottement de calquer la gestuelle d'un Ensorceleur ou d'un Magicien. Alors Fidol fut à son tour dégagé du temps suspendu. Je lui hurlais à mon tour : « À plat ventre, vite ! Derrière vous ! » Le vieil homme ne sembla pas réaliser la bulle dans laquelle je l'avais mené. Il se retourna pour découvrir la menace et se jeta au sol promptement, se dégageant de tout danger et rompant le charme du temps arrêté. Les trois flèches sifflèrent au-dessus du chariot pour disparaitre dans la nuée de palmiers. Rayonnant, je me sentais doucement invincible, contrôlant le temps et sauvant mes amis. Ma hauteur me permettait de m'affairer avec opiniâtreté à la mission que le destin me confiait en cet instant. Pleinement lucide de n'être en rien le déclencheur de ces phases, je me considérais bien plus l'instrument des Déesses qu'un surhomme. Aussi n'avais je aucunement l'intention de déserter ce poste stratégique.

L'éviction de la volée de projectile s'était accompagnée d'une reprise accélérée du temps. Domingo avait réagi vite. Les deux pieds posés au sol, il courait s'abriter contre les panneaux de bois de l'attelage. Au loin nos deux gardes pénétraient imperturbables la masse de guerriers adverses dont on aurait pu croire qu'ils se précipitaient sciemment dans les bras des donneurs de mort. Malgré tout, la férocité et le surnombre de l'adversaire dominaient ironiquement le combat et tout cet héroïsme semblait vainement dispensé. C'est à instant que je découvris Hatche, les deux bras levés au ciel, dessinant de gracieuses volutes dans son espace et articulant minutieusement les syllabes de ce qui était sans aucun doute possible une invocation magique. Les yeux mi-clos, elle s'adonnait sans peur apparente à la rigueur appliquée qu'imposait l'exercice de son art. Concentrée dans sa gestuelle et son vocable, elle s'abandonnait nue et sans défense à portée des prochaines flèches et carreaux. Alors, sous les sabots des montures de guerres de nos gardes, s'extirpèrent du sol de multiples filandres blanchâtres, phosphorescentes, tournoyantes et grimpantes. Telle une nuée de lierres sauvages poussant follement, la masse filandreuse grimpa autour des pattes des chevaux, enveloppant peu à peu les bêtes d'une aura bleutée cobalt, lumineuse et crépitante. La voix de Hatche résonna dans nos têtes à tous, couvrant les bruits de la bataille, comme si elle nous parvenait murmurée depuis le creux de notre oreille : « Guerriers, je vous protège. Ne craignez plus le fer de vos ennemis. » Les mailles grésillantes se densifièrent, chaque brin donnant naissance à d'autres brins. Avec prévenance, les brins s'entortillèrent les uns aux autres jusqu'à recouvrir les chevaux, puis parvenir aux jambes des cavaliers qu'elles revêtirent avant de les recouvrir tout entier. Ainsi protégés, nos gardes reprenaient l'avantage décimant cette fois des barbares non seulement couverts du sang de leurs frères, mais de surplus psychologiquement affaiblis par la frayeur que leur inspiraient les filaments ensorcelés serpentant sur leurs adversaires.

Alors que le tumulte sonore et visuel sonnait l'apothéose du combat, le temps capricieux s'arrêta dans une certitude apodictique. Une fois encore, je fouillai l'espace à la recherche du danger imminent. Suspendue dans les airs, une large envolée de carreaux menaçait de terminer sa course parabolique sur notre troupe. Absorbé par la prouesse de Hatche, personne d'autre que moi ne semblait avoir remarqué la pluie de pointes s'abattant sur nous. Mon assurance vacilla lorsque je constatai que le sursaut du temps m'avertissait des risques encourus par non pas un seul de mes compagnons, mais par trois d'entre eux, Fidol, Hatche et Chêne. Kun-Maga en moi, je me fis Puma. Me dépêtrant des sacs transportés sur l'attelage, je pris mon élan pour un saut félin en travers la voiture afin de tenter de récupérer à même les airs la longue flèche tout à Chêne destinée. Dans le même temps, je réitérai le geste d'injonction libératrice en direction cette fois-ci de Hatche. Alors que je serrais déjà dans ma main gauche le bois de la flèche convoitée, je notai avec satisfaction le réveil de Hatche. Puis j'atterris, en total déséquilibre, les bras en ailes d'oiseau, à côté de mon ami endormi. Glissant sur le plancher de l'attelage, je tombai et m'affalai de tout mon long, m'enroulant autour de moi-même afin d'éviter Chêne. Le son grave et lourd de ma rencontre avec le bois de charpente fut aussitôt suivi par une série d'impacts. Le temps, de nouveau libre, venait de reprendre son cours et les dernières flèches suspendues avaient rencontré leurs cibles. Allongé sur le flanc, je me cassai les cervicales pour trouver du regard mon Ensorceleuse. Hatche, saine et sauve, me gratifiait d'un sourire reconnaissant. Puis je me relevai pour chercher Fidol. Étendu sur le banc de l'attelage, il gisait dans une mare de sang, une flèche dans le dos toute dressée. Je maudissais ce pouvoir qui n'en était pas un. Incapable de le contrôler, il soufflait tantôt le chaud, tantôt le froid. En choisissant Hatche de ma main, j'avais implicitement condamné Fidol, abandonnant le vieil Alchimiste au fer ennemi. Une autre flèche frappa un des chevaux de l'attelage. Les bêtes hennirent alors et se cabrèrent avec frénésie, bousculant l'appareil dans un chaos incontrôlable. Sous leurs sabots, le corps de Brave, prisonnier du sac de jute, fut misérablement mis à l'épreuve d'un impitoyable piétinement évité à chaque fois de justesse. J'attrapai alors depuis le banc du conducteur les rênes en cuir, tirant fermement, cherchant à immobiliser l'attelage. Devant moi, l'agitation lumineuse de nos deux gardes réduisait définitivement toute résistance ennemie. Je voyais les premiers déserteurs fuir la mêlée et s'enfoncer au grand galop sur le chemin du désordre.

Dans ce qui me semblait être un ultime effort, un cri, celui de Hatche. Je me retournai pour la découvrir aux prises du Seigneur Dartmoon Père. Armé d'un glaive précieux, il s'apprêtait à lui percer le ventre. Alors le temps se contracta à nouveau. Mes pensées rejoignirent Lantar et les longues heures d'enseignement du Kun-Maga dans la cour de l'Alumnat tapissée des couleurs riches du soleil couchant. Je pris deux pas d'élan et me jetai dans les airs en direction de l'agresseur. Kun-Maga en moi, flèche à la main, je m'envolai tel l'Aigle. Je fondis sur ma proie, Dartmoon Père, un guerrier au glaive menaçant, un mannequin de chair à l'aine sanguinolente, une stèle dédiée à la haine, une statue au visage mauvais, au faciès crispé d'âcreté, à l'œil fiévreux bouillonnant d'une incontrôlable folie, à la pupille dilatée par le venin de la vengeance. Les serres de l'aigle s'enfoncèrent, je lui plantai la pointe de la flèche dans l'œil. Tel un fleuve libéré, le temps reprit son cours avec soudaineté et nous propulsa contre le sol. Le Seigneur du Domaine de Tournon se tenait le visage, éructant de douleur et de rage. Je demeurai coi, stupéfait de mes propres actes. Je ramassai le glaive gisant à quelques pas. Hatche et Domingo venaient de me rejoindre. Je levai le pommeau du glaive au ciel, pointe fixée sur l'abdomen de Dartmoon Père et prononça : « De la part de Brave et du Balafré. » Puis, Kun-Maga en moi, je fus l'Ours. Mes pattes poussèrent avec force et puissance la lame depuis sa toute hauteur jusqu'aux tréfonds de la terre tout en perçant les entrailles de celui qui s'en était pris à ceux que j'aimais. C'est ainsi que je fus celui qui tua le père du Commandant Dartmoon de la Citadelle Rouge.

XIV

FIDOL

Abominable est le temps qui coule durant le combat, cruel est le temps qui lui succède. La hargne s'enfuit, emportée par la retraite des derniers guerriers ; la douleur survit, creusée par les corps sans vie de ceux qui, las, s'en sont allés. Pour ceux qui restent subsiste alors l'immensité de la tâche de l'après ; pour ces heureux vivants, nul autre drapeau que celui de l'isolement. Les mots sans mot des héros croisent les regards perdus des parangons de vertu. Telles sont les lois de la guerre, et j'y faisais mes premiers pas. Le sang de l'ennemi coulait chaud sur mes pieds, le combat avait cessé aussi brutalement qu'il avait débuté. Les mains de Hatche posées sur mes épaules étaient comme celles d'un ange, elles m'accompagnaient pour le retour à la paix.

Dans un silence religieux, désemparé, je décryptais la scène, cherchant à en comprendre l'issue. Le corps de Brave gisait ensaché à quelques pas de Domingo. Sa cruelle gibecière n'était qu'amalgame de sang et de poussière. À l'image de notre recueillement, le sac ne gigotait plus. Debout sur ses étriers, Paluche veillait encore en première ligne, l'œil fixé sur les derniers fuyards. Chêne, inconscient, origine de toute cette folie, dormait posément dans le sang du Guérisseur. Dhobi-rânlo s'affairait autour de Fidol mourant, cueilli par les flèches ennemies.

Tandis que le Capitaine de la garde se consacrait aux

premiers soins sur notre Guérisseur, je courais jusqu'à la cage toilée de Brave. Avec Domingo, nous en écartâmes l'ouverture dans une confusion mêlant réserve et affolement. La large échancrure du sac fit surgir un visage tuméfié et noirci. Ce n'était pas Brave. Nous avions été joués et sombrement manipulés. Je souffrais les terribles tourments qu'il affrontait en cet instant. J'imaginais les perverses représailles de nos ennemis. Puis mon cœur s'emporta. Ce visage que je n'avais dans un premier temps pas reconnu était bien celui de mon ami. Sans plus attendre, dans l'espoir d'y retrouver de la vie, Domingo et moi arrachâmes à corps perdu la toile enveloppante. De sporadiques, mais encourageantes convulsions répondaient à nos maladroites manœuvres. Brave, cette force de la nature, était vivant. Puis une voix faible et chevrotante brisa le silence qui s'était installé : « Allez me chercher mon cheval les gars... J'en ai pas fini avec eux... » Une pluie de cris de joies et de hurlements hystériques s'en suivit au son des « Il est vivant ! », des « Nous avons gagné ! » et des « Brave est un héros ! ». Domingo et moi dansâmes comme des égrillards, exultant ce bonheur, fanfaronnant malgré les insolites circonstances. Nous expulsâmes dans cette farandole toute la tension en nous concentrée.

Les larmes de joie inondaient mon visage tandis que je serrais Brave dans mes bras et que je recevais en échange son amicale et héroïque étreinte. Cependant, alors que Domingo, Hatche et moi nous canalisions sur Brave, Fidol mourrait aussi sûrement que la flèche adverse avait, tantôt, atteint son but. Sur le banc du chariot, je rejoignis le Capitaine auprès duquel Fidol se battait contre la mort : « Du poison... Quel sot j'ai été de n'avoir pas concocté quelques potions préalables... Dans mon état je n'aurai guère le loisir de me prodiguer les soins nécessaires.

— Dites-moi, protesta Dhobi-Rânlo. Dites-moi ce que nous pouvons faire.

— Capitaine, il est inutile de tenter de me sauver. Écoutez ce que j'ai à vous dire.

— Parlez, Fidol de Louvre. Je suis à vous. » L'Alchimiste déglutit dans un suspens de fin de vie. La mort était à ses côtés, il le savait mieux que quiconque. L'espoir n'était pas de mise. Courageusement, il reprit la parole, mais plus faiblement, économisant ses derniers battements de cœur : « Puma il rugira, Aigle il s'envolera...

—... et Ours il pourfendra, poursuivit Dhobi-rânlo d'une voix calme et bienveillante. Je connais cette légende, Guérisseur.

— Il faut que Chêne et Realvi recouvrent mémoire, s'enquit faiblement notre Fidol. Amenez-les auprès de mon ami, Sïpä des Sommets.

— Je vous le promets, Fidol de Louvre. Rien ne nous arrêtera.

— Veillez sur le petit. » Sournoisement, telle une meute de hyènes, l'étouffant silence de l'impuissance nous encercla, nous enferma lentement. Le vieil et auguste Alchimiste retrouva la parole : « Sauvez-vous maintenant. Abandonnez-moi ici. Nul besoin de sépulture. Les Déesses sauront me trouver. »

Pour certains hommes, les voyages sont indissociables de la vie et je ne comprendrais que bien plus tard le long chemin que le destin me réservait. Dans la fuite, je goûtais l'amertume du prix de l'aventure, le paradoxal antagonisme du plaisir de la liberté qui dérange, jusqu'à la violence, ceux qui s'en privent.

Voyageant tout le jour et toute la nuit, nous désertions les étendues sablonneuses du Désert Rouge, traçant derrière nous, jusqu'à l'horizon, un interminable sillon d'aigreur qui nous liait pour quelque temps encore aux obscures fomentations de Dartmoon Père.

Nous n'avions pu nous résigner à abandonner le Guérisseur à une mort certaine. Hatche, par un savant sortilège, avait insufflé chez Fidol un ultime rideau de défense minimisant la propagation du venin. L'Alchimiste, qui eut trépassé sans cet envoûtement, était en sursis, allongé inconscient aux côtés de Chêne. Bien que maintenu en vie il fallait dès lors un guérisseur au Guérisseur. Nous ne pouvions plus que compter sur la providence afin qu'elle dispose, sur notre chemin, celui ou celle qui eût pu soustraire notre ami au mal qui s'employait à le ronger peu à peu.

Les mâchoires serrées nous n'échangions que de rares mots, gardant en notre sein le feu ardent de la rage. Survivre à une bataille est une épreuve. Si les Déesses avaient été clémentes à notre égard, nous portions en retour l'indissociable poids des tourments de nos amis. Brave était en selle, mais pas un seul d'entre nous ne lui fit l'outrage d'un commentaire sur son état physique. Plus que molesté, Brave avait probablement été torturé avec ardeur. Je devinais chez les soldats de la garde mobile un profond respect pour ce jeune guerrier dont l'impudence face à la douleur n'avait d'égale que sa hardiesse face à l'ennemi.

Nous fîmes quelques rares pauses, trop courtes pour les bêtes, trop longues pour les hommes. Dans ce tacite recueillement les heures passées m'étaient de précieux moments d'introspection et de mise en perspective. Je cherchais une logique à cette vague de haine qui nous avait tous emportés depuis cette nuit oubliée et sa pluie de coups. Je n'expliquais plus cette expédition. Les maux de

Chêne et nos souvenirs perdus ne pouvaient à eux seuls justifier de cette folle expédition. Le monde construit et serein dans lequel j'avais grandi en douceur miroitait en moi tel un mirage dont je n'aurais su jurer s'il avait été ou pas aussi merveilleux qu'il voulût se rappeler à ma mémoire. La détermination de Lantar à vouloir nous faire quitter la Citadelle Rouge cachait de plus sombres intrigues. L'attaque du scorpion ailé prouvait une redoutable détermination qu'avait occultée mon extraordinaire, surprenante et mystérieuse esquive. Les toges rouges des rues de Tournon avaient en moi gravé l'empreinte fétide d'une occulte conjuration. La barbarie des sbires de Dartmoon Père n'avait eu d'égale que la cruauté de leur seigneur et je m'interrogeais encore sur les motivations à tant d'hostilité. Dans ce maelström d'insolubles équations venait s'ajouter l'indicible ingrédient du peuple des Lointains, variable cabalistique dont je pressentais l'exponentielle croissance. Telle une thérapie ce questionnement oblitérait ma culpabilité. Les réponses agissaient en révélateurs alchimiques, colorant et décolorant les ingrédients, redistribuant la perception des éléments. J'étais malgré moi l'épicentre de cette lente tragédie et me blâmer n'y changerait rien. Plus que jamais notre chevauchée prenait à mes yeux son sens véritable. Au bout du chemin attendaient souvenirs et clefs de toutes ces énigmes.

Le temps du monde semblait s'être dilué dans le silence soumis de notre convoi pour y former un apaisant fluide chronique de pensées. Cela faisait assurément plus de deux journées que nous avions quitté les derniers instants de la bataille. Peut-être trois ou quatre même. Au nord, le soleil couchant irradiait de ses rayons feutrés une ligne d'horizon orangée, cousue de velours roussis. Annonciatrices des Grandes Plaines, les couleurs des terres de Domingo réveillèrent les âmes égarées. Ce fût Anaton qui, en premier, brisa ce noir silence endeuillé par un romantique et insoupçonnable trait de poésie : « Par toutes les Déesses, mes amis, quel fabuleux spectacle ! Admirez ces collines colorées. » Joignant le geste à la parole, il leva ses deux mains en arrondi dans les airs, effleurant les traits de l'horizon : « Regardez, c'est comme si les rayons du soleil caressaient les courbes d'une belle femme ! » Dhobi-rânlo en gloussa et poursuivit, plus pragmatique : « Nous sommes à la lisière du Désert Rouge. Dame Hatche, voyez au loin les méandres d'un petit cours d'eau.

— Nous y voilà, affirma Hatche avec assurance. Nous y trouverons la pierre qui me permettra de sauver Chêne.

— La pierre sans nom... » avais-je murmuré en reprenant l'expression employée par Fidol de Louvre lorsqu'il avait appris son existence sans pouvoir comprendre comment la reconnaître.

Épuisée notre petite cohorte s'engagea dans la nuit tombante en direction du val salvateur. La perspective d'une rivière gorgée d'eau réveilla en moi une soif interdite, percluse de frayeur. Je percevais mes lèvres sèches, craquelées et gonflées. Mon corps tout entier appelait l'eau, la fraîcheur et la vie. L'incommensurable fatigue qui régnait en moi trouva en cet espoir toutes les raisons de se relâcher et de s'exprimer enfin. Égoïstement, je pensais moins à la délivrance de Chêne qu'à ma renaissance physique et morale. Dans le bleu crépusculaire, nos lancinantes silhouettes de cavaliers martyrisaient ma frénésie. Je rêvais de galop et de vent frais, de cette eau dont je m'aspergerais le visage et le torse. Mais il était un fait que ni nos corps ni nos chevaux n'avaient en eux la plus petite once de vigueur. Nous n'étions qu'âmes fourbues tout juste aptes à profiter des dernières forces acharnées de nos courageuses montures.

Nous avançâmes quelques heures encore avant que ne montassent jusqu'à nous enfin les premières notes du chant de l'eau de source. L'écho approbateur des soupirs de soulagement de mes compagnons acheva d'exciter mon appétence pour l'achèvement de cet interminable première étape de notre périple. Au fur et à mesure de notre approche, les rires et les grognements de satisfaction de mes amis pétillaient autour de moi telle une éclosion printanière. Je ne pensais plus à rien d'autre qu'arriver.

Puis elle fut là, à quelques pas de nous, noyée dans la lueur lactescente de la lune indiscrète, belle et sauvage, la rivière de la pierre sans nom. Alors sous une pluie battante d'interjections, hommes et bêtes s'engouffrèrent dans son lit. Ruisselèrent sur tout mon corps des torrents de gouttelettes divines, jouissif kaléidoscope émotionnel dont je n'avais jusqu'à cet instant de ma vie, jamais imaginé qu'il eût pu un jour m'être procuré par de si simples éléments. Telles des étoiles tombées du ciel, des milliers de points brillants couvraient le corps gracieux de la très belle Ensorceleuse, drapant ses formes parfaites d'une élégante et éthérée robe du soir. Le géant Paluche soulevait dans les airs ses deux grandes mains remplies d'énormes lacs qu'il laissait ensuite s'effondrer sur son visage dans un fracas de tous les diables. Domingo sautait à grands pas, retrouvant gaieté, légèreté et vivacité. Dhobi-rânlo, inébranlable, mais souriant aux anges, aspergeait les chevaux à grande eau. Brave marchait encore clopin-clopant, boitillait tel un ancêtre, mais reprenait, de toute évidence, énergie et entrain avec promptitude.

À l'ombre du ballet de ce joyeux tumulte nocturne, Hatche avait immergé ses deux bras jusqu'aux épaules, tâtonnant le lit du petit cours d'eau. L'expression absorbée de son visage et la précision de ses gestes invisibles révélaient le sérieux de l'instant. Hatche œuvrait pour Chêne, cherchant au cœur du ruisseau l'énigmatique pierre dont elle avait la noble ambition de l'employer afin de maîtriser le sortilège à l'origine des maux de mon pauvre camarade. Dans ce décor de paradis de peu de choses, elle opérait en toute délicatesse, dessinant des évolutions de rondeur, maîtrisant avec adresse le précaire exercice de l'équilibre entre sol meuble et courant descendant. Gracieuse pantomime, elle m'envoûtait par l'innocente séduction et l'ingénue sensualité de son spectacle aquatique. Puis, un temps passé, ses bras se figèrent, son visage s'illumina sous les reflets d'albâtre de l'astre de nuit. Ses lèvres perlées de l'eau claire de la rivière souriaient d'un soulagement victorieux, célébrant dans une émotion silencieuse l'aboutissement de l'embrasement de ces derniers jours. Nos regards se croisèrent et, tout en laissant bras et mains sous la surface, Hatche me lança gaiement : « La voici, la pierre sans nom ! La pierre à enchanter qui réveillera Chêne ! »

Hatche était revenue sur les rives du ruisseau, conservant au creux de sa main la pierre précieuse dont je pouvais évaluer au jaugé qu'elle n'était pas plus grande qu'un grain de raisin. « Il te faut, m'annonça-t-elle, lui trouver un nom. » En un instant, s'étaient regroupés autour de moi Gardes Mobiles, Brave et Domingo. Je n'eus pas le temps de m'interroger sur les motivations de l'Ensorceleuse à m'avoir choisi moi pour prénommer la pierre. En toute logique, c'eût été à Chêne de baptiser ce galet ensorcelé. Après tout, il lui appartiendrait ensuite à lui seul de le revêtir sans relâche. Sur l'instant, je me laissais donc emporter par le jeu, et il me sembla juste d'honorer le principal acteur de notre quête, notre Guérisseur. C'est sans hésitation aucune que les mots me vinrent : « Baptisons-la Pierre de Fidol ! » m'enthousiasmai-je, rompant le suspens latent qui planait sur cet office. Hatche acquiesça d'un complice hochement de tête, marquant le début de son entreprise.

Elle tenait en main droite sa haute canne au pommeau de verre. Dans l'autre main, ses doigts se resserraient autour de la petite pierre. Dans un dialecte inconnu, elle prononça posément les mots anciens de son invocation. Hypnotiques ses paroles m'emportaient dans une spirale fascinatrice, m'arrachant du lieu, effaçant le temps. Son riche vocable enveloppé de chaleur tonale cadençait dans une rythmique rassurante rimes et prières. Sans y prendre garde, je relâchais corps et âme écoutant ce que je ne pouvais comprendre, me laissant pénétrer par la musicalité de l'invocation. Obnubilé par le cérémonial, je n'avais d'yeux que pour la main de Hatche tenant toujours serrée en elle la pierre mystérieuse. Le pommeau de verre de la haute canne s'était mis à irradier et semblait maintenant illuminer la scène comme soleil en plein jour. Étrangement, c'est la main contractée autour de la Pierre de Fidol qui captivait pourtant à elle seule toute mon attention. Le décor environnant semblait ne plus être, la présence de mes amis déjà se dissipait. Puis, entraîné par le flot de l'incantation, je compris les mots, décodant naturellement la langue de l'Ensorceleuse. Il était question de force et d'énergie. Elle séduisait le mal, l'incitant à quitter le corps et à rejoindre la pierre. Je réalisai que Chêne était encore dans le chariot, à bonne distante de nous tous. Il m'apparut alors étrange qu'il ne soit pas au centre de la scène. Il devenait en fait inquiétant que tout ceci se produisît sans la présence du principal intéressé. Je protestai, mais les mots ne sortaient pas de ma bouche. Je tentai un geste, mais mon corps ne m'appartenait plus. Je paniquai, mais je restai détendu. Avec quiétude, la main de Hatche s'ouvrit sous mes yeux, paume levée au ciel, délivrant à mon regard une petite pierre sombre et translucide dans laquelle se reflétaient avec une époustouflante précision les cieux étoilés. J'y plongeai de curiosité observant en son centre les détails infinis de quelque nébuleuse. La voix de Hatche interpellait mon esprit, attendant de moi quelque chose que je ne comprenais pas. Sans l'apercevoir ni même l'entendre, je sentis avec certitude Chêne marcher à nos côtés. La joie m'emporta, une exaltation grimpa en moi, une frénésie me propulsa. Puis je fus comme consommé par la Pierre de Fidol. Et ce fut le vide intégral. L'univers n'était plus, rien n'était plus.

Le vide. Encore le vide. Tout et rien. Le rien est tout ce que j'ai, le tout n'est rien. Je suis libre et prisonnier. Mais qui suis-je ? Et pourquoi ?

« Realvi ? Realvi, réveille-toi ! » Une voix. Une voix errante, tout comme moi. Un autre voyageur dans ce néant absolu. Une voix féminine et inconnue. Je devrais peut-être répondre. Mais j'ai l'éternité devant moi. Le temps n'est rien.

« Realvi ! » Un coup de tonnerre. Une voix en colère. « Realvi ! Reprends-toi ! » Je ne connais pas cette voix. Cette voix féminine, encore. « Realvi ! Mon enfant... » La voix est aimante. Elle m'appelle son enfant, mais ce n'est pas Mère. Ce ne peut être Mère. La curiosité m'interpelle. Elle insiste. « Ô mon bel enfant... Seras-tu assez fort ? »

Je rêvais. Indéniablement. L'irrationnel vivait autour de moi. Je glissais au cœur des espaces lointains, filant comme l'étoile, brillant comme un astre. Confusionnel, mon environnement se déformait dans une incontrôlable danse. Il me fallait lâcher prise et accepter. Je devais abandonner la peur et retrouver ma sérénité. Rassuré par cette perspective, enhardi par la familiarité de la voix, dans un effort décisif, je fermai les yeux, je me stabilisai, agitant les bras tel l'oiseau, flottant dans les airs. Lentement, contrôlant ma panique, j'ouvris à nouveau les yeux. Est-il possible de décrire ce que je vécus à cet instant ? Je n'étais nulle part et partout à la fois. Loin de mon monde, au-delà des étoiles, bercé dans le vide. Loin de la vie, mais au cœur de la vie. Proche du début et de la fin de tout. J'étais enrobé de matières éthérées, dans une sidérale immensité de nébuleuses aux palettes infinies. Et je la rencontrai, majestueuse et pure : la Déesse. « Realvi ?

— Oui, murmurai-je.

— Je suis ta mère, Realvi. Tu es mon fils. »

Sans palabre, elle me serra alors dans ses bras. Je n'en avais pas le contact physique, mais l'intangible indéfectibilité. J'étais tout entier envahi par la chaleur d'un amour à lui seul suffisant. Dans ce monde sans repère, au creux de cette incomparable pureté, je saisissais, comme jamais, le sens des choses. En ménestrels stellaires et célestes chorégraphes, nous flottions, elle et moi, dans une maternelle étreinte. Nous étions d'amniotiques divinités bercées par la fusion archangélique de leurs âmes. Bien qu'elle ne fût pas Mère, elle était celle qui m'enfanta, mère originelle. J'étais le fils de la déesse, le deus ex machina, porté sur la terre des hommes par la main des Déesses, élevé dans l'amour de Père et de Mère, mes aimants et tendres parents d'adoption. Je le compris au battement d'un instant térébrant. Mais dans le secret de cette ineffable contrée, gorgée par l'intensité passionnée de la miséricordieuse étreinte divine, la douleur s'estompa en particules équitables. « Ô mon bel enfant... »

Mère Déesse n'était plus. Sur fond de jais éternel, des champs de lumière opalescente flottaient autour de moi. Dans un silence absolu, l'univers parsemé de myriades de piquetis scintillants jaillissait en reflux croissant. Un incontrôlable reculement éloignait mon âme de l'épicentre. Bleus et oranges rapetissaient jusqu'à n'en être plus qu'une sculpturale nébuleuse dentelée. À son tour, la masse étoilée prenait des proportions divergentes, fuyant l'indomptable régression qui dans un inconfortable mouvement elliptique arrière m'emportait sur le chemin du retour. L'univers tout entier semblait à portée de mes mains. Soleils et planètes sifflaient dans leur rotation au passage de mon errance. Arrivèrent alors les contours lactés de la Pierre de Fidol que je franchis sans ambages. Puis tout cela ne fut soudain plus qu'une noix portée au creux d'une main généreuse. Un bras. Une Ensorceleuse. Deux Gardes. Deux amis. Une rivière. Un morceau de terre coincé entre les Grandes Plaines et le Désert Rouge. Je dévisageais Hatche. Ma perplexité semblait équitablement partagée par tous. Dhobi-rânlo m'inspectait, sourcil droit relevé, attendant visiblement un événement. Paluche n'en était pas moins dubitatif exprimant, par une moue désapprobatrice, ses doutes sur l'efficacité de l'enchantement. Domingo, par de petits mouvements de tête, sollicitait de moi une réaction. Brave, guerrier abimé à l'inaltérable vaillance, me porta une tape encourageante sur l'épaule.

Comme sortant d'une longue léthargie, j'eus quelque appréhension à actionner les muscles de ma nuque, redoutant d'entendre grincer toutes les vertèbres de mon corps. Je fouillais du regard toute la scène, essayant désespérément de trouver une explication logique à ce rêve éveillé. Puis une conviction s'installa en moi. Sans un mot, je me saisis subrepticement de la Pierre de Fidol posée au creux de la main de l'Ensorceleuse. Marquant une pause, j'échangeai un regard pétillant avec Brave et Domingo et dans un sourire victorieux, je m'écriai : « Allons sauver Chêne ! »

Je me précipitai vers le chariot. Une, deux, trois, quatre, cinq, six, sept, huit, neuf, dix, onze, douze enjambées. Jamais chemin ne me parut aussi interminable. J'atteignis enfin les parois boisées dont mes mains se saisirent impatiemment, mais précautionneusement. Puis je marquai une pause. Peur de savoir, bien que je n'eusse pas le sentiment d'un mauvais rêve. J'avais en moi les stigmates de tous ces chimériques instants. À l'arrêt, je passai une main sur mon visage, y cherchant la balafre du scorpion ailé. Je trouvai sur ma peau un long sillon creusé qui réveilla une douleur brûlante. À mes côtés, Anaton, Dhobi-rânlo, Hatche, Domingo et Brave.

Dans ce mouvement presque intime, je croisai les regards de mes compagnons de voyage. Je lus alors en eux, sans équivoque possible, que quelque chose en moi n'était plus. Dans leurs regards compassionnels, seconde après seconde, battement de cœur après battement de cœur, émoussant ma confortable réalité, j'acceptais l'anxiogène rencontre onirique. Lentement, désormais conforté dans l'idée d'être ce fils de Déesse, je serrai la Pierre de Fidol avec l'assurance d'en être le catalyseur. Les deux mains posées sur le rebord du chariot, je relevai les pieds pour observer mes amis endormis. Chêne reposait dans son sommeil léthargique, prisonnier mental d'un fourbe sortilège. Guérisseur empoisonné, Fidol agonisait sous les constrictions des sombres volutes toxiques insinuées dans ses tissus arté-

riels. Quelle quête eût pu valoir telles douleurs, tels sacrifices ? En corollaire mon cœur battait maladroitement,
ouvert par l'arme de l'ennemi, éviscéré d'un amour frater-
nel. Enragé j'étais. Mes mains serraient à présent les parois
rugueuses des planches fatiguées. J'étais un enfant différent,
indéniablement. Très différent. Le chariot de Chêne et Fidol devenait le corbillard de mon passé. Je pouvais et allais
bouleverser le cours de l'Histoire. Ensemble, nous allions
lever les armes et nous opposer à l'inéluctable victoire des
machiavéliques forces du mal.

Un mot, un seul mot résonnait dans mon esprit. Comme
un assourdissant djembé, ce mot vibrait au rythme d'une
obsessionnelle transe. Renaissance.

Deus ex machina,
Analecta
par Maître Le Tarnec

« Deus ex machina », également connu sous le nom de « Légende du Sauveur » ou « Prophétie du Sauveur », existe sous de nombreuses versions. Deus ex machina a été transmis oralement de générations en générations sous forme de contes ou de mises en scène théâtrale largement jouées dans tout l'Empire par les troupes de troubadours. Il existe ainsi de très nombreuses variations altérant de toute évidence le texte initial.

Toutefois deux écrits anciens, respectivement conservés dans les Citadelles Rocheuse et Impériale, témoignent à la fois de l'ancienneté du récit et de la nature essentielle du propos. Seuls les détails varient.

Dans un souci d'intelligibilité pour les lecteurs, mais en évitant toute nouvelle interprétation, l'auteur a jugé ici utile de ne rendre compte que de certains extraits issus des différentes sources orales et écrites collectées par ses soins, formant ainsi ces analecta du deus ex machina.

« Les Déesses, dans leur infinie miséricorde, forgeront l'enfant sauveur. Ce sera un fils. Les Déesses l'aimeront autant qu'elles le pleureront, car il sera né pour souffrir autant qu'il sauvera. »
(Légendes oubliées des Grandes Plaines)

« Construite par les Géants, une machine de bois et de pierre descendra l'enfant des étoiles jusqu'au berceau béni des Déesses. »
(Pastourelle traditionnelle du Comté Sylvestre)

« *Deus ex machina ses parents le baptiseront. Et les Géants de glace cet enfant protégeront.* » (*Ballade chantée des Terres Glacées*)

« *Toute son enfance il dormira, bercé par la chaleur de son foyer, nourri pas les chants divins. Toute son enfance il étudiera, bercé par l'ardeur de son sacerdoce. Toute son enfance il sera celui qui attend.* » (*Virelai ancien de la Côte Sauvage*)

« *Il donnera vie à la bravoure, le doute, l'honneur et la sagesse.* » (*Manuscrit runique de la Citadelle Rocheuse*)

« *Dans son âme le mal l'atteindra, dans sa chair il le marquera. Dévoué aux hommes, il commandera des armées, sacrifiera ses amis, se fourvoiera, tombera à genoux, se relèvera et luttera sans relâche, altruiste, généreux et inusable. Son destin sera si sombre que d'aucuns l'appelleront le mort-né.* » (*Sombres auspices de la Péninsule Noire*)

« *Ô temps, écoute donc ce fils que les Déesses nous ont envoyé.* » (*Psaumes de louange du Désert Rouge*)

« *Puma il rugira, Aigle il s'envolera et Ours il pourfendra. Renaissance sera son nom.* »
(*Parchemins impériaux de la Citadelle Impériale*)

XV

DEUS EX MACHINA

Sous le regard impatient de ma petite assemblée, je me hissai sur le chariot. Avec précaution, je m'insérai ensuite entre le malade et son guérisseur que l'ironie du chemin avait alités en réunion. Avec la discrétion d'un souffleur de paroles devant un acteur de théâtre, Hatche s'adressa à moi : « Il te faut la Pierre de Fidol sur le buste de Chêne avec délicatesse déposer. » Mes amis s'étaient agglutinés et attendaient de moi le dénouement, la délivrance de Chêne et leur propre délivrance. Je les rassurai entre sourire et confiance : « Ça va marcher, Hatche. Je le sais. »

D'après l'Ensorceleuse le sortilège fixé par ses soins dans la Pierre de Fidol allait se nourrir, au contact de Chêne, de l'incantation vivace d'amnésie sélective inscrite en lui. Tant que l'amulette serait au contact de notre ami, la suppression de l'incantation serait partielle, mais potentiellement suffisante pour lui permettre de retrouver ses esprits et ses capacités normales. Par contre, une fois l'enchantement activé, toute rupture du flux, par la perte par exemple de l'amulette, enracinerait aussitôt le mal en Chêne, donnant à l'incantation une puissance de retour telle que Chêne pourrait en quelques minutes perdre totalement et irréparablement sa mémoire.

S'il n'avait porté sur lui les stigmates de la pénibilité de nos conditions de voyage, Chêne eût pu ne sembler que paisiblement endormi. Son involontaire, mais ataraxique philosophie contrastait avec les affres du dernier combat gravées sur Fidol. Le visage livide du guérisseur portait en effet, dans le sillon de ses rides, l'empreinte de la mort, le sordide optimisme du sentencié.

Le changement opéré en moi lors de ce céleste voyage, m'offrait, si ce n'est une véritable assurance, tout au moins une confiance quant aux actions à mener et aux décisions à prendre. Je savais l'inévitable issue favorable de la Pierre de Fidol sur Chêne comme je savais la saveur sucrée des fraises d'été. Serein, j'approchai l'amulette enchantée du buste de Chêne. À peine la lui avais-je appliquée que déjà elle semblât agir. Telle une réplique à ce premier contact minéral le visage de Chêne s'attisa de furtives mimiques. On eut dit que notre ami rêvât, contractant spasmes fugaces et autres insaisissables crispations. Mais ce qui me semblait n'était pas. Chêne ne rêvait pas, il reprenait peu à peu pied dans notre monde. Il se délivrait peu à peu de la perfide incantation en lui enracinée. Dans une ravissante contagion, ses mains s'agitèrent à leur tour. Ses bras se trémoussèrent, ses jambes se tortillèrent. Chêne revenait à lui. Chêne nous revenait. Et il ouvrit les yeux à l'unisson. Un sourire de victoire illumina mon visage. « Ça y est ? demanda Brave.

— Sans aucun doute, confirmai-je.

— Chêne, tu vas bien ? l'interrogea Domingo. »

Comme s'il maintint à dessein cet insoutenable suspense, Chêne émergeait avec précaution. Ses premières paroles furent prononcées avec la restriction que s'impose le famélique : « Je vais bien. » Sa voix était pâteuse, sa gorge serrée. Il poursuivit avec la même économie de débit : « Je me sens libéré et soulagé d'un poids.

— L'incantation est prisonnière de cette pierre, précisa

Domingo. C'est un enchantement.

— Il faut lui apporter un peu d'eau, requit alors l'Ensorceleuse. »

Chêne tourna la tête pour découvrir son environnement. Son regard croisa celui de Hatche qu'il dévisagea sans plus de curiosité. Puis mû par le désir de confort, Chêne se redressa, cherchant rassérénement corporel à l'éreintement subi durant sa léthargie. Alors, à tâtons sur les planches du chariot, il découvrit Fidol près de lui mourant.

J'étais le Sauveur. Par ce geste symbolique, par la rencontre avec mère Déesse, j'étais le Sauveur. Mon histoire telle que je l'avais vécue jusqu'à ce jour se dessinait autrement et de ma mémoire surgissaient deux passés. Deux passés bien réels, deux passés inscrits dans deux mondes parallèles, deux passés vécus dans deux dimensions sibyllines, mais gémellaires. Deux passés issus du même œuf, deux passés synchronisés au diapason des événements de mon existence. Comme les deux affluents d'un fleuve, ils se rejoignaient en ce jour pour ne plus former qu'un seul et unique cours de mon existence. Je savais toute l'authenticité et ma pleine légitimité de Sauveur. Aussi désagréable cela soit-il pour la logique humaine, je savais cela aussi naturellement que l'on sait des choses simples et élémentaires. Deus ex machina, j'étais l'enfant fécondé par les Déesses et envoyé sur Terre. Nouveau-né, déposé dans un berceau de paille tressée par les Déesses, j'avais été découvert puis élevé par Père et Mère. Durant toutes ces années nul n'aurait pu avoir été autant couvé, aimé et choyé. J'étais celui que la légende attendait depuis si longtemps. J'étais ce Sauveur. Je le savais, sans l'ombre d'un doute. Et pourtant je ne savais rien, je ne savais rien de l'avenir, je ne savais rien des erreurs que j'allais commettre et des tragédies que j'allais écrire au fil de mes mauvais pas. En ces secondes de renaissance, l'Histoire se mettait en marche. « Renaissance, Renaissance... » me répétai-je à voix basse, mais intelligible.

Chêne reprenait peu à peu confiance en son corps et effectuait ses premiers pas, épaulé par Domingo et Brave qui chahutaient dans une joie et une bonne humeur toute naturelle. J'éprouvais un réel et grand soulagement au regard de cette scène. Mes amis riaient et baignaient dans la bonne humeur. Fidol luttait encore entre la vie et la mort. Quant à moi, j'étais le deus ex machina et je n'avais pas la moindre idée de ce que cela impliquait.

À quelques pieds de ces retrouvailles, Dhobi-rânlo, Anaton et Hatche scrutaient notre petite équipée. Je croisai le regard de Paluche en y décelant une gêne certaine, comme s'il eut été cet enfant gourmand pris en flagrant délit de larcin en cuisine. Désormais suspicieux, je fouillai Hatche du regard qui, fuyant, continua à observer Chêne boitiller. Elle ria même d'un rire absolument forcé. Dhobi-rânlo paracheva cette farce burlesque en m'ignorant avec un radicalisme qui eut été choquant s'il n'y avait en son attitude plus de gaucherie que de véhémence. La démarche assurée, soulignée par un déhanchement presque provocateur, je m'approchai de mes intrépides compagnons comédiens. Plus que jamais, ils m'ignoraient, poursuivant leur effort de concentration sur la scène des trois enfants soudés dans la marche. J'en souriais tant la drôlerie m'était évidente. Alors à leur hauteur, je m'installai bras croisés, dans leur alignement, désormais quatrième spectateur. Et je pris la parole, la voix légèrement tintée de raillerie : « Ils sont mignons, n'est-ce pas ?

— Absolument, posa Paluche.

— C'est une belle et rare scène, toussa le Capitaine.

— Heureuse que mon enchantement ait à ce point fonctionné. L'incantation est désormais captive de la Pierre de Fidol. »

Durant cet échange, pas un seul ne m'avait décoché un regard. Au contraire, tous étaient encore passionnément absorbés par Chêne, Brave et Domingo. Provocateur, j'insistai : « J'ai fait une étrange rencontre, tout à l'heure.

— Absolument, posa Paluche. »

J'en levai les yeux au ciel, dépité par tant de pathétisme. Alors que je m'apprêtais à me dévoiler plus encore, Dhobirânlo prit la parole : « Penses-tu être le Sauveur ? »

Tout autant que le retour à la vie de Chêne, ce fut comme un immense soulagement d'entendre ces mots de la bouche de mon guide. Tous trois me dévisageaient désormais, et, sans y réfléchir plus que ça, je répondis : « Oui, je le sens, je le sais, je suis ce Sauveur. Bien que cela ne veuille rien dire pour le moment, tentai-je de rassurer modestement. Mais, j'ai rencontré la Déesse dans la Pierre de Fidol. Je suis le deus ex machina.

— Absolument, posa Paluche pour la troisième fois. » Le valeureux guerrier sembla plus troublé par ma présence qu'il ne l'eût jamais été de tous ses combats. Alors, dans un geste coordonné, les deux gardes mobiles posèrent un genou au sol, arme à la main, pointe de l'épée en terre, pommes au pommeau, yeux sur le sol. Puis, sur un ton hautement solennel, le Capitaine prononça ces mots : « Fils des Déesses, nous sommes tes serviteurs. » Ma vie d'enfant venait de s'éteindre. Cette soudaine solennité m'était aussi âpre qu'elle était sincère. Dans mon dos, je crus entendre les doux sarcasmes et les rires tonitruants de mes trois camarades qui, de loin, n'avaient pas suivi les échanges. J'étais donc fils des Déesses, moi qui ne rêvais que du temps ancien, de mes champs de blé et de mon regretté Puck. Tout bien considéré, rien ne permettait d'être particulièrement enjoué. L'on m'attribuait désormais une déité filiation et, je l'avais bien deviné, le futur accomplissement de la mission qui incombe à tout sang bleu. Ce plein dévouement attendait quelque chose en retour qui me laissait un brin dubitatif : « Pas de ça mes amis. » laissai-je finalement tomber avant de retrouver le silence. Puis je lâchai un soupir qui se transforma en sourire : « Pas de ça mes amis. Cette allégeance est tout à votre honneur, mais restons ce que nous étions. » Dhobi-rânlo releva la tête et posa sur moi un plein regard d'interrogation, d'incompréhension et probablement de reproche.

Puis, après un échange sans mot, il accepta que je fusse sans prétention. Presque confus, il en devint compassion et respect. Le Capitaine me retourna un sourire enchanteur. D'avoir grandi dans l'ombre de Lantar et sous le soleil de sa philosophie n'avait fait de moi qu'un humble maillon de la vie, qu'un modeste porteur de connaissance, qu'une infime poussière de temps. Et rien ne m'avait préparé à être prince ou fils de Déesse. Au fil des années, mon égo s'était émoussé dans l'apprentissage de l'Histoire de l'Empire, dans la fine tradition de l'écriture, dans la rigueur de l'exercice physique. J'étais un enfant de l'Alumnat et même si ce temps passé échoyait brutalement, je ne voulais être rien d'autre que personne. Devant ce parterre de pénitents médusés, je passai ma main sur mon visage et y creusai du doigt ma longue balafre. J'étais Le Balafré, Le Sauveur, mais surtout Realvi de la chambrée Columbus. Mes frères de route auraient vraisemblablement espéré de moi une divine intervention ou de célestes paroles. Mais je n'avais rien à dire. Pis, j'avais peut-être encore plus de questions à leur poser qu'ils n'en avaient pour moi. Et pis que tout, je ne savais toujours pas ce qu'il s'était passé cette nuit à l'Alumnat. Fils de Déesse ou pas, ma mémoire me faisait toujours défaut.

Brave, Domingo et Chêne avaient rejoint notre attroupement, attentifs et tout ouïs. J'effectuai un retour à la réalité, repoussant ma perturbatrice introspection et, m'adressant à eux tous, procédai à une mise au point : « Mes amis, croyez en ma plus grande sincérité. Je suis le Sauveur, certes. Mais je ne sais rien des Déesses. Je n'ai aucun pouvoir divin et aucun message à transmettre. » L'accent circonflexe dessiné sur le sourcil droit du soldat trahissait la médiocrité de ce discours improvisé. Je me raclai à nouveau la gorge, prétexte sournois à une recherche d'inspiration moins pulmonaire que verbale. « Capitaine, je sais que je dois ma vie sur ces terres à votre dévouement. » Dhobi-rânlo se détendait. Même le visage rectangulaire de Paluche s'était fendu d'un demi-sourire. « Une telle aventure n'aurait pu se satisfaire de médiocrité. Et vous avez fait preuve de qualités exceptionnelles. Les Déesses n'ont certainement pas manqué d'apprécier à leur juste valeur votre motivation. Ou pas. À dire vrai, je n'en sais rien. » Un flottement neutre accueillit mes propos. Cou cassé, tête penchée sur le côté, je dévisageais mes amis tentant de décoder le message qu'ils attendaient de moi. « Es-tu le Sauveur ? me demanda Brave le plus simplement du monde.

— Oui, Brave...

— Ça alors ! s'exclama Domingo. Mais depuis combien de temps le sais-tu ?

— Depuis l'enchantement de la pierre, me lançai-je. J'ai... J'ai voyagé en quelque sorte au-delà des nuages, au-delà des Déesses. J'y ai rencontré ma mère. Une Déesse. Et depuis, je le sais. Tout simplement.

— Penses-tu disposer d'un pouvoir divin ? demanda Chêne, toujours pertinent.

— Pas vraiment, répondis-je embarrassé. Enfin, si...

— C'est à dire ? interrogea Brave.

— J'ai à plusieurs reprises vu le temps s'arrêter autour de moi. » À part Paluche et Hatche, qui avaient tous deux bénéficié de mon aide lors du combat à la Palmeraie, mon assemblée, hypnotisée, n'en restait pas moins dubitative. Je repris : « Sans que je sache comment, le temps se fige ou ralentit lorsqu'un grand danger me menace ou menace l'un d'entre vous. Par exemple, le scorpion ailé.

— C'est à dire ? demanda Domingo en porte-parole improvisé.

— C'est à dire, poursuivis-je, que toute la scène du scorpion s'est déroulée sous mes yeux dans une grande lenteur. En tout cas, suffisamment lentement pour me permettre d'éviter que le pire m'arrivât. Mais ce n'est pas tout. Durant notre dernier combat, j'ai pu faire bénéficier Anaton de ce temps suspendu.

— Comment était-ce ? s'enquit avec allant Domingo.

— Rapide, répondit Paluche. Sur l'instant ce fut étrange, mais sans plus. Je n'aurais pas juré qu'il eût s'agit de Magie. Mais j'ai effectivement pu anticiper le traitre coup de Dartmoon Père peu avant qu'il n'atteignît mes entrailles. Le tranchant de mon arme tomba alors d'un ardent réflexe.

— J'ai toujours souligné, embraya Chêne, l'extrême qualité de la chambrée Columbus. Rien n'est lié au hasard. Il fallait bien des êtres aussi exceptionnels que nous pour servir un être divin. »

Cette conclusion posa le point final de ce pénible, mais

légitime interrogatoire. Il n'y avait pas d'ironie dans ses propos. Chêne était joyeux et ses mots étaient tombés sans arrière-pensées. Je découvrais ainsi, et malgré moi, le terrible pouvoir d'obédience octroyé par mes origines. D'être le Sauveur me conférait une aura fédératrice cousue d'allégeance et autres filandres fanatiques. La vie m'apprendrait un peu plus tard, mais tout aussi brutalement, que cette charge divine catalysait, en parfaite symétrie, son contingent répulsif brodé de haine et de convoitise. Pour l'heure, je craignais plus que tout de perdre la spontanéité de mes compagnons de route. Mais j'avais beau chercher mes mots, je ne trouvais aucun moyen d'exprimer convenablement que je souhaitais d'eux qu'ils me reviennent comme ils avaient été jusqu'à lors, simples alter ego, mentors ou protecteurs. Car les Gardes Mobiles étaient des soldats. D'excellents soldats. Forgés à l'autorité hiérarchique c'eut été leur manquer de respect que de mander qu'ils me prissent pour leur égal. Je me devais d'être leur phare et leur autorité, sans que je susse alors encore bien déterminer la position qu'ils accepteraient de me voir occuper sur leur échelle de commandement. Quant à Hatche, son expression plus douce et moins exagérée permettait d'imaginer que j'y trouverai encore quelques onces d'objectivité dans nos échanges. C'est alors à son attention que j'adressai ma première question : « Hatche. » J'imprimai une pause, hésitant. « Hatche, parle-moi de la Pierre de Fidol. Comment as-tu su ? Quels en sont les vertus et les dangers ? » Depuis l'ombre tamisée de sa capuche dorée, elle m'offrit un paisible sourire et, suspendu à son regard de jade, j'y lus une complicité nouvelle. Cette sincérité inonda mon esprit d'un bonheur salvateur. Mes yeux caressèrent les boucles noires de ses cheveux étendus en cascades sur les cotes irriguées de sa tunique blanche brodée de fils or. Je ressentais alors très nettement l'envie de la serrer dans mes bras, de toucher de mes mains sa peau cuivrée de soleil. Mais j'étais encore bien jeune et le feu de mon amour devrait encore attendre. Je frémis soudain à l'idée que mon auditoire tout entier surprît ce regard charnel. Hatche elle-même semblait attendre ma pleine concentration avant de prendre la parole. « L'amulette contenant la Pierre de Fidol, prononça-t-elle enfin, contient une incantation vivace d'équilibre. Cette incantation draine sans relâche l'incantation lancée précédemment par votre agresseur. » J'enchaînai avec d'autres questions, en insistant sur le tutoiement : « Que sais-tu du sortilège précédent ?

— Peu de choses, Sauveur. » J'étais abasourdi et je ne sus dissimuler mon étonnement. Abasourdi par ce vouvoiement, ce respect suranné, cette sainte révérence appliquée par le mot Sauveur. Ce ton m'agaçait particulièrement. Tout d'abord, car ce n'était pas dans la logique des choses de voir un ainé vouvoyer un cadet et puis parce que ce protocole creusait malgré moi une plus grande distance entre la belle Ensorceleuse et son Sauveur. Mais j'avais une trop grande soif de réponses et je poursuivai : « Mais en quoi la Pierre de Fidol a-t-elle aidé à me révéler ?

— Je n'en sais vraiment pas plus, Sauveur. C'est peut-être cette quête tout simplement qui est à l'origine de votre Renaissance. C'est votre chemin qui vous a amené à moi et cette amulette.

— Était-ce censé se passer ainsi ?

— Les choses se passent comme elles se passent, Sauveur. Nulle logique ne peut prédire l'entropie générée par les événements du temps. »

Dubitatif, je me tournai vers les gardes et leur posai une question à tous deux : « Depuis quand saviez-vous ? Qui vous a dit que j'étais le Sauveur ? » Paluche se tourna vers son Capitaine. Le grand visage de l'homme marqué par les guerres et les combats semblait chercher un appui auprès de son frère d'armes. Ses deux petits yeux ronds interrogeaient sa hiérarchie. Dhobi-rânlo s'exécuta : « Lorsque Lantar nous a confié votre protection, il plaça tant de précautions dans chacun de ses mots de mission et tant d'espoir en cette expédition que nous avons pensé que vous étiez exceptionnel. Peut-être un fils de l'Empereur, un prince ou éventuellement Le Sauveur. Et puis au fil des jours, d'attaques en embuscades nous avons réalisé que nous n'étions pas les seuls à croire en vous et que certains, déjà, cherchaient votre perte. En vous voyant si habile au combat, j'y ai vu bien autre chose que la marque de Lantar, aussi souverain soit-il dans l'art du Kun-Maga. Et puis, il y a la légende, écrite noir sur blanc, dit-on, sur un parchemin de la Citadelle Impériale : "Puma il rugira, Aigle il s'envolera et Ours il pourfendra. Renaissance sera son nom." Puma vous fûtes en bondissant hors du chariot durant le combat à Tournon. Aigle vous vous envolâtes en perçant d'une pointe de flèche les orbites de Dartmoon Père. Puis ours vous devîntes en le pourfendant de votre glaive. Alors je sus que le Sauveur vous étiez. Même ce bon Fidol de Louvre en fut perturbé et m'en fit la confidence en ses dernières paroles. » Je dévisageais le Capitaine, écoutant chaque mot avec recueillement comme s'il eut s'agit du récit d'un autre que moi. Son visage, tapissé d'une barbe naissante drue et noire, était celui d'un homme dur et froid. Porté par la solennité de ses propos, il était honneur, dévouement, force, sagesse et intelligence de cœur. Il reprit sur le même rythme, avec calme et assurance : « Puis enfin, sous l'effet du sortilège de l'Ensorceleuse, vous renouâtes avec vos origines. Et dans le silence de cette angoissante épreuve, Renaissance vous vous baptisâtes. Alors je sus que le deus ex machina devant nous s'était présenté. » Il n'était pas nécessaire d'en ajouter plus. Toute cette effervescence autour de ma personne m'embarrassait d'autant plus que la notion de sauveur au sens strict du terme induisait que je fusse prochainement redevable de quelque chose. Non pas que cela ait pu me déplaire, mais plutôt que rien ne permettait de comprendre ce en quoi je pourrais leur être utile. Les Gardes Mobiles veillaient à ma protection. Ils étaient de puissants guerriers et se suffisaient à eux-mêmes. Hatche, l'Ensorceleuse, avait plus d'une fois révélé ses talents et je devais mon retour à la raison à son sortilège. De fait, je ne voyais guère en quoi, pauvre petit prince tombé du ciel, j'aurais pu leur être utile. « Mais soit, m'infligeais-je sarcastiquement en moi-même, les Déesses veillent sur toi petit prince et de puissants pouvoirs elles t'offriront. »

Hatche brisa ce court silence : « Pour ma part, je n'ai pas su tout de suite. En fait, ce n'est pas tout à fait vrai. De voir quatre estudiantins de l'Alumnat perdu dans les oasis des Eaux de Tournon avait bien entendu éveillé ma curiosité. » Cette fois, c'était d'être désigné par le mot enfant qui m'agaça au plus haut point. Mais je ne relevai pas, car elle avait mille fois raison, et l'écoutai poursuivre. « L'un d'entre eux était souffrant, alité et délirant. Mais accompagné d'un puissant Guérisseur de la Citadelle Rouge, de deux Gardes Mobiles expérimentés et de trois de ses camarades de chambrée. La scène était suffisamment exceptionnelle pour qu'elle attire toute mon attention. C'est plus tard que je fis le lien entre Realvi et la légende. » Dans ses mots, le vent de mon prénom me redonna l'humanité dont j'avais déjà grande nostalgie. « Realvi était entouré de différentes personnalités, toutes très marquées. "Il donnera vie à la bravoure, le doute, l'honneur et la sagesse." dit la légende. Ces quatre garçons, Brave, Realvi, Domingo et Chêne ne sont-ils pas la quintessence même de ces quatre valeurs ? Brave est un guerrier en herbe, un homme de combat et d'honneur. Il incarne la bravoure déjà dans son nom toute gravée. Realvi symbolise le doute, le questionnement, la culpabilité, le romantisme, la passion au service de l'intégrité. Domingo représente l'honneur, cette fière expression des hommes des grandes plaines. Il évoque droiture et dévouement. Il matérialise ce chevalier aux dignes ambitions, celui qui, dans l'ombre ou la lumière, se place au service de desseins supérieurs. Chêne, je l'ai lu au travers de vos mots à tous. Il personnifie la sagesse naissante, le philosophe des contrées sylvestres. Il est celui qui s'unit à la vie du groupe. Il est la symbiose qui génère le mouvement, la source d'énergie de la chambrée Columbus. Puis il y eut cette bataille à Tournon. Il devenait évident, pour nous tous, que l'esprit de légende accompagnait chaque pas de ce jeune garçon, Realvi. Sa vivacité, sa célérité et son agilité n'avaient rien de naturel. "Ô temps, écoute donc ce fils que les Déesses nous ont envoyé." chantent les psaumes de louange du Désert Rouge. En plein tourment, en contrôlant le temps, Realvi m'a sauvée d'une mort certaine. » De longues larmes drainaient les joues de la belle Ensorceleuse. Ému, j'eus envie de m'approcher afin d'assécher ces rivières salées, mais je m'en gardai. Puis elle poursuivit : « C'était d'autant plus surprenant et difficile à croire que j'avais autrefois grandi dans l'idée que Dartmoon Fils était le Sauveur. » Cette fois je sursautai devant ce rebondissement. Les deux soldats passèrent de l'émotion à une certaine tension. Hatche reprit : « Dartmoon Père, par vanité, pensait voir en son fils de sang le deus ex machina. Cependant, d'après la légende, le Sauveur devait faire preuve d'une grande maturité dès son plus jeune âge. Le temps n'apporta malheureusement pas d'éléments réellement probants. Dartmoon Fils était en effet plutôt lent d'esprit et passablement nigaud d'après ce qu'il se racontait. Car, voyez-vous, ces choses se savaient à Tournon. Lui reprochant de n'être pas né des Déesses, la propre mère de Dartmoon rejeta son fils alors qu'il n'avait pas trois ans. Malgré tout, son père fit fonctionner son réseau d'influence et parvint à ses fins en faisant inscrire son fils à l'Alumnat de la Citadelle Rouge avec pour objectif de lui offrir une carrière impériale. Mais à Tournon, le fils Dartmoon resterait pour tous et pour toujours un piètre épisode dans l'histoire de la famille. » Hatche parlait avec conviction, passion et ardeur. Ce sujet semblait l'avoir passionnée et je sentais brûler en son for intérieur cette jeunesse pure et vive qui l'appelait à trouver les clés de toutes les énigmes de la vie. L'importance de cette histoire nous avait visiblement échappé à tous depuis le début de l'aventure. Dartmoon Fils avait été éduqué à être le Sauveur et je voyais en lui le coupable idéal de toutes ces mésaventures : « J'étais apparemment le gamin de quatorze ans qui allait lui ravir le titre tant convoité, l'honneur et la reconnaissance tant attendue.

— Probablement, répondit Hatche.

— En tout cas, ajouta le Capitane, tout se tient. » Et Paluche d'acquiescer par un grondement animal. J'ajoutai : « Il était le mieux placé à l'Alumnat pour obtenir cette information. Et le voyage lui offrait les conditions de vulnérabilités idéales pour se débarrasser de moi. Nous avons été suivis, traqués et mis à l'épreuve aussi souvent que les circonstances l'auront permis.

— C'est peut-être un peu trop simple, rectifia Domingo prenant part au débat. Dartmoon prend son rôle à cœur, certes, mais il tente de sauver l'empire à sa façon, en luttant contre les lointains. L'aide des Déesses ne se refuserait pas.

— Sauf s'il se prend réellement pour le Sauveur, corrigea Chêne.

— Dartmoon pourrait-il être le Sauveur ? demandai-je à la surprise générale. » Ma question fit rire l'Ensorceleuse qui avait là une réponse toute trouvée : « Certainement pas. Une ensorceleuse saurait reconnaître le Sauveur ou en tout cas affirmer avec certitude celui qui ne l'est pas. Et pour avoir croisé les Dartmoon toute ma vie, je peux vous garantir l'absence de tout signe divin.

— Voilà qui éclaircit les choses. » conclut avec satisfaction Brave. « Détail ou pas, ajouta-t-il, Realvi et moi, lors de notre escapade nocturne à Tournon, avons croisé une procession déambulant dans les rues de la cité. Et cette confrérie était habillée de toges rouges. Or c'est également un homme vêtu d'une toge rouge qui lança sur Realvi le scorpion ailé à Morlam. Que l'émissaire qui se cache derrière ce forfait soit à la solde de feu Dartmoon Père n'aurait rien de renversant. Cela me semble même être l'explication la plus cohérente.

— Et la plus simple de surcroît, confirma Domingo.

— Par toutes les Déesses ! s'exclama Dhobi-rânlo. Si les Dartmoon sont derrière tout cela, en filant ensuite droit au Nord dans le domaine des eaux de Tournon nous nous sommes jetés dans la gueule du loup. Et ceci sans rien voir venir.

— Mais vous ne m'auriez jamais rencontrée ! » ajouta Hatche éclairée de son beau sourire charmeur. Puis de poursuivre : « Que souhaitez-vous que nous fassions, Sauveur ?

— Je souhaiterais avant toutes choses que vous retrouviez votre langue d'autrefois. Tutoyez-moi et cessez de m'appeler Sauveur. Je suis Realvi ! » Ayant le sentiment d'avoir été si ce n'est agressif, tout au moins légèrement bourru, je repris sans marquer de pause : « Plus concrètement, ma mémoire et celle de Chêne sont restées altérées. Fidol et mourant. Il nous faut reprendre notre quête et avancer selon les instructions de ce bon vieux Guérisseur. Je suis persuadé que la clé de toutes ces énigmes est au bout de cette route. Allons jusqu'aux Montagnes trouver ce Sïpä des Sommets. Et tentons, par tous les moyens, de trouver remède au poison qui emporte Fidol ! » J'éprouvais une certaine gêne à proférer des ordres et décider de la marche à suivre. D'autant plus que je me donnais l'impression de faire un bien piètre fils des Déesses. Il me sembla que ma nature gagnât bien peu dans sa transition vers le divin. Aussi, craignant que quelqu'un ne m'en fît la déplaisante remarque, j'anticipai : « D'être celui que la Légende nomme depuis des siècles "le Sauveur" n'est pas réellement confortable. Mes amis, sachez que je ressens autant de certitude que de doutes.

— Le manuscrit runique de la Citadelle Rocheuse ! » s'exclama Hatche, aussi irrécupérable qu'irrécusable et enthousiaste. « "Il donnera vie à la bravoure, le doute, l'honneur et la sagesse." Brave, Realvi, Domingo et Chêne ! Sauveur, vous êtes le doute incarné ! » Finalement assez déçu de ne pas avoir hérité de plus augustes capacités, je soupirai en souriant mollement.

XVI

LES GRANDES PLAINES

Nous avançâmes quatre jours sans rencontrer âme qui vive. Nous n'avions eu d'autre choix que celui de remonter plus au nord afin de retrouver la Piste des Aurochs. De là, nous prévîmes de la descendre vers l'est jusqu'à atteindre la Citadelle du Levant afin de rejoindre la garnison de la Garde Impériale. Nous planifiâmes d'y trouver le repos nécessaire pour la suite du voyage ainsi que les guides, les armes, les vivres, le matériel et les bêtes de somme indispensables à la troisième et dernière partie, imaginions-nous alors, de notre odyssée qui nous conduirait à la Citadelle Rocheuse par la Piste des Cimes. Le programme ne manquait pas d'ambition.

Mais à ce stade, nous étions tous particulièrement heureux de n'avoir pas encore rejoint la Piste des Aurochs. Cette incursion dans les grandes plaines délassait nos corps et relaxait nos âmes. La folle course contre la montre n'était plus. L'attente anxiogène de la délivrance de Chêne avait fait place à une randonnée entre amis. Si Fidol avait remplacé Chêne dans le chariot, Chêne était définitivement sorti d'affaire, la peur au ventre s'était envolée avec lui et mon esprit se remettait peu à peu de ces tourments passés. Chêne portait autour de son cou une amulette sans prétention. Un assemblage de fortune de brins de chanvre et de tissus végétaux formait la cordelette du pendentif.

Ainsi étayée la Pierre de Fidol dansait sur le torse de son porteur, et balançait de droite à gauche puis de gauche à droite au rythme lancinant de l'attelage paresseux. Brave était aux rênes et conduisait la carriole qui transportait à l'arrière notre Fidol au milieu d'un parterre de sacs et d'armes des gardes mobiles qui soulageaient ainsi leur propre monture d'un poids considérable. Brave récupérait promptement de ses blessures mortelles. N'eut-ce s'agit de

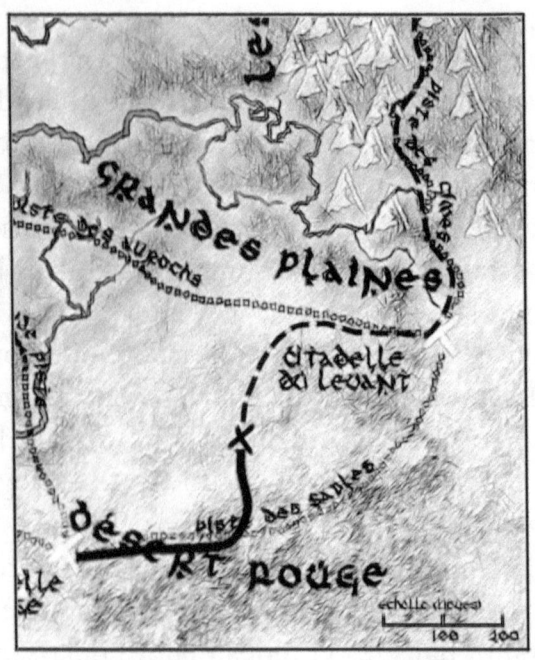

ce robuste camarade que nous y aurions soupçonné la marque d'une quelconque magie noire. Mais Brave était un homme des pays glacés, un éternel survivant qui nous surprendrait encore. À ses côtés, Chêne paraissait plus chétif que jamais. Ses yeux noisette, cernés de poches violacées, brillaient d'une vie insolente au regard de la souffrance sur lui tout imprimée. Comme le soleil du printemps, la vie reprenait ses droits et les deux compères babillaient et papotaient au grand dam des gardes mobiles qui, malgré la douceur de cette quiétude bien méritée, semblaient tout de même vouloir activer la marche.

En triade de connivence, Domingo, Hatche et moi-même montions cavalier seul. Domingo exaltait à l'approche de ses terres. Jusqu'à lors intarissable sur le sujet, il nous démontrait avec brio son inépuisable culture à propos des Grandes Plaines et de la Citadelle du Levant. L'on apprit, qu'on le voulût ou pas, les coulisses de l'élevage de bovins, de la tauromachie, de la viniculture, de la cuisine relevée et des danses sensuelles. Domingo nous promit non moins de frissons à l'écoute des guitares de son pays, des instruments de musique à six cordes dont il nous mimait à deux mains l'emploi subtil et délicat. Domingo parlait aussi très bien des jolies filles de sa contrée. Cela sans aucun complexe malgré la présence de Hatche. Tout comme il jouait de la guitare de ses deux mains, Domingo dessinait dans les airs les courbes aérées, et certainement exagérées, des nymphes courant les plaines.

Le Sauveur ne faisait plus l'objet du centre des conversations. J'étais bien, tout simplement bien. Je savourais ce nouveau moi, ces paysages magnifiques et parcourais avec nonchalance les herbes hautes de la brousse accueillante. Mieux encore, j'avais obtenu de Hatche à la fois qu'elle s'adressât à moi en me tutoyant, mais également qu'elle cessât d'employer le pompeux et hyperbolique matronyme « Sauveur » à chaque fin de phrase. J'étais redevenu Realvi et seuls les deux gardes résistaient encore.

Tout autour de nous s'étalaient les étendues infinies de la savane roussie par ses couleurs automnales. Quelques rares arbres venaient de-ci, de-là, briser cette platitude géométrie. Mais aux lois mathématiques venaient s'opposer les canons de l'esthétique. Car, au-delà de cette banalité dimensionnelle, la nature giflait les visiteurs par son extraordinaire palette de couleurs. Les graminées balayées de reflets bruns et teintés de beiges noix, café et acajou s'étendaient jusqu'à l'horizon. Rouges carmin ou coquelicot cohabitaient dans cet océan terrestre avec quelques jaunes de blé miraculés produisant déferlantes orangées et ondées cuivrées. Au crépuscule, les rayons du soleil chauffaient l'œuvre des Déesses donnant au lieu une myriade de pigments ocre, bistre et mordoré. L'époustouflante beauté des aquarelles suspendait gracieusement notre progression en nous imposant de longues interruptions contemplatrices. La nature, au croisement des saisons hautes, nous délivrait sa plus vibrante intensité. Dans cet épilogue, poussés par les vents, les derniers effluves d'acacias et d'héliotropes croisaient les parfums anisés des badianes du Levant et autres essences citronnées et corsées des rhizomes de gingembre des Géants. Ce cataplasme des sens contenait à sa manière la douleur des événements passés. Ces petits bonheurs réveillaient en moi le besoin de grands espaces et de choses simples. Et je réalisais alors combien j'enrageais d'être ce Sauveur. C'était sans conteste à contrecœur que j'accomplissais cette vie qu'humains et Déesses avaient choisie pour moi.

Cela faisait près de trois semaines que nous avions quitté la Citadelle Rouge. Les gardes estimaient à presque tout autant le temps de trajet avant d'atteindre les portes de la Citadelle du Levant. Mais les conditions de voyage s'étaient tant améliorées que tout cela n'avait guère d'importance. Les bêtes elles-mêmes retrouvaient leur vigueur d'antan. Nous progressions désormais avec entrain. Les points d'eau étaient encore rares, mais bien plus atteignables que ce que nous avions souffert dans le désert.

Deux jours plus tard, les premières gouttes de pluie firent leur apparition. Alors que nous approchions des larges et vertes prairies du nord, la saison des pluies débutait silencieusement. Sur la ligne d'horizon, les lointains rouleaux de nuages blancs et noirs annonçaient les proches hostilités météorologiques. Tout autour de nous, les grues du Levant se regroupaient pour la grande migration. Dressées sur leurs hautes pattes, fichées parmi les champs de tiges de graminées, les grues au plumage argenté et minéral dominaient les tapis d'épis qu'elles scrutaient avec vivacité de leurs petits yeux rouges et ronds. Les premiers envols étaient accompagnés de cris incessants auxquels s'ajoutait le bruit des ailes du vol battu des oiseaux. Les plus rapides dominaient le spectacle et planaient, touffes de plumes au vent, attendant les retardataires. Lorsqu'une grappe semblait complète, la nuée piaillarde remontait notre sillon pour migrer vers les terres du sud, les terres des Lointains. Cette masse ne semblait former qu'un seul et unique individu, gommant toute majesté libertaire. J'étais à leur image, non libre et associé malgré moi à un rôle et à un groupe. Non pas que je détestasse ce groupe, mais il n'était en rien mon but de vie.

Ces derniers jours, Hatche avait fréquemment lancé quelques sorts pour agrémenter notre séjour. Par exemple, nourri par la mère des terres, un feu vif réchauffait notre campement durant les nuits froides. Ou encore, brûlé par le soleil, du sol surgissait un nuage qui se condensait sitôt en gouttelettes d'eau afin de rafraîchir hommes et bêtes. Ce dernier sort deviendrait bientôt superflu tant la pluie s'intensifiait. Amusé, je trouvai là un prétexte pour taquiner l'Ensorceleuse : « Ton grésil magique va pouvoir retourner dans ton grimoire scolaire.

— Ce n'est pas d'un grimoire scolaire qu'il provient, Sauveur. » répondit-elle sournoisement en insistant sur le dernier mot. Puis elle reprit : « Sache que les Ensorceleuses et Ensorceleurs n'étudient pas la magie. Nous la tenons de notre sang, à la naissance. C'est ce qui nous différencie des Magiciens qui eux étudient la magie, presque scientifiquement. Pour l'Ensorceleuse, les sorts sont plus limités, mais plus instinctifs. Pas besoin de palabres. Un claquement de doigts et Paluche se transformera en grue et s'envolera retrouver les siens. » La boutade de la belle n'était pas du tout du goût du garde qui empoigna le pommeau de sa hache en grondant comme un ours. Ce qui eut comme effet de déclencher une cascade de rires chez l'Ensorceleuse, cascade dont je m'enivrai éperdument. Puis elle reprit, studieuse, s'adressant à tous : « Notez cependant que cette règle contient quelques exceptions. Certains ne naissent pas Ensorceleurs et développent leur qualité par d'autres biais. » Son point final marquait un suspens qu'elle n'entendait pas briser à moins que quelqu'un ne la supplie. Ce que je fis naturellement : « Si l'on devient Ensorceleur plutôt que de l'être naturellement, n'est-ce pas être Magicien ?

— Malheureusement non, mon bon Realvi. Les Magiciens étudient la magie en parcourant les livres ou auprès d'un maître. Un Ensorceleur la reçoit. Soit à la naissance, soit par dévotion. Dans ce dernier cas, c'est la divinité de son culte qui octroie à l'impétrant sa qualité de lanceur de sorts. » Puis elle posa son point final avec un grand sourire, laissant naître en nous la délicate question qui devait suivre. Dont je fus à nouveau à l'origine : « Es-tu née Ensorceleuse ?

— Oui, Realvi. Je suis Ensorceleuse de sang. Aucune dévotion, je suis libre. Mais comme pour tout Ensorceleur le poids de cette magie intérieure me ronge lentement. Je dois la canaliser, l'entendre rugir en moi sans l'écouter. Par la méditation et la philosophie, je dois la maintenir à distance. Tel est mon prix à payer. Aucune liberté n'est totale. Penses-tu que l'on puisse être pleinement libre de tout ? » Dans sa question, je crus qu'elle avait lu en moi, j'y voyais un audacieux écho à mes tergiversations intérieures, à mes doutes, à ma rébellion. Je répliquai vite, trop vite : « Il appartient à chacun de forger sa liberté. » Un silence d'indifférence accueillit mes propos. D'être Sauveur ne faisait de moi ni un prophète ni un philosophe. J'en fus plus gêné que déçu. Involontairement, Chêne enchaîna rapidement et fit disparaître ce flottement : « La magie des Lointains est-elle étudiée ou innée ? » Cette fois, sa question intéressa tout le monde. Les deux soldats se tournèrent naturellement vers Hatche pour attendre une réponse. L'Ensorceleuse ne se fit pas prier plus longtemps et répondit instamment : « Les Lointains, voyez-vous, ne sont ni des Magiciens, ni des Ensorceleurs. Ils appartiennent à une troisième, et rassurez-vous dernière, catégorie. Les Lointains sont de puissants Sorciers. Ils sont unis par un pacte à des puissances extérieures à notre monde. Les Sorciers sont néanmoins libres de leurs actes bien qu'ils doivent, tôt ou tard, s'exécuter au nom de leur lien. C'est leur prix à payer. En retour, les Sorciers Lointains disposent de redoutables maléfices.

— Avez-vous déjà rencontré un de ces Sorciers, interrogea Domingo ?

— Jamais encore. Les Lointains sont au-delà de notre Empire. Et aucun Sorcier n'est présent en ces Citadelles. Ce nonobstant, les murailles ne peuvent empêcher les récits de circuler. Et bon nombre de chroniques Lointaines nous sont ainsi parvenues. » Mes pensées se fixaient sur Tournon et les Dartmoon. Une question me brûlait alors les lèvres : « Hatche, quel rapport les Dartmoon entre-tiennent-ils avec la magie ?

— Dartmoon Père a toujours eu besoin de magie. L'Ensorceleur Noir, mon Maître, a servi le Domaine de Tournon durant toute sa vie au travers de trois générations de Dartmoon, le grand-père, le père et le fils. Vendue par mes parents dès mon plus jeune âge à Dartmoon Père, telle aurait été également ma destinée si nos chemins ne s'étaient pas croisés.

— Il y avait ces noces également, ajouta Brave.

— Oui, lâcha-t-elle âcrement. Une union forcée pour garder au plus près de lui encore le contrôle de la magie. » Mes sens bouillonnaient à l'évocation de cette image. Mais cette violente colère se rassérénait avec le souvenir encore frais de mon combat contre Dartmoon Père. La mise à mort de cet infect personnage nourrissait en moi une certaine vengeance. « Qu'en est-il du fils ? s'enquit avec intérêt souligné Chêne.

— A ma connaissance, Dartmoon Fils ne connait rien des sortilèges. S'il avait été Ensorceleur, le Père l'aurait tout naturellement gardé à ses côtés. Pour ce qui est de la Magie, c'est un art qui exige étude et rigueur. Des qualités qui ne l'étouffent pas. » Je repensais à la bataille de Flitch à laquelle Dhobi-rânlo et Paluche avaient participé aux côtés de du jeune Seigneur Dartmoon, héros du champ de bataille. Aucun des deux ne releva le sarcasme de Hatche. Chêne insista : « Si Dartmoon n'est ni Ensorceleur, ni Magicien, pourrait-il s'être secrètement lié avec des forces Lointaines ?

— Tu veux dire de la Sorcellerie ? demanda, étonnée, Hatche.

— Oui, confirma Chêne. Se pourrait-il que Dartmoon

soit un Sorcier ? » Hatche accueillit cette hypothèse avec silence et toute la petite assemblée se trouva suspendue à ses lèvres. Elle fronça les sourcils puis se prononça : « C'est une éventualité. Il pourrait également avoir obtenu l'aide secrète d'un Sorcier et s'être allié avec lui. Mais à part les Lointains, je ne connais pas de Sorciers. Et nous savons tous que Dartmoon voue une haine singulière envers cette peuplade, n'est-ce pas ? »

Un doute silencieux closit cette étrange assertion. D'avoir parlé des Dartmoon généra en nous tous un sentiment de malêtre, une angoisse. S'ajoutait à cela une étonnante présence ressentie physiquement, comme un regard dans mon dos, comme une force qui ne me quittait plus depuis quelques jours. J'y voyais la marque de Dartmoon. Tous ces événements se mêlaient et se nouaient autour de cette sinistre famille dont elle formait le centre de l'intrigue.

Le jour suivant, nous cavalions déjà sur les herbes bardées de verts des prairies sans fin des Grandes Plaines. Le morne relief restait de mise. Mais les gouaches de l'artiste n'avaient rien à envier à la savane voisine. Le tulle herbeux brodé avec maestria laissait s'épanouir moult nuances chromatiques. Les verts olive, pomme, amande, menthe, anis ou pistache régalaient pupilles et excitaient papilles. Il fallait du divin à cette nature pour s'accomplir avec tant de grâce, d'harmonie et d'équilibre. Les abris restaient aussi rares et les arbres s'étalaient avec nonchalance et parcimonie sur le canevas végétal. Nous croisâmes cependant plus de vie. Les herbivores se préparaient à la transhumance. À plusieurs lieux de nous, sans que nous pussions déterminer cette distance avec exactitude, cavalaient de petites populations d'équidés. Comme si leur vie en dépendait, les bêtes parcouraient ces vastes plaines à pleine énergie pour s'arrêter aussi soudainement qu'elles s'étaient ébranlées. Très au nord, une vie grouillante de centaines de petits points noirs grignotait la ligne d'horizon. Cette colonie de minuscules fourmis dissimulait, sans le moindre doute, les gigantesques troupeaux d'aurochs répartis à quelques lieux de la piste éponyme. Un peu plus proche, à l'ouest, un groupe d'une centaine de bisons broutait jusqu'à satiété les dernières herbes vives de la saison. Les nobles herbivores au collier laineux étaient facilement reconnaissables, même à cette distance, à la bosse caractéristique à leur espèce.

Cette quiétude ambiante réveilla un « Gonatelpam » endormi dans un coin de ma malle à souvenirs. « Gune atel râm ! » m'avait repris Père au premier jour de mon Alumnat. « C'est ce que disent les Géants. » avait-il ajouté avec un clin d'œil. « N'oublie jamais cela, mon fils. La tempête apporte l'eau à la terre. Le froid de l'hiver augure de verts potagers. Sois confiant en ton avenir. Quel que malheur arrive, sois prêt à accueillir l'heureux événement qui lui succèdera. » Père me manqua alors terriblement. Ce fut comme un écho dans ma poitrine, comme un coup d'estoc porté en mon ventre. Oui, il fallait que je garde confiance en moi, mais ô combien cela m'eut-il été plus simple si Père et Mère avaient été à mes côtés. Tout fils des Déesses que j'étais, Père et Mère restaient mes parents. Aussi puissante soit la magie qui permit aux Déesses de me porter sur Terre, je restais dans la plus grande simplicité l'enfant de mes parents. Et ils me manquaient, à m'en tordre les boyaux. J'aurais pu prendre à l'ouest et poursuivre mon long périple jusqu'à eux. Mais le devoir m'obligeait. Et c'était donc vers l'est que je partirais, leur tournant le dos. Hatche dut remarquer ce soudain abattement, car elle s'approcha de moi et m'interrogea sans détour : « Tout va bien, Realvi ? Tu parais bien sombre soudainement...

— Oui, oui, esquivai-je. Ce sont ces quelques douleurs qui m'éperonnent depuis quelques jours. » Ce qui était absolument vrai. « Des douleurs ? s'exclama-t-elle aussitôt.

— Oui. Depuis notre départ, je ressens de temps à autre comme une présence derrière nous. Et à chaque fois, cette sensation s'accompagne d'un petit signal, tantôt une contraction, tantôt un tiraillement.

— Il se pourrait que cela soit à prendre au sérieux, Realvi. » Hatche était la voix de ma raison. Je ne pouvais pas croire en mes capacités particulières, car je ne le voulais pas. Pourtant d'instinct j'avais lié ces signaux à une menace physique, au sentiment d'être observé. Je privilégiais cependant encore la voix de la raison. Me retournant, je dénonçai, d'un mouvement ample du bras, l'infinie perspective des plaines étendues sur nos pas : « Si nous sommes suivis, ce ne peut être que par le vent. Je ne vois pas comment quelqu'un pourrait se dissimuler dans ce paysage dont on discerne chaque pied carré sur des lieux de distance. » Les deux gardes s'étaient joints à cette observation et le Capitaine prit la parole : « Vous devriez apprendre à écouter votre instinct, Sauveur. Sachez que depuis quelques jours, Tjin soubresaute dans son fourreau. Ces petits à-coups m'avertissent.

— Un danger imminent ? demanda Domingo presque sous la panique.

— Probablement pas. Tjin vibrerait plus énergiquement si imminence il y avait. Non, je pense à un contexte de menace. Et je rejoins votre instinct, Sauveur. Il y a quelque chose. » L'expérience du guerrier fit tomber mes dernières barrières. Tjin, l'épée de guerre du soldat, unie à son maître par un lien magique, résonnait à l'unisson de mon intuition. Je ne m'égarais point en écoutant mon instinct. Il me fallait ne plus douter de moi et lutter contre ce doute insidieux, cet ogre intérieur qui dévorait once par once ma déjà trop modeste confiance.

Nous progressions tant et si bien que nous approchions, le jour d'après, de la piste des Aurochs dont nous avions déjà, à plusieurs reprises, croisé quelques spécimens broutant paisiblement à notre passage. La force tranquille de ces herbivores tenait sans conteste du fait de leurs dimensions imposantes. Mesurant jusqu'à six pieds au garrot, les mâles arboraient deux cornes menaçantes érigées sur le haut de leur crâne. Leurs petits yeux noirs, vides de tout scrupule, roulaient paisiblement. Leur robe brune et noire, barrée d'une raie dorsale blanche, aussi nette qu'une solive, cimentait sans finesse leur allure ragote. Inscrit dans notre sillage, dominant dans le ciel, voilure large, glapissait un aigle impérial.

Avançant avec ardeur, nous nous empêtrâmes peu à peu dans une masse vivante de plus en plus dense. Les aurochs étaient désormais à quelques pieds de nous, s'ouvrant à notre passage et refermant notre marche. Mon instinct s'affola soudainement. J'alpaguai Dhobi-rânlo : « Sont-ils à ce point inoffensifs ? Je ressens comme une agressivité autour de nous.

— Pas à ma connaissance, tenta de rassurer le garde. Les aurochs font de bonnes bêtes d'élevage. Et l'auroch sauvage est chassé sans grand danger.

— Les aurochs font surtout de bons repas, s'amusa Domingo. Nous allons pouvoir améliorer notre régime. »

La piste était maintenant parfaitement visible. Une

demi-lieue, tout au plus. Nous empruntions la diagonale nord-est, pénétrant l'imposante nuée de bétail soudée en un bloc. Ainsi amassés, ils formaient une masse brune et noire, m'évoquant un littoral pavé de rochers et garni d'algues sombres. L'ombre du vol plané de l'aigle se dessinait sur ces reliefs vivants. Mon ventre se serrait d'appréhension et de crainte. D'un coup sec, le rapace poussa un cri qui déchira cette tension. J'en sursautai. Nous nous arrêtâmes comme un seul homme, chacun dévisageant l'autre. Le capitaine de la garde, tous sens en éveil, dans un silence de circonstance, pointa de l'index son Espadon fiché dans son fourreau dorsal. Je m'esgourdai et parvins à entendre le chant vibrant de Tjin. Mon instinct ne m'avait pas trompé et nous comprîmes tous ensemble le proche danger qui nous guettait. L'ombre de l'aigle s'était immobilisée, stationnaire et inertielle, planant sur nos têtes dans une menace entendue. Alors nous entendîmes, presque dans une délivrance, le grondement des chevaux de nos ennemis. Arrivant plein sud, une cinquantaine de cavaliers fonçait à travers la plaine, remontant notre piste. Un épais nuage de poussière s'élevait derrière eux. Ils nous avaient rattrapés, contournés, dupés. Les soldats du Domaine de Tournon venaient venger la mort de leur seigneur. Au loin, la masse d'Aurochs s'écartait devant eux, s'ouvrant de part et d'autre, provoquant jusqu'à nous les premiers soubresauts d'un vent de panique parmi l'indissociable bloc animal. Pris en tenaille entre ces bêtes râblées, nous sentions nos chevaux s'affoler. Dhobi-rânlo et Paluche maintenaient fermement les rênes de leurs puissants roussins. Hatche et moi retenions maladroitement nos jeunes montures qui décochaient avec rudesse leurs premières ruades. Seul Domingo, à l'image des gardes, maîtrisait encore avec maestria son étalon. Ce dernier grattait sabots au sol et exprimait sa crainte par de courts hennissements. Brave fit preuve de bon sens et de sang-froid. Il fouetta l'attelage, fuyant la menaçante charge bovine en emportant vers l'horizon le chariot afin de réserver ses passagers. Puis avant que je me décidasse, le déferlement animal s'abattit sur nous.

Comme le reflux d'une marée, nous fûmes happés à contresens, reculant à l'aveugle. Mon cheval se cabra à plusieurs reprises. J'en perdais désespérément le contrôle. « Pour l'Empereur ! » s'écria le Capitaine de la Garde Mobile en levant au ciel la pointe de son Espadon. « Pour notre Sauveur ! » ajouta Paluche en levant au ciel, crispée en son poing colossal, la bannière vert émeraude de l'Empereur. Tandis que ma monture s'éloignait des gardes en glissant hors de tout contrôle au cœur des méandres des aurochs déboussolés, les destriers des Gardes Mobiles, eux, ne cédaient pas un pouce de terrains aux herbivores. Avec sang-froid, les guerriers s'équipaient pour le combat avant qu'il ne fût trop tard. D'un geste sûr, pieds calés dans ses étriers, Dhobi-rânlo se pencha en arrière en glissant sur les flancs de sa monture. Il fouilla ses fontes pour en extraire une cotte d'armes. Puis, redressé, il l'enfila sur sa cuirasse, peau tannée et hâlée qu'il portait sans discontinuer. Les mailles métalliques tombèrent dans une pluie scintillante. Puis tous deux coiffèrent leurs somptueux heaumes impériaux, tout de runes gravés, polis et rivetés. Pour le moins décalée, la danse des cornes d'aurochs affolés s'y reflétait en tourbillonnantes arabesques. Dans un branle-bas de combat minutieusement appliqué, affranchis de toute pression malgré l'imminence de l'affrontement, les héros s'astreignaient à la rigueur de l'exercice préparatoire finement et maintes fois répété. Avec la même facilité et autant d'efficacité, épaulières, jambières, genouillères et gantelets s'enracinèrent sur les corps des soldats. L'inarrêtable mouvement de la foule sauvage nous avait tous éloignés. Dans un galop aérien, Domingo avait, avec légèreté et rapidité, rejoint l'attelage. Il tentait, par ses précieux conseils, de venir en aide au fol équipage de Brave. Hatche était à une quinzaine d'aurochs à ma droite tandis que la garde se trouvait en face de moi, à équidistance. Prisonnier de ma monture, je glissai en spirale arrière vers l'inconnu.

Dans ce désordre total, la véritable menace, l'origine même de cet affolement, courait sur nous telle une vague géante : la fronde barbare n'était plus qu'à quelques minutes. C'est alors qu'à même le sol j'aperçus et compris la cause de mes récents avertissements instinctifs. Allongés sur la terre, grimés de glèbe, d'herbe et de peau de bête, confondus avec la prairie, noyés parmi les aurochs, des hommes étranges à la parfaite homochromie rampaient armés de lance et avançaient masqués par les colossaux bovins. Apparemment tout aussi surpris par le brutal mouvement du bétail que nous l'étions, je les vis s'adapter à la situation, se faufiler et glisser avec une extraordinaire vivacité. J'écarquillai les yeux, tentant de comprendre. Je ne pouvais formuler aucune explication rationnelle et je doutais qu'ils pussent être gardiens de troupeau ou simples paysans. Telles des blattes, ils semblaient grouiller à même le sol et je supputais avec frayeur qu'ils fussent bien plus nombreux. « Dhobi ! Paluche ! » criai-je, pris d'une certaine panique. L'un des camouflés leva alors ses deux yeux blancs dans ma direction. Nos regards se croisèrent et partagèrent le même étonnement. « Qui êtes-vous ? » lui demandai-je aussi simplement que si je m'étais adressé à lui afin de demander mon chemin. Un grognement de bête sauvage fut sa réponse. De sa mimique fauve, je n'eus pas le temps de m'étonner que déjà la horde des soldats de Tournon nous tomba dessus. Alors, violentée par le flux soudain d'aurochs, la monture de Hatche s'affola, se cabra avec rage, boxa les airs de ses sabots et emporta sa cavalière dans le fleuve vivant.

Sans sommation aucune, les soldats de Tournon allaient porter leur charge et ouvrir le combat au corps à corps. Ils étaient une cinquantaine, nous étions trois. Je portais la toge, de simples vêtements et une simple épée. Dans une charge imposante, les Gardes Mobiles galopaient à ma rencontre, traversant sans la ménager la masse des derniers aurochs. Redoutable, le puissant destrier de Paluche portait son guerrier comme s'il eut s'agit d'un enfant. Acteurs malgré eux de cette confrontation guerrière, privés de la horde d'aurochs, les rampants se trouvèrent soudainement à découvert. Les sabots des équidés noir de nuit de la Garde frappèrent sans condition torses et crânes de rampants qu'ils rencontrèrent sur leur passage. N'écoutant que la voix de leur cavalier, les chevaux piétinaient sans scrupule ces hommes grimés. J'eus le temps ni d'un mot ni d'une contestation que déjà les deux murailles impériales m'encadraient à droite et à gauche.

Dans la foulée, l'engagement d'avec les cavaliers de Tournon n'était plus question que de secondes. J'apercevais avec détail les regards haineux des soldats de Dartmoon Père, Seigneur des Eaux de Tournon, pourfendu par le Sauveur. Pointes de fer dressées sur nous, une formation triangulaire de dix lanciers galopait vers notre mise à mort. Dans cette indescriptible cohue, les voix de centaines de guerriers surgissant des troupeaux et abandonnant leur camouflage explosèrent sur la prairie. « Les Lointains ! » hurla Paluche, tentant de se faire entendre comme s'il en avait besoin. « Je ne sais pas ce qu'ils font ici. Mais ce sont bien eux. » Les Lointains, ces rampants maîtres dans l'art de la dissimulation, se redressaient de toute part. Ils étaient plusieurs centaines, bariolés aux couleurs des Grandes Plaines, invisibles guerriers surgissant du néant et fondant sur leurs proies. Dans un improbable mariage, quelques Lointains chevauchaient d'imposants bisons. Sans que nous en sussions les motivations, toute cette foule hurlante s'élançait arme en main, vers l'épicentre de cette bataille. Épicentre que Dhobi-rânlo, Paluche et moi formions à satiété.

L'ALUMNAT

XVII

NEUF SAINTS

Fallait-il que nous fussions maudits pour nous retrouver dans un tel bourbier. Mais les Déesses étaient avec moi et le temps s'était figé. Être ce fils m'offrait tout de même de petits avantages. Pour autant, je ne voyais guère comment mettre à profit ce temps au ralenti. Tel l'arc bandé fébrile de relâcher toute l'énergie en lui jugulée, l'imposante troupe de cavaliers venus de Tournon déferlait dans un menaçant mouvement suspendu. Fagoté entre les deux soldats de la Garde Mobile j'analysais, démuni, cette inexorable lame de colère, cherchant une quelconque faille, un indicible indice me permettant de prendre l'avantage. Parachevant ce décor cataclysmique, l'armée de Lointains soulevait nuages de poussière et troubles structurels qui effaçaient à la scène tout sens logique. Chevauchant bisons et aurochs, les Lointains galopaient en notre direction à tous faisant de toute évidence fi de nos propres oppositions. Ni amis ni ennemis, les belligérants, figés dans le marbre du temps, s'apprêtaient à fondre les uns sur les autres. Cette pause temporelle me permettait au moins de livrer mes conclusions sur cette situation ubuesque : nous étions seuls contre tous et je ne voyais pas l'ombre d'un espoir de nous en sortir.

Soudainement le temps reprit sa course, réveillant avec lui le grondement du sol martelé par les chevaux, bisons et autres aurochs. Puis, avec la même soudaineté, il s'arrêta à nouveau figeant dans les airs l'écume haineuse du bétail et des guerriers. De ne pouvoir contrôler ce temps m'agaçait au plus haut point. Lorsque le sablier se figeait, j'y voyais le signal d'un danger que je devais éviter. Lorsqu'il reprenait brutalement sans que me soit venue la présence d'esprit d'agir favorablement, j'y voyais le signe d'un vif échec. Tel un barrage de pierres sur la rivière, le temps grondait derrière l'obstacle. Menaçant de rompre à tout instant, le barrage m'offrait le gué sous l'imminence de la crue.

Alors le temps se rétablit. Presque déficient, toussotant, il s'arrêtait et se reprenait en soubresauts sans que j'y décelasse la moindre opportunité. Dressés tels deux inébranlables murs de volonté, Dhobi-rânlo et Paluche avaient resserré leur puissant destrier contre ma monture. « Pour l'Empereur ! » hurla le Capitaine à m'en faire bondir sur ma selle. « Pour le Sauveur ! » reprit Paluche. Puis, telle une vague s'écrasant sur un rocher, le fol équipage des fidèles de feu Dartmoon Père vint percuter la solidarité de notre bloc dans un fracas métallique. Nos trois montures furent projetées en arrière sur plusieurs pieds. Tjin, l'espadon du capitaine de la Garde Mobile, sifflait déjà dans les airs et découpait hommes et armes, cuirs, chairs et aciers. Quant à Paluche, avec la précision d'une dentellière et la brutalité d'un mineur de fond, il pourfendait de sa hache à deux mains le flot de nos ennemis. Pour ma part, mes deux mains étaient enroulées autour des sangles de la selle, crispées, paralysées. Emportés par les hordes déchaînées, corps et montures ne formaient plus qu'un appareil dont la fatalité de l'issue n'était plus négociable. Malgré une farouche résistance Dhobi-rânlo absorbait les premiers coups d'estoc portés sur les mailles de sa cotte. Sous la force des coups de l'ennemi, le destrier de Paluche s'enfonça peu à peu sur son arrière-train, englouti par les sables mouvants des défaites de champs de bataille. La situation était totalement désespérée. Je pensai avec angoisse à Hatche. Blessés par les gardes impériaux, les premiers cavaliers de Tournon tombèrent au sol. Aussitôt remplacés par les lignes arrières, ils périssaient violemment piétinés par les sabots des montures de leurs frères d'armes. L'hégémonie justifiait toutes les cruautés. Nous ne pouvions résister plus longtemps et je le savais.

Je paniquai en observant à ma droite Dhobi-rânlo vaciller. Dans un douloureux sursaut d'inutile résistance, mes intestins se tordaient à m'en faire vomir. J'espérais une divine issue, un soudain pouvoir magique, mais, fatalité ô fatalité, la situation venait de chavirer. Sur ma gauche, Paluche avait été éjecté de son destrier et, horreur, touchait le sol de ses deux mains, arme à terre. Dans le désordre de la cohue, la folie revancharde ennemie allait l'achever sans honneur, à la pointe de l'épée le percer de part en part comme une bête folle. Paluche paya alors, seconde après seconde, le prix de ma survie. Sa cataphracte, lourde armure d'écailles, mouchetée du sang de l'ennemi, laissait apparaitre de fines excisions. De-ci, de-là, écailles de fer et de cuir manquaient à l'ensemble. Au coude droit, le segment ruiné annonçait la chute prochaine du mancheron. Sur la jambe gauche, les extensions protectrices ne tenaient plus qu'à un fil. Au niveau du torse, sous les plaques de fer cousues, l'on devinait les blessures du soldat. De son corps surgissaient des bouillions de sang. Pour autant, le guerrier brillait encore de la rage de vivre. Tombé au sol, je vis Paluche attraper de sa main le mollet d'un agresseur et l'obliger, par sa seule force, à plier genou à terre. L'homme glissa à hauteur du visage d'Anaton qui lui asséna un coup de tête destructeur. Il s'enroba du corps de l'homme inanimé pour s'en faire un abri contre la pluie de coups qui, sur lui, s'abattait. De la main gauche, il tâtonnait au sol, cherchant sa lourde hache au tranchant double. Avec une grande dextérité, il parvint à s'emparer de son arme. Le géant se redressa alors, portant d'une main l'ennemi transformé en bouclier et de l'autre la massive hache à deux mains qu'il leva au ciel. Dans une contre-offensive inouïe, Anaton roula un hurlement et s'engagea dans la bataille, repoussant avec muscle et audace le trop entreprenant attroupement. La hache coupa les airs d'une grande virgule et vint s'abattre sur un premier soldat. La lame siffla sur la gorge et lui en fit perdre, par ce coup propre et net porté, la tête tout entière. La course folle du tranchant se poursuivit à l'horizontale dans un demi-cercle meurtrier. Je vis au moins trois soldats de Tournon tomber sous le fil élimé de l'arme assoiffée. Puis, dans la jambe d'un cavalier qu'elle entailla aux trois quarts, notre inarrêtable alliée acheva brutalement sa course. La monture du malheureux fut prise d'une rare panique. Elle réagit avec fougue, écrasa son arrière-train et souleva ses pattes à hauteur d'homme. La contraction de l'animal propulsa son cavalier au sol, pied bloqué dans l'étrier. Sous le choc Paluche ne fut plus en mesure de retenir son arme fétiche dont le manche épais glissa d'entre ses doigts. Propulsé par son propre élan, l'étalon décocha une ruade avant. Accompagné d'un long hennissement, ses lourds sabots catapultèrent mottes de terre, et labourèrent l'espace en direction du soldat de la Garde Mobile. Paluche comprit probablement. Afin d'esquiver les sabots galopant dans les airs, il lâcha le bouclier humain qu'il soutenait encore à bout de bras. Avec agilité, tel le Cobra au Kun-Maga, dans une esse de droite à gauche dessinée, il évita la mortelle ruade sur lui toute déchainée. Lorsque l'animal retomba au sol, quatre pointes ennemies s'étaient, sous les écailles du dos de son épaisse cataphracte, insidieusement introduites. En ce jour de triste mémoire, quatre épées habiles et fourbes, toutes au service des Dartmoon, tombèrent simultanément sur le géant de la Garde Mobile. Je voulais le temps contrôler mais je ne contrôlais même pas ma peur. Anaton s'affaissa lentement, dans un ultime effort de résistance. Puis, tel un arbre abattu, il s'effondra massivement. Au sol, la bannière de la Garde Mobile portée à la ceinture baignait dans le sang de son sacrifié. Cadré dans le noir de nuit aux contours vert émeraude, l'œil brodé blanc de l'insigne de la prestigieuse unité impériale observait acteurs et témoins.

C'est alors qu'une vague de guerriers Lointains pénétra notre combat dans une violence inouïe. La horde de Tournon agglutinée sur Paluche tomba en tous sens sous la charge de trois épais bisons montés. Balayés tels des jouets, transpercés par les lances des guerriers grimés, ils moururent pour la plupart sans même réaliser le vent de fer qui s'abattait sur nous tous. Ce ne fut pas mon cas. Je perçus clairement le guerrier Lointain bondissant sur moi. Surgissant de nulle part, il avait pris un pas d'élan au sol et, avec agilité, s'était appuyé sur la crinière de mon cheval. Avec assurance, sa longue lame ébréchée avait fendu les airs en direction de ma gorge.

Et le temps s'arrêta tout net, sans même ralentir, dans un choc semblable à un galop équestre croisant un soudain mur de pierre. Ce probable court instant m'était oxygène de vie. Noyé dans cet océan de fiel, je sortai la tête hors de l'eau. Sonné, aveuglé par l'obscurité de ma mauvaise fortune, je tentais de retrouver l'usage de mes sens. Dans ce temps figé, l'épée de mon assaillant n'était guère difficile à éviter. Dans un réflexe accompagné, je baissai ma tête sous la menace, serrant les rênes de ma monture, attendant d'entendre, dès le temps reparti, siffler au-dessus de moi le sabre esquivé. Mais le temps me sembla tétanisé et, tête baissée, je compris, seconde après seconde, que ma mission n'était vraisemblablement pas uniquement d'éviter de me faire trancher le cou. Tandis que je patientais encore, une voix s'éleva et résonna, incompréhensible. Et dans le silence du temps suspendu, je n'en percevais pas l'origine. Sans plus de succès, je scrutai, tête rentrée, devant, à droite et à gauche de moi. J'entendis très nettement une voix provenant de derrière mon dos : « Es-tu celui que les hommes appellent le Sauveur ? » La tête toujours rentrée dans les épaules, je me retournai vivement pour découvrir, avec stupeur, un Lointain. Il était assez petit de taille, guère plus grand que je ne l'étais du haut de mes quatorze ans. Il avait de grands yeux noirs, bien plus larges que d'ordinaire, une peau grisâtre et de longs cheveux blancs que complétait une longue et fine barbe grise parfaitement entretenue. Habillé d'une simple tunique, il ne portait aucune arme. Bien que légèrement courbé par le poids des années, il se tenait avec respect, modestement soutenu par une canne finement ciselée dans un bois profondément noir. De ses yeux d'ébène, je percevais de la légèreté et presque un certain amusement. Le Lointain me fixait. Le temps suspendu n'avait aucun effet sur cet homme. Il était là, libre de ses mouvements bien qu'il ne remuât guère. Devant mon mutisme, il reformula sa question, souriant : « Tu es le deus ex machina, n'est-ce pas ? » J'acquiesçai d'un simple signe de tête. Il souleva un sourcil circonspect, me dévisageant avec précision. Puis il reprit : « Je m'attendais à autre chose. » Et il leva ses épaules au ciel. « Qui êtes-vous ? m'enquis-je assez naïvement.

— Targonia, fils de Nativovitch, répondit calmement l'homme.

— Êtes-vous un Lointain ?

— Un Lointain ? Pardi, mais bien entendu. » L'homme sembla passablement agacé par mes questions, presque déçu. Aussi enchaînai-je en essayant d'y mettre un peu plus de discernement : « Vous... Vous n'êtes pas affecté par ce temps figé ? » Tout en prononçant ces paroles, j'en regrettai déjà la flagrante platitude. Pris d'un doute je ressentis le prompt besoin de vérifier, d'un coup d'œil, si le monde était encore à l'arrêt. L'œil perçant, l'homme n'avait pas raté une miette de la scène et semblait s'en délecter : « Ma foi, tu as raison. Je ne semble guère affecté par ce caprice temporel. Et toi non plus d'ailleurs, n'est-ce pas ? Pourquoi as-tu stoppé le temps ?

— Je... Je ne l'ai pas stoppé. Je ne le contrôle pas. » Je regrettai déjà de m'être dévoilé devant cet inconnu. Je réalisai lentement que jamais encore le temps ne s'était aussi longuement mis à l'arrêt. Mes pensées allèrent alors pour Paluche. Il fallait le sauver. Ignorant le Lointain, je sautai de ma monture afin de rejoindre le Garde Mobile étendu au sol. Bien que transpercé de part en part, le géant me semblait encore en vie. Son corps inanimé ruisselait pourtant du sang carmin qui fuyait la vie. J'étais à cet instant totalement désemparé, cherchant les soins à lui prodiguer. Comme une évidence, je me tournai vers l'homme : « Sauriez-vous m'aider à lui sauver la vie ? » Un rayonnant sourire de satisfaction inonda son visage et il répondit calmement : « Bien entendu. »

L'homme s'était approché de Paluche et moi. « Que pouvons-nous faire, demandai-je ?

— Targonia, fils de Nativovitch, peut panser les plaies de ton ami, nourrir les tissus, souder les flux sanguins et retenir la vie qui s'envole.

— Es-tu un Guérisseur ?

— Un Sorcier, jeune homme, je suis un Sorcier. » Posé et calme, Targonia stationnait devant moi, debout, sans empressement, les deux mains posées sur le pommeau de sa canne. « Sauve-le alors, sauve-le ! m'écriai-je incapable de contenir mon émotion.

— Tel est donc ton choix ? glissa-t-il tout en s'approchant du corps inanimé.

— Mon choix ? Mon choix de quoi ?

— Elle sera ta première Sainte ? » Je regardai, perplexe, ce vieil homme. Les questions se bousculaient dans ma tête. Ce Lointain était-il fou ? Était-il réellement Sorcier ? « Stop ! lui invectivai-je. De quelle Sainte me parles-tu ? Qu'est-ce que toute cette histoire ? » Le Sorcier me détailla avec une sincère consternation. Contrarié, il se gratta le menton. Il semblait chercher ses mots en m'observant méticuleusement : « Tu es le deus ex machina, n'est-ce pas ?

— Je... Je crois.

— Par qui as-tu été formé ?

— Per... Personne. » Ce vide résonna dans l'étonnant silence du temps suspendu. Dans un signe évident de désapprobation, Targonia balança la tête lentement de droite à gauche : « Que les Déesses me pardonnent, mais j'ai bien du mal à reconnaître en toi leur fils. » Je n'avais rien à répondre. Mon regard cherchait en Targonia les bribes d'une explication. Le Sorcier poursuivit : « Les Légendes Lointaines racontent que neuf Saints sacrifieront leur vie afin de permettre au deus ex machina de sauver le monde en réunissant Hommes et Lointains. En choisissant de sauver ce guerrier, tu sacrifies l'Ensorceleuse, n'est-ce pas ?

— Hatche ? Mais pas du tout ! Où est-elle ? » Joignant le

geste à la parole, je me dressai sur mes deux jambes, scrutant l'irréaliste scène de combat figée au sol et dans les airs. Ne la voyant pas, je me tournai à nouveau vers le Sorcier qui, cette fois-ci, avait les yeux rivés vers le ciel : « Pourquoi moi, Déesses ? murmura-t-il.

— Je t'ai entendu, Sorcier ! Cesse donc ces lamentations. Qu'en est-il de l'Ensorceleuse ?

— Tu ne maîtrises donc pas ton espace ? Tu aurais pu, voire dû, trouver ton amie l'Ensorceleuse sans même te relever et avant même d'avoir décidé de sauver ton ami Guerrier. Hatche est au sol également, à 300 pieds d'ici, piétinée par les bisons elle va périr si tu ne la sauves pas. Mais tu dois choisir, Sauveur. Si tu la sauves elle, le Guerrier meurt. Si tu le sauves lui, l'Ensorceleuse périt. Ainsi désigneras-tu le premier Saint de la Sainte Légende du deus ex machina.

— Choisir entre Hatche et Paluche ?

— Les décisions forgent l'âme, petit homme. Savoir décider c'est apprendre qui l'on est. Et ces neuf Saints écriront les pages de ton Destin, dessineront la Sainte Légende. Ces martyrs constitueront l'Histoire des Hommes et des Lointains. Mais tu dois choisir et...

— Et ?

— N'élis pas celui qui partira, trouve le courage de sauver celui qui restera. Sois le Sauveur. »

Nous sommes restés ainsi durant toute une heure. Le temps suspendu semblait figé à tout jamais. Rien n'avancerait tant que je n'avais pas pris ma décision et une action relancerait inéluctablement le temps avec le cruel achèvement de toute une vie. Cet atterrant mélange de guerre et de philosophie générait en moi une myriade de questions, de contrastes et de paradoxes. Paluche m'était fidèle et dévoué protecteur. Si Hatche était une savante Ensorceleuse, je n'en ressentais pas moins un devoir de protection à son égard. En la sauvant elle, ne mettrais-je pas ma mission en péril ? Paluche était devenu un ami, un indispensable compagnon de route. Je ressentais du désir pour Hatche. Un désir sensuel et charnel. En la sauvant elle, n'étais-je pas en train de trahir l'amitié de Paluche ? Fallait-il donc suivre mon instinct primal en privilégiant Hatche ou donner du poids à ma réflexion ? Passion ou Raison ? Je déambulai dans cette forêt de statues guerrières jusqu'à parvenir au corps de mon Ensorceleuse. Elle semblait démantelée, propulsée dans les airs telle une poupée. Son corps harmonieux était à quelques pieds de la surface. Au temps prochain, il retomberait tout entier contre le sol dur, se fracasserait dans un déchirement osseux et finirait martelé sous les sabots des puissants bovins lancés à sa rencontre. N'était-ce pas faiblesse que de privilégier la belle Ensorceleuse au détriment du Guerrier ? Si seulement mes amis avaient été près de moi. Brave, Domingo et Chêne... Brave aurait probablement retenu Paluche : « Afin de nous relever et donner une leçon à ces assoiffés de sang. Marquons notre territoire ! se serait-il exclamé. » Domingo aurait sans aucun doute choisi Hatche : « Sauvons l'innocence et la pureté afin de dessiner un monde meilleur, aurait-il négocié. » Quant à Chêne, il aurait depuis longtemps tranché sans autre tergiversation. Quel confort cela aurait été de me cacher derrière lui. L'âme sombre, je me tournai vers le Sorcier Lointain : « Sauvons L'Ensorceleuse. Le Guerrier surnommé Paluche se nommait Anaton Vik. Que la Légende retienne Saint Anaton comme premier martyr. » Je n'avais pas ressenti le besoin de justifier mon choix. Targonia acquiesça avec sobriété. Mes mains s'approchèrent du corps de Hatche. Je la décrochai des airs pour la prendre dans mes bras. Le temps restait dangereusement suspendu. Avec sérénité, je portai ma belle jusqu'à l'extérieur de la zone de combat, traversant à nouveau l'enchevêtrement de guerriers. Arrivé à hauteur du Garde Mobile, je laissai couler mes larmes : « Excuse-moi Paluche, mon précieux ami. » Puis je poursuivis mon chemin. Un peu plus loin, je posai Hatche sur un lit de végétation. Le visage baigné de larmes, je m'agenouillai à ses côtés. Le Sorcier Lointain s'était volatilisé. Alors, sous mes yeux, dans une déferlante de chair, de métal, de cuir, de sang et de mort, le temps reprit son cours.

Sous un fin manteau de pluie, alors agenouillé auprès de l'Ensorceleuse, je me souvenais de Père : « Gune atel râm ! C'est ce que disent les Géants. N'oublie jamais cela, mon fils. Quel que malheur arrive, sois prêt à accueillir l'heureux événement qui lui succèdera. » Le monde avait repris son souffle. La harde de guerriers Lointains avait traversé la masse de nos ennemis en les décimant jusqu'aux derniers. Puis, à l'image du troupeau animal chevauché, elle s'était effacée à forte allure, sans se retourner, cavalant jusqu'à la ligne d'horizon. Dans ce fatras de désolation, à l'image de Fidol, Hatche et Dhobi-rânlo gisaient inconscients, mais vivants.

Complétée à mes côtés par Chêne, Domingo et Brave, la chambrée Columbus était, quant à elle, à peu près saine et à peu près sauve. Nous étions tous les quatre aux portes d'une vaste aventure qui nous conduirait prochainement depuis la piste des cimes aux confins des plus hauts sommets de l'Empire. Nous allions pénétrer les couloirs rocheux de l'épais massif montagneux puis nous glisser à travers ses traitres méandres de ravines abruptes. Nous allions affronter les névés de neiges éternelles pour rejoindre enfin la Citadelle Grise. De nouvelles rencontres extraordinaires nous attendaient. De nouvelles quêtes, dont l'étonnante poursuite des brimbelles, allaient à nouveau nous mettre tous les quatre à l'épreuve. Nous étions loin d'imaginer les perfides intrigues dessinées dans l'ombre de Dartmoon, de l'Empire et des Lointains. Nous n'étions qu'au commencement de notre vie, une vie pleine d'apprentissages et de rebondissements.

Fin du Livre Premier

Dépot Légal : Novembre 2014